Ah, endlich Sommer in Treviso! Inspektor Stucky freut sich auf die Ruhe, die im August einkehrt. Zur Feier des Tages gönnt er sich ein Gläschen Prosecco in seiner Lieblingsbar. Und muss erfahren, dass der örtliche Prosecco-Lieferant Graf Ancilotto soeben verstorben ist: ein dramatischer Selbstmord. Stucky kann das kaum glauben, der Graf war ein erfolgreicher Mann. Und als kurze Zeit später auch der Zementfabrikdirektor Speggiorin auf der Straße erschossen wird, ist es mit der Sommerruhe endgültig vorbei. Stucky will herausfinden, warum beide Männer sterben mussten. Er begibt sich auf Recherche in den Weinbergen und stößt auf eine komplizierte Fehde, an der nicht nur die Weinbauern beteiligt sind …

Fulvio Ervas, geboren 1955, studierte Agrarwissenschaften und forschte über Tierhaltung, insbesondere bei Kühen. Heute schreibt er hauptsächlich Krimis und Sachbücher und lebt in der Nähe von Treviso mit seiner Familie und vielen Haustieren.

FULVIO ERVAS

Solange es Prosecco gibt, gibt es Hoffnung

Aus dem Italienischen von
Sylvia Höfer

Berlin Verlag Taschenbuch

MIX
Papier aus verantwortungsvollen Quellen
FSC www.fsc.org
FSC® C083411

Mai 2013
Die Originalausgabe erschien 2010 unter dem Titel
Finché c'è prosecco c'è speranza
bei Marcos y Marcos, Mailand

Umschlaggestaltung: ZERO Werbeagentur, München,
unter Verwendung einer Vorlage von
© Trevillion Images/Maurizio Blasetti
Satz: hanseatenSatz-bremen, Bremen
Druck und Bindung: CPI – Clausen & Bosse, Leck
Printed in Germany
ISBN 978-3-8333-0907-6

www.berlinverlag.de

Un spris … va ben. Do spris … sta 'tento.
Tre spris … te si ciavà

Ein Sprizz … Kein Problem! Zwei Sprizz … Pass auf!
Drei Sprizz … Selber schuld!

Schaufensterspruch einer Bar in Treviso

13. August, Donnerstag

Secondos Osteria im Herzen von Treviso ist ein Lokal, das seine Gäste hauptsächlich mit Wein beglückt, und auch sonst ist es ein Traum: schöne Korbstühle, Marmortheke und familiäre Atmosphäre. An den weißen Wänden hängen Bleistiftzeichnungen von beschnittenen Weinstöcken. Das erfahrene Auge kann den Guyot vom Sylvoz unterscheiden, aber auch dem unerfahrenen bieten die elegant gekrümmten Pflanzen mit all ihren Bögen und Spornen einen hübschen Anblick. Für Secondo den Wirt ist der Rebschnitt das Alpha schlechthin, der Augenblick, in dem Vergangenheit, Gegenwart und Zukunft des Weinstocks ineinander verschmelzen. Und natürlich auch Vergangenheit, Gegenwart und Zukunft des Weines, der für seine Gäste nicht mehr und nicht weniger ist als ein lebendiger Organismus, und seine Kunden sind ehrbare Müßiggänger, die sich nach dem Gehetze draußen gern an seinen Tischen entspannen.

»Einen Prosecco!«, bestellte der Inspektor, während er auf die Theke zuging.

»Wie möchten Sie ihn haben? Still?«

»Nein, perlend!«

»Im Druckkessel gegoren oder in der Flasche?«

»Ist doch egal.«

Secondo der Wirt schüttelte den Kopf.

An die Theke gelehnt, starrte der Inspektor auf den Boden seiner Flûte und stellte sich dort das Wirken winziger atmender Wesen vor. Die Gasbläschen stiegen auf und bildeten einen Schaum – eine aufregende Kombination zweier Aggregatzustände.

»Ich rede von der Kunst der Weinproduktion, und

Sie starren nur auf Ihre Bläschen!«, tadelte der Wirt und reichte ihm einen Teller mit Fleischbällchen.

Recht hatte er! Inspektor Stucky wusste selbst, dass er kein Connaisseur war und von Weinen wenig verstand. Aber das war kein Grund, sich nicht gelegentlich ein Gläschen zu gönnen.

Tatsächlich hatte Secondo seine Leidenschaft für den Wein zu einer Art Religion gemacht und schüttelte immer öfter den Kopf, während er anderen Leuten erklärte, dass Kirchen, Buchhandlungen und Osterien im Verschwinden begriffen seien. Die Gäste hätten einfach keine Antennen mehr für die Geschichte der Dinge, die sie konsumierten. Gesiegt habe auf ganzer Linie die Fertignahrung.

Er jedoch hielt durch wie ein japanischer Soldat im Dschungel und trauerte den Gästen von einst nach, die in die Osteria kamen und lauthals bestellten: »Einen Schuss!« oder: »Einen Hauch Roten!«

Sie wollten einen Schuss Lebenskraft oder einen Hauch vom Heiligen Geist. Die bekamen sie im *goto* kredenzt, einem schlichten dickwandigen Glas mit Kratzspuren, das mit den Jahren dünn und durchsichtig geworden war. Das kelchartige Gefäß sprach eine Art Mahnung aus, dass der Wein Kultur und keine schnöde Ware ist.

In fast dreißig Jahren hatte Secondo der Wirt Dutzende und Aberdutzende von Hektolitern Wein in Gläser geschenkt und so viele Weintrinkertypen studiert, dass er sich als Klassifikator betrachten konnte. Als den Linné der Weintrinker.

So behauptete er etwa, dass die Art, wie jemand sein Glas anfasste, Rückschlüsse auf sein Wesen zuließ; dasselbe galt seiner Meinung nach für die Lippen einer Person, die gerade ihr Glas zum Mund führt. Er erinnerte jeden Gast daran, dass Lippen lecken, hauchen, warten, beißen, beten, zittern, ja sogar Litaneien säuseln können, mit deren Hilfe sie den Alkohol exorzieren möchten.

Die Wahrheit über die Menschen würde sich nicht in der vom Wein verursachten Trunkenheit manifestieren, sondern in ihren Bewegungen beim Weinkosten. So würde er, behauptete Secondo von sich, den Veroneser vom Vicentiner, den Egozentriker vom Narzissten und den Anwalt vom Zahnarzt unterscheiden können und den Junggesellen, der nie eine Frau finden würde, von dem, der nicht weiß, was ihn in der Ehe erwartet.

»Jedenfalls merkt man sofort, wer zutiefst mit dem Wein vertraut ist.«

»Wirklich? Und was ist mit dem Typen da?«, raunte Inspektor Stucky und zeigte auf einen jungen Mann.

»So, wie der mit seinem Glas umgeht, bildet er sich entweder ein, er würde gerade Sahne zu Butter schlagen, oder er leidet an einem Wundstarrkrampf.«

Der Wirt verstummte. Ein Hauch von Wehmut wehte ihn an. Er trocknete die Gläser mit übertriebener Hingabe ab. Als würde er sie alle persönlich kennen. Seit Tagen nagte ein Kummer an ihm, ohne dass er darüber sprach.

»Stimmt was nicht, Secondo?«

»Trouble«, antwortete dieser, und seine Lider wurden schwer, und die Augen glänzten.

Irgendwas stimmt hier ganz und gar nicht, dachte Inspektor Stucky, denn ein Schankwirt darf niemals traurig sein. Das ist keine gute Werbung, wer würde schon kommen und einen Wein trinken, der einen traurig macht?

Nicht dass Stucky die Schankwirte sympathisch gefunden hätte, die immer lustig und aufgekratzt sind und so tun, als würden sie die größten Geheimnisse ihrer Gäste kennen und könnten sich augenzwinkernde Vertraulichkeiten erlauben.

Ihm war Distanz lieber, das höfliche Lächeln, die schlagfertige Antwort, das treffende Zitat, und das alles vielleicht zwischen einer Entkorkung und der nächsten.

»Und wie trinke ich?«

»Wie jemand, der die Masern hat«, antwortete der Osteriabesitzer.

14. August, Freitag

»Einen Ciliegiolo!«

»Ciliegiolo hab ich nicht.« Secondo kannte diese Farce schon in- und auswendig.

»Dann einen Bovale Grande!«

»Bovale Grande hab ich nicht.« Und so würde es weitergehen über den roten Montescudaio und den Cerasuolo di Vittoria bis hin zum Carignano del Sulcis.

Der Wirt war heute nicht in der richtigen Stimmung und kürzte die Sache ab, indem er den üblichen Pinot Noir aus dem Friaul ausschenkte.

»Ihr habt aber auch gar nichts in dieser Osteria!«, protestierte Piero, der Noè genannt wurde wegen seiner Fähigkeit, die Komposition der Weine herauszuschmecken, es aber mit seinen Verkostungen wirklich zu weit trieb.

»Wie viel brauchst du denn, um in einer Osteria anständig trinken zu können? Hier genießen immerhin alle das Privileg, gratis maulen zu dürfen!«

Der Pinot-Noir-Trinker warf einen Blick auf sein Glas und dann auf den soeben eingetretenen Stucky: »Ich zahle, also habe ich das Recht zu maulen.«

»Was für eine Theorie soll denn das sein?«

»Eine richtige Theorie!«

»Was ist das nur für eine Welt!«, rief Secondo aus. »Die Leute stehen am Morgen auf und schütteln eine fertige Theorie aus dem Ärmel: über alles, über nichts, über die Krise, über den Aufschwung, über die Rechte, über die Linke. Piero, Theorien stellt man nicht auf, indem man einfach mal auf den Bauch drückt! Das ist eine Kunst!«, platzte es aus dem Wirt heraus.

»Also, dann verrate du mir eine Theorie, die Hand und Fuß hat.«

»Wenn die Weißweine angesagt sind, dann haben wir eine Krise.«

»Und wenn die Rotweine dran sind?«

»Dann läuft alles wie geschmiert.«

»Und du regst dich ausgerechnet über mich auf, der ich ausschließlich rote Weine trinke?«

»Ich hätte eine Theorie über Theorien«, versuchte sich Stucky einzumischen.

»Eine Supertheorie?«, fragte Secondo mit plötzlich erwachtem Interesse.

»Selbstverständlich! Aber ich verrate sie euch nicht. Sonst stellt ihr beide eine Theorie über Supertheorien auf, und das hat dann kein Ende!«, sagte der Inspektor grinsend.

Nachdem Stucky den ganzen Tag über Papierkram, alten Zeitungsausschnitten und Berichten über Kriminalfälle und sonstige Geschichten geschwitzt hatte, hatte er das Polizeipräsidium verlassen, und unterwegs war ihm die trübe Stimmung des Besitzers seines Stammlokals eingefallen. Und dann traf er ihn ausgerechnet in dem Moment an, in dem er gerade mit einem anderen seiner Stammgäste herumstritt.

»Jetzt mal im Ernst«, wandte sich Stucky an den Kunden, um die Spannung zu lockern. »Sie trinken gerade einen Roten. Mögen Sie denn keine Weißweine?«

»Die Traube ist ursprünglich rot gewesen. Infolge einer genetischen Spontanmutation muss sie eine Variante herausgebildet haben, die sich auf die Farbe der Haut ausgewirkt hat, und so ist die weiße Traube entstanden. Wahrscheinlich hat der liebe Gott damit nur auf das Gejammer der Schaumweinproduzenten reagiert.«

»Viele Weißweine werden aus roten Trauben hergestellt«, warf Secondo dazwischen.

»Richtig. Warum soll man also einen weißen Wein trinken, wenn er doch von einer roten Traube abstammt? Ich bin Traditionalist!«

Stucky ließ sich einen Prosecco einschenken und erhob seine Flûte.

»Lieber Secondo, jetzt gehe ich nach Hause und ziehe als Erstes mal Schuhe und Socken aus. Dann sehen wir weiter ...«

Das Polizeipräsidium von Treviso leerte sich. Agente Landrulli befand sich in Kurzzeitemigration bei Verwandten in Bologna. Als Stucky das Büro verließ, chattete Agente Spreafico noch an seinem Rechner allein vor sich hin.

Stucky schaute noch schnell im Geschäft seines Onkels Cyrus vorbei, der seinen geliebten Teppichen kühle Luft zufächelte.

Für morgen erwartete der Inspektor einen langweiligen Ferragosto-Tag, wie in so manchem Jahr, wenn sich am 15. August auch die Kriminalität unter dem Sonnenschirm aalt, um sich dann, frisch gestärkt, mit neuer Wucht zurückzumelden.

Zu Hause angelangt, setzte er sich vor die Haustür, auf den Korbstuhl mit dem Flechtwerk eines greisen Kunsthandwerkers, der nicht sterben wollte, obwohl er bald die hundert vollmachte.

Stucky schenkte sich sein Malzbier in ein Glas und nahm ein wenig von den Haselnüssen. Mit freundlichen Blicken verfolgte er das Kommen und Gehen im Vicolo Dotti.

Hin und wieder muss man im Freien sitzen, um die Nachbarn zu begrüßen, ein paar belanglose Meinungen auszutauschen, sich ein paar Klagen anzuhören, den einen oder anderen Vorschlag, wie man die Mafia, die Drogen, die Inflation besiegen könnte, und natürlich, wie die Fußballweltmeisterschaft zu gewinnen sei. Man muss im Freien sitzen und zusehen, wie die Nachbarn unterwegs sind, wenn man wissen will, wie das Leben tatsächlich läuft.

Diese Gasse war die kleine Lichtung der Stadt, in der Stucky zu Hause war: etwa fünfzig Anwohner, ein paar Geranien auf den Balkonen, ein Gärtchen, vier Klingeln mit Kette vor der Tür, ein Notar, die sieben Kinder der pfingstkirchlichen Familie und ein anthroposophisch orientierter Arzt. Angestellte, zwei Verkäuferinnen, drei sympathische Rentnerpaare.

Zwei ziemlich hübsche weibliche Wesen. Unverheiratet, aber bestimmt nicht wegen zu geringer Nachfrage.

Die beiden Schwestern aus dem Vicolo Dotti, Sandra und Veronica, fragten sich, warum sie Inspektor Stucky seit mindestens drei Tagen nicht mehr laut »Antimama!« hatten ausrufen hören.

Die große Tür ihres Hausnachbarn hatte sich mit dem üblichen Quietschen geöffnet, und die Papiertüte mit dem feuchten Abfall war geplatzt, und all das war geschehen, ohne irgendeinen Fluch nach sich zu ziehen. Keine Tiraden darüber, dass man jetzt sogar schon an der Tragkraft der Müllsäcke spart. Seltsam.

Sandra und Veronica waren auf der Hut. Von ihren Beobachtungsposten aus, von oben, aus dem halbgeöffneten Fenster, sahen sie zu, wie langsam das Bier im Glas zur Neige ging. Vielleicht geht Stucky heute Abend nicht aus, sagten sie sich.

An den Tagen zuvor hatten sie den Inspektor spät das Haus verlassen sehen, Gel im Haar und Krawatte um den Hals, wie manche der brillanten Anwälte im Stadtzentrum oder Vertreter, die Unterwäsche an die Frau bringen wollen und ihnen erst die Button-down-Knöpfe ihres Hemdes zeigen und später, wenn sie es nicht vergessen, zum Abschied freundlich grüßen.

Da steckt eine Frau dahinter!, dachten die Schwestern und waren irgendwie neidisch, natürlich nicht wegen der Konkurrenz, sondern weil sie über so wenige Informationen verfügten. Der Inspektor agierte wie ein Fernsehnachrichtensprecher – Worte kamen aus ihm heraus, jede Menge Worte, aber etwas wirklich Wichtiges sagte er nicht.

»Warum sagt er nichts?«, fragte Sandra.

»Er hat kein Vertrauen zu uns«, flüsterte Veronica verzweifelt, fast so, als sei ihr soeben klar geworden, dass sie an der rezidivierenden Kusskrankheit litt.

»Bei allem, was wir für ihn tun!« Und sie seufzten.

Sandra, die jüngere, war sogar bis zum Polizeipräsidium von Treviso gegangen und hatte sich unter den Arkaden auf die Lauer gelegt, um Agente Landrulli abzufangen. Nicht dass sie den Polizisten zwingen wollte, seinen Vorgesetzten zu verraten, was im Übrigen nicht nur undenkbar war, sondern die beiden Schwestern aus dem Vicolo Dotti auch für unter ihrer Würde gehalten hätten. Sandra versuchte einfach nur, irgendeinen Hinweis aus ihm herauszukitzeln, eine Idee, einen kleinen Denkanstoß.

»Er hat wohl eine Geliebte?«, hatte Sandra nach ein paar weit ausholenden Versuchen Agente Landrulli gefragt.

»Wer? Ich?«

»Sie? Machen Sie Witze? Der Inspektor! Inspektor Stucky!«

»Neeein.«

»Was heißt das, nein? Agente, versuchen Sie, präzise zu sein! Ist da eine Frau im Spiel oder nicht? Oder wollen Sie mir damit sagen, dass Sie nicht beabsichtigen, die harmlosen Fragen eines ehrbaren Mädchens aus der Provinz zu beantworten?«

Aus nächster Nähe betrachtet, waren diese Schwestern aus dem Vicolo Dotti gefährlich wie spitze Dolche. Landrulli strich an der Mauer entlang und versuchte, sich mit einem »Das sind vertrauliche Informationen« herauszureden und erhielt als Antwort: »Aber Sie kennen doch die Fakten!«

Die Zurückhaltung des Polizisten hatte den Verdacht der Schwestern erregt und sie veranlasst, noch weiterzubohren.

Als der Inspektor, den Stuhl an sich gedrückt, in seine Wohnung zurückkehrte, warteten sie eine halbe Stunde in höchster Spannung ab, und als er wieder herauskam, tipptopp gekämmt, nahmen sie die Fährte auf.

Er parfümiert sich sogar!

Aber fein.

Sie blieben ihm auf den Fersen, während er die Piazza dei Signori überquerte und so gleichgültig an der reichbestückten Parade durchschnittlicher Schönheit vorbeizog, als drängte ihn das Getümmel der Bürger, seine Schritte zu beschleunigen. Es handelt sich wohl nur um eine kleine Verspätung, sagten sich die Schwestern, als Stucky in den Laufschritt fiel.

Sie konnten nicht mehr mithalten und sahen ihn im Bahnhof verschwinden.

»Er entwischt uns!«

Die Gleise waren leer, aber die Tafel führte den wissenschaftlich unumstößlichen Beweis, dass der einzige Zug, der ein paar Sekunden zuvor abgefahren war, Venedig zum Ziel hatte.

»Venedig!«, riefen die beiden aus.

»Er fährt nachts nach Venedig!«

Und diese Stadt schien ihnen das Symbol für Gefahr

par excellence zu sein: Wie eine verletzte Möwe würde Inspektor Stucky im Schlamm der Lagune enden.

»Wo denn verletzt?«, fragte Sandra.

»Am Herzen?«, sagte Veronica.

»Was heißt hier Herz? Der hat gar kein normales Herz. Der hat dort, wo andere ein Herz haben, einen Wärmeaustauscher!«

Sie gingen zurück bis zur Piazza dei Signori, setzten sich an ein Tischchen, das ein leicht pubertäres Pärchen in Unordnung zurückgelassen hatte, und Sandra machte dem Kellner ein Zeichen, dass er alles Nötige herbeischaffen solle, um das Tischtuch in seinen ursprünglichen Zustand zurückversetzen zu können.

»Er wird doch nicht zu dieser Polizistin gehen?«

»Zu der …?«

»Ja, zu der!«

»Die ist aber doch viel zu kurz geraten für ihn.«

»Und hat Riesentitten und Laufmaschen.«

»Und einen Watschelgang.«

»Meiner Meinung nach verhaspelt sie sich beim Sprechen. Er macht ihr eine Liebeserklärung, und die stottert, wenn sie antwortet. Ganz bestimmt.«

»Die gehen auseinander. Wenn sie sich nicht schon getrennt haben. Ja, er hat sich gerade auf den Weg gemacht, um ihr den Ring zurückzugeben …«

»Er ist schon frei«, seufzten sie erleichtert auf.

15. August, Samstag

Das Projekt, Inspektor Stucky aus möglichen venezianischen Liebesfängen zu befreien, war von der Taktik her einfach durchzuführen: Er durfte bloß das Festland nicht verlassen.

Es war kurz vor Mittag, und die Glocke zur Wohnung des Inspektors klingelte verdächtig leise. Stucky versuchte gerade auf dem Teppich, seine Bauchmuskeln durch ein Dutzend Rumpfbeugen zu kräftigen, überschattet von Reflexionen über die Frage, warum man seine Bauchmuskeln ausgerechnet an einem Samstag stärken müsse.

An der Tür musterten ihn beide Schwestern aus dem Vicolo Dotti mit klimpernden Wimpern und zur Schnute verzogenen Lippen.

Sandra hielt dem Inspektor, bevor er überhaupt grüßen konnte, eine Schachtel mit Keksen hin, Biscotti Gentilini, gegründet 1890, Adresse: Porta Pia, Rom. Ja genau, die berühmten Kekse aus Milch und Honig! Stucky nahm sie lächelnd an.

Ob er den Abend von Ferragosto vielleicht über einem Aktenbündel oder, schlimmer noch, mit Büchern zu verbringen gedenke? Immer noch mit der Lektüre dieses – wie hieß er noch? –, dieses Manganelli? Vom Namen her, der das Bild von Schlagstöcken heraufbeschwört, würde dieser Autor ja zweifellos gut zu einem Polizisten passen, aber er solle doch lieber ein bisschen Zerstreuung suchen.

»Amüsieren Sie sich, Herr Inspektor. Gönnen Sie sich einen Abend in netter Gesellschaft. Zumal wir Sie am Montag verlassen. Wir machen endlich Urlaub.«

»Sagen Sie nicht Nein!«

Warum sollte er nicht annehmen? Die Frage schlich sich mit Leichtigkeit ein, die Sonne stand hoch, es war genauso drückend schwül wie am Tag zuvor, und er war nicht im Dienst.

Im Geiste suchte er nach einer Ausrede.

»Einen Abend? Aber wo?«

An einem erfrischenden Ort: mit eindrucksvollen Bergen, ein malerisches Dorf mit Musik, fröhlichen Menschen, Juwelen der Handwerkskunst, gutem Essen und gutem Wein. Und dann die Sterne!

»Die Sterne«, zwitscherten die Schwestern im Chor. »So, wie man sie hier unten in der Ebene nicht mehr sieht. Wegen der Lichtverschmutzung«, setzten sie hinzu.

Stucky kratzte sich den Bart. Nicht ganz überzeugt.

»Aber ans Steuer setze ich mich nicht«, sagte er.

Der rote Höllen-Mini blieb Punkt neunzehn Uhr rumpelnd vor seinem Haus stehen.

Veronica saß am Steuer, während Sandra es sich hinten bequem gemacht hatte; sie trugen grellbunte Kleider und entzückende Täschchen, aber bequeme Schuhe: Der Inspektor stellte sich vor, dass sie in dem Dorf am Rand der Marca Trevigiana, das er kaum kannte, wohl ziemlich lange Strecken zu Fuß würden zurücklegen müssen.

Der Nachteil eines Autos mit kleinem Innenraum: Die Reisegefährten füllen, wenn sie redselig sind, den Luftraum mit Worten. Sprich: Da drinnen konnte man kaum atmen. Außerdem brauste Veronica unbekümmert dahin, und Stucky konnte kaum die Straßenschilder lesen: Ponte della Priula am langen Kiesbett der Piave, dann nach links, am Fluss entlang, zwischen den Namen, die im Ersten Weltkrieg Berühmtheit erlangten, Nervesa und Sernaglia della Battaglia, noch am Ufer des Flusses

Soligo entlang, wo der Verlauf keine gerade Linie, sondern vielmehr plötzliche Schleifen bildete, dicht mit Bäumen bestandene Ufer, einladende Gasthäuser und Menschenmengen, die am Straßenrand auf und ab wogten.

Stucky schluckte, denn er sah sich gezwungen, kleine persönliche Informationen über seine letzten Kontakte in Venedig preiszugeben.

»Immer bleiben Sie so vage!«, protestierte Sandra.

Er betrachtete die Silhouette der Hügel, eine Kulisse wie aus grünem Pappmachee, die die Ebene vergessen ließ. Das Auto wurde, zusammen mit tausend anderen, auf einen endlosen Parkplatz geschleust. Eingetaucht in das Besuchermeer, betraten sie Cison di Valmarino.

Stucky wurde ganz steif. Ihm schwante ein übles Gedränge, gegenseitiges Auf-die-Füße-Treten, lästige Rempeleien, Gässchen voller Leute, so weit das Auge reichte.

»Sie wird doch hoffentlich nicht hier sein?«, brachte er als letzte Verteidigung vor, während Sandra seine Hand ergriff in der Hoffnung, ihn in einen kleinen Jungen zu verwandeln, der sich brav über die Straße führen ließ.

Zuerst bremste der Inspektor sie aus, verlangsamte zwischen den Verkaufsständen seine Schritte und tat, als wäre alles so interessant, dass er nicht weitergehen konnte. Auch die Schwestern betrachteten jede ausgestellte Ware, aber als Expertinnen taxierten sie rasch und von Zweifeln unbeleckt das Angebot und zogen weiter, leichtfüßig wie Gazellen.

Während sie durch die Straßen der Ortschaft gingen, die von den herrschaftlichen Fassaden der Palazzi gesäumt waren, gelang es dem Inspektor langsam, aber sicher, sich diesem lebendigen, aber ganz und gar nicht neurotischen Klima eines mittelalterlichen Festes zu öffnen. Es gab kein lautes Stimmengewirr, sondern ein Verschmelzen von Plaudereien, und der Menschenstrom erinnerte eher an eine Herde anmutiger Gnus als an die Masse furchtbarer Wühler während des Schlussverkaufs.

Die Schwestern spürten, dass Stucky sich entspannte. Er betrat die Geschäfte mit einem Lächeln, hörte sich höflich die Erklärungen über Lavendelseifen, Dresdner Porzellan, ja sogar über Handwebereien an.

Das Dorf hatte auch eine elegante Piazza, ein schönes Rathaus, ein Bächlein, das die Ortschaft in zwei Teile teilte, und ein paar reizende Brücken.

Es gelang ihnen, sich für ein richtiges Abendessen anzustellen, das von einem netten Weinchen begleitet wurde. An den langen Tischen saßen viele interessante Leute. Stucky ließ seinen Blick auf vielen Exemplaren der Spezies Mensch ruhen.

Er aß einen Teller Baccalà und Polenta, nicht unbedingt ein Sommeressen, aber schmackhaft. Baccalà, Polenta und Weißwein: Das wirkte weiter entspannend.

Die Schwestern aus dem Vicolo Dotti tranken ihren Wein mit solcher Übung, wie sie sich morgens mit der Puderquaste übers Gesicht fuhren, dachte der Inspektor, als sein Blick auf die Gläser fiel, die Sandra und Veronica sich nach und nach am Ausschank geholt hatten.

Sie lächelten. »Prosecco«, sagten sie, »Bläschen und Schaum.«

»Kohlensäure«, erklärte Stucky.

»Oje! Kohle und Säure. So was macht einem ja fast Angst!«, piepste Sandra.

»Ja, in der Tat. Klingt fast wie ein Schimpfwort.«

»Die Schaumbläschen sind Gaszellen in einer Flüssigkeit.« Und in Angeberlaune zitierte der Inspektor mit lauter Stimme aus dem Gedächtnis die Regeln von Plateau, dem berühmten Schaumologen des neunzehnten Jahrhunderts: In der Kante einer Blase treffen drei Flächen aufeinander, zwei von den drei nebeneinanderliegenden bilden immer einen Winkel von einhundertzwanzig Grad, und vier Kanten treffen in einem Knoten zusammen.

Die Schwestern lachten: Ein Schaumologe! Ein Schampusforscher! Was für eine herrliche Vorstellung! Eine Wissenschaft des Ephemeren!

Stucky grinste.

Es gab auch Musik. Eine kleine Kapelle.

Mit fortschreitender Zeit machten sich die Leute rar: Zuerst verschwanden die Familien mit Kindern, dann die Tussis, ein paar Typen, die sich langweilten, und die, die von weit her gekommen waren. Wer blieb, das waren die Schwätzer, die Junggesellen, die unsterblich Verliebten und die, die nur einen Katzensprung entfernt wohnten.

Und die Betrunkenen.

»Wir sind nicht betrunken!«, protestierte Veronica.

»Ich fahre«, sagte Stucky.

»Sie können keinen roten Mini fahren!«

»Und sind ein verdammt schlechter Fahrer«, setzte Sandra noch einen drauf.

Eigentlich war keiner der drei imstande, eine demonstrativ sichere Fahrweise an den Tag zu legen. Im Gänsemarsch gingen sie bis zum Ortseingang, zum Parkplatz, der schon fast ganz leer war.

Auf dem Hügel, beleuchtet, eine Burg.

Und ganz oben tatsächlich die Sterne.

Die Schwestern zeigten hinauf, glücklich. Während sie das Sternenzelt betrachteten, schwankten ihre Köpfe leise hin und her, und das nicht etwa wegen zu schwacher Nackenmuskulatur.

Stucky schlug vor, nach einem Lokal mit anspruchsvollen Weinen Ausschau zu halten, also nach einem Gasthaus. Es war ja schließlich Ferragosto.

Sie saßen, ihren Rotwein vor sich, an einem Holztisch, wie es sich gehört, während es von den Bergen her kühl wurde. Sie sahen einer ausgedehnten Schachpartie zu, die im Freien, unter dem Sternenhimmel, gespielt wurde.

Der Wirt sagte, er habe im Gasthaus angerufen, aber es sei praktisch vollbelegt, wegen des Feiertags. Zwei freie Einzelzimmer gebe es jedenfalls nicht.

Ein Doppelzimmer, eventuell mit einem Zusatzbett.

Stucky ließ bedächtig sein Glas kreisen. Er sah die Schwestern an, die auf glühenden Kohlen saßen.

Dann die Sterne. Noch nie hatte er so weit nach oben geblickt wie in dieser Nacht.

16. August, Sonntag

Konnte es sein, dass …?, fragte sich Stucky.

Im roten Mini herrschte Schweigen. Die Schwestern wirkten etwas zerzaust, ihre Kleider waren kaum glatt gestrichen, und ihre Augen waren ganz klein.

Sie beobachteten ihn verstohlen mit jener weiblichen Zerstreutheit, die andere ins Grübeln bringt.

Sie flüsterten etwas über Athleten und Wettkämpfe, über Stabhochsprünge, und in den Ohren des Inspektors klang das Wort »Stab« so seltsam mehrdeutig.

War es möglich?

Er konnte sich genau an das Zimmer erinnern und auch an die Statur des Besitzers, ein Riesenmannsbild, aus dem man mit Leichtigkeit zwei Männer mittlerer Größe hätte formen können. Er hatte die drei in den ersten Stock hinaufgeführt. Stumm und verständnisvoll. Ohne Gezwinker, das wusste Stucky noch mit Sicherheit.

Der Inspektor hatte dem Mann in die Augen geschaut, und der hatte so neutral dreingeblickt wie der Vorsitzende einer Prüfungskommission.

Bei diesem Gedanken fasste Stucky neuen Mut: Das bedeutete doch, dass ihr Verhalten untadelig gewirkt hatte. Es hatte nichts Zweideutiges gehabt: Drei müde Freunde, zwei Frauen und ein Mann, von den Widrigkeiten des Lebens gezwungen, ein Zimmer zu teilen.

Der Besitzer des Gasthauses hatte persönlich die Tür von Zimmer Nummer 5 aufgesperrt. Vielleicht befürchtete er, Schlüssel und Schloss würden in den Händen anderer nicht richtig zusammenarbeiten.

Stucky hatte sich auf dem Bett ausgestreckt und die Lider heruntergelassen wie eine Jalousie, bis die beiden jungen Damen ihre Kleider abgelegt hatten. Dann hatte er das Licht ausgemacht. Während er auf den Schlaf wartete, hatte er es zwischen den Laken rascheln hören.

Aber beim ersten Tageslicht war er in einem Doppelbett aufgewacht, obwohl er sich eigentlich in einem bescheidenen, für eine Person gedachten Zusatzbett hätte befinden sollen.

Konnten sie es während der Nacht ausgetauscht haben? Eine freundliche Geste? Wenig wahrscheinlich, und er lag jetzt, offen gestanden, quer im Bett, während seine Füße das ihm zugedachte Ersatzbett berührten.

Konnte er in der Dunkelheit aufgestanden sein, weil er irgendein verdächtiges Geräusch gehört hatte? Und konnte er, wie der Kapitän eines untergehenden Schiffes, Habtachtstellung eingenommen haben, bevor er besinnungslos auf das Bett der Nachbarinnen gesunken war?

Leicht betreten lächelte er in Richtung der Schwestern.

Sicher, er war in der Nacht aufgestanden und hatte sofort die Besinnung verloren. Die beiden Schwestern hatten ihn aus Mitleid zu ihren Füßen schlafen lassen, wo er dann still wie ein Etruskergrab geschlummert hatte.

»Habe ich vielleicht geschnarcht?«, fragte er.

»*Nnnkkk.*« Sandra und Veronica gaben einen sachten, sanften Schnalzer von sich. Ein intimes Geräusch, dachte der Inspektor.

»Weil ich schnarche, wenn ich ein bisschen getrunken habe.«

»*Nnnkkk.*«

»Nicht einmal ein klitzekleiner Schnarcher? Nicht ein einziger? Bin ich wirklich die ganze Nacht still gewesen?«

»Die ganze Nacht … nein«, sagte Sandra.

»Hab ich was gesagt?«

»Gesagt? Nicht wirklich …«

Lockvogelblicke. Scharfe Fregattvogelblicke.

»Sehr hübsches Dorf«, sagte Stucky, »danke für die Einladung. Zauberhafte Atmosphäre.«

Er betrachtete wieder die Hügel, die, ihrerseits unverrückbar, die Bewegungen des Autos begleiteten. Sie grüßten herüber, grün und schattig.

Konnte es sein, dass …?

Und der Inspektor schloss die Augen.

»Ihr macht jetzt also Urlaub?«

»So ist es, und wir sind froh, dass wir wegfahren.«

Antimama!

»Wohin geht die Reise?«

»In unser geliebtes Dalmatien. Und was ist mit Ihnen? Machen Sie auch ein bisschen Urlaub?«

Darüber hatte er noch nicht entschieden. Dalmatien lockte ihn auch. Aber natürlich erst dann, wenn die Schwestern wieder zurück waren.

17. August, Montag

Inspektor Stucky fand am Gittertor vor seinem Haus ein rotes Herz aus dünnem Karton vor, das an einem glitzernden Band baumelte.

Wie Adler waren die Schwestern dem dalmatinischen Himmel entgegengeflogen und hatten ihre Signaturen hinterlassen. Das Stück Pappe war parfümiert und eigenhändig mit Sandras S und Veronicas V versehen; hinter dem einem Buchstaben stand ein einfacher Punkt, hinter dem anderen ein doppeltes Ausrufezeichen.

Konnte es sein, dass …?

Später hatte er *daij* Cyrus in seinem Laden besucht. Er hatte für seinen Onkel ein bisschen Gemüse eingekauft. Der saß auf einem Teppichstapel mit einem so traurigen Blick, wie ihn nur der Wind der iranischen Hochebenen hervorbringen kann. Auf seinen Teppichen hatte er schreckliche Fotos von Ermordeten aneinandergereiht und hielt die Hände im Schoß, ausdrucksloser Blick.

Es waren fast ausnahmslos junge Leute, manche mit ausgeweidetem Oberkörper, als wären sie einer grausamen Gottheit geopfert worden.

»Wo hast du die denn her?«

»Man schiebt sie mir unter der Ladentür hindurch.«

»Wer ist ›man‹?«

Daij Cyrus zuckte die Achseln. Es könnte der Sohn von Signor Madani gewesen sein, einem anderen Teppichhändler. Der Junge glaubte, die Iraner, die in der Stadt lebten, dadurch zu sensibilisieren, dass er Fotos von Niedergemetzelten verteilte.

»Das geht auf das Konto der Pasdaran, der Revolutionswächter«, flüsterte Cyrus und zeigte mit einem knochigen Finger auf einen Brustkorb ohne Herz.

Das war die schlimmste Seite des Irans, alles, was *daij* Cyrus nicht sehen, an das er nicht erinnert werden wollte. Diese Fotos führten ihn zurück zu den Tragödien der Gegenwart.

»Pasdaran«, zischte Stucky, »Regierungspack, keine Staatsleute, denn wenn du ein Staatsmann bist, verdienst du dein Geld, indem du den Menschen in die Augen siehst. Die Banditen aber lassen sich heimlich bezahlen und agieren im Dunkeln. Und schlachten Menschen ab. Mach dir keine Sorgen, Onkel. Ich rede mit dem jungen Madani. Bleib ganz ruhig. Das ist nicht das Persien, das wir lieben ...«

Stucky nahm die Auberginen aus der Gemüsetüte. »Du hast mir erzählt, wie man die Früchte auf dem Teheraner Markt zur Schau gestellt hat.«

»Man konnte sich in ihnen spiegeln! Die schönen Frauen rissen sich um die Auberginen, die besonders schön glänzten. Die Verkäufer polierten sie mit einem Lappen auf Hochglanz, um die eitelsten Kundinnen des Marktes anzulocken.«

»Sie benutzten die Auberginen als Spiegel?«

»Ach, wenn du wüsstest! Die Iranerinnen ... Der Obstmarkt von Teheran«, fuhr *daij* Cyrus fort, »der war eine Augenweide. Gurken, Melonen, Sauerdorn und Spinat wurden gekocht und mit Joghurt gegessen. Das Kochwasser gab man den Kindern zu trinken: Wenn du Knochen wie Eisen haben willst, musst du Spinatwasser trinken und Sellerie essen. Ich mag Granatäpfel. Die Kerne hat man in eine Schale mit Rosenblättern getan und Öl und Zitrone darüber geträufelt.«

Cyrus strich zärtlich über die Fotos.

Stucky würde mit dem jungen Heißsporn reden, auf jeden Fall. Sie sollten einem alten Mann einfach seine Erinnerungen lassen. Ja, das würde er ihm sagen.

Signor Madanis Laden war sehr groß und befand sich in bester Lage. Die mit Teppichen bedeckte Bodenfläche fing das Licht ein und reflektierte es in Kaskaden feinster Farbschattierungen. Gedankenverloren saß Signor Madani an einem kleinen Holztisch, während sein Sohn voluminöse *Nargilehs* polierte.

Stucky nahm sich vor, sich wie ein Iraner zu benehmen, und suchte in seinem Gedächtnis vergebens nach der richtigen Vorgehensweise, nach der besten Annäherung.

Als sich sein Blick mit dem von Signor Madani kreuzte, runzelte der Inspektor die Stirn und zeigte, ohne ein Wort zu sagen, mit dem Finger auf den Jungen, der ihn anstarrte, und durchhieb die Luft, um zu sagen: Basta. Das war bestimmt keine Geste, die sich für einen Perser geziemte. Zustimmend wiegte der junge Mann sachte den Kopf hin und her.

Düster gestimmt machte sich der Inspektor auf den Weg zu Secondos Osteria. Die Versuchung, sich das Bittere aus dem Mund zu spülen, war übermächtig.

Der Wirt schaute Stucky an, als wären alle seine großen Korbflaschen im Keller leer. Er beugte sich über die Theke, ergriff die Hand des Inspektors und brach in Tränen aus.

Antimama, Secondo! Stucky verspürte den Drang, ihn in die Arme zu nehmen, gäbe es nicht die eiserne Regel, dass man den Wirt seines Stammlokals niemals umarmen darf, nicht einmal dann, wenn er weint.

»Endlich ist das Ergebnis der Autopsie und die Genehmigung der Behörden da. Erst jetzt können wir den Armen beerdigen. Schon am 3. August, in der Nacht, hat er die Piave überschritten ...«

Für Secondo bedeutete die Piave zu überschreiten so viel wie diese Welt für immer zu verlassen.

»Wer? Wer?«, fragte der Inspektor und sah sich hilfesuchend unter den Stammgästen um. Diese hatten das offenbar seit den frühen Morgenstunden über sich ergehen lassen müssen. Mit höflich-stummer Solidarität saßen sie an ihren Tischen.

»Mein Prosecco-Lieferant. Der Graf.«

»Welcher Graf?«

»Graf Ancillotto!«

Der Inspektor hatte davon in der Lokalpresse gelesen. Solche Dinge verfolgte er mit großem Eifer, und auch dieser Sterbefall war ihm nicht entgangen. Er wusste nur nicht, dass der Betreffende ein Bekannter von Secondo war, und wunderte sich, dass dieser das tagelang geheim gehalten und jedes Mal, wenn sie sich begegnet waren, seine Gefühle unterdrückt hatte. Abgesehen von einer gewissen Wehmut, die man ihm angemerkt hatte.

»Selbstmord«, flüsterte Secondo. Man hörte es kaum, aber ihm kam es immer noch zu laut vor. Wenn dem lieben Gott dieser Akt zufällig entgangen sein sollte, wollte er, Secondo, gewiss nicht derjenige sein, der den Grafen verriet.

Stucky nickte, er wusste Bescheid. Es hatte in der Zeitung gestanden. Besonders pikant war der Ort, an dem man den Selbstmörder gefunden hatte.

»Der Mann vom Friedhof«, flüsterte nun seinerseits der Inspektor.

»Ja, er hat sich im Seidenpyjama auf die Grabstätte seiner Familie gelegt, mit einer Champagner-Methusalem, auf der *Per aspera ad astra* eingeprägt war«, erklärte Secondo.

»Ohne Fleiß kein … Aber, was ist eigentlich eine Methusalem?«

»Eine Sechs-Liter-Champagnotta!«

»Eine Riesenflasche!«

Noch nie hatte Inspektor Stucky einen Schankwirt etwas Gutes über seinen Weinlieferanten sagen hören. Secondo saß auf seinem Korbstuhl neben der Kasse und erging sich in Lobeshymnen auf den Selbstmörder, der dabei bald als Ritter, bald als Philosoph oder gar als bukolischer Dichter gepriesen wurde.

Erschöpft wie eine Kaulquappe, der das Wasser ausgeht, sah der Wirt Stucky an. Er rieb sich die Augen und sagte, er müsse umgebracht worden sein: Ein Mensch, der unter Kastanienbäumen und zwischen Rebreihen lustwandelt, die vor goldenen Trauben nur so strotzen, so ein Mensch könne sich nicht umbringen. Und noch dazu mit einem Schlafmittel. Secondo kramte im Kühlschrank herum und fand die Flasche, die er suchte, die Flasche mit dem Riesenkorken. Es war ein netter kleiner Prosecco *millesimato* aus der Produktion des Grafen, also ein Prosecco aus den Trauben eines einzigen Jahrgangs. Der Besitzer des Weinlokals strich sachte über die Flasche, griff nach zwei Gläsern und schenkte einen ordentlichen Schluck ein.

»Schauen Sie, Herr Inspektor, Graf Ancillotto hätte sich niemals ein paar Wochen vor der Weinlese das Leben genommen! Nachdem er ein ganzes Jahr gespannt gewartet hatte, hätte ein Winzer wie er die Trauben in den Kisten sehen und wissen wollen, wie es mit dem Zuckergehalt, der Säure und all den schönen Dingen stand, die einen guten Wein ausmachen ... Und dann auch noch eine Flasche Champagner! Wenn schon, dann vielleicht ein Franciacorta, aber ausgerechnet ein fremder Wein!«

Stucky nippte am Prosecco und ließ ihn langsam über die Zunge rinnen.

»Sie wollen damit sagen, dass ihn jemand zu dieser tragischen Tat genötigt hat?«

»Ja, vielleicht.«

»Vielleicht?«

»Oder man hat ihm das Schlafmittel in den Champagner getan ...«

»Ja, was Sie nicht sagen! Dieser Herr soll sich also auf den Friedhof begeben haben, auf das Grab seiner Familie, in der Absicht, wer weiß was für eine Szene aufzuführen, und zieht plötzlich eine Sechsliterflasche hervor, in die jemand ein Schlafmittel versenkt hat?«

»Natürlich, ein Typ wie er hat sich immer mal einen kleinen Scherz ausgedacht. So hätte er auch eine Fünfzehn-Liter-Nabukadnezar mitnehmen können, um sich auf eine ungewöhnliche Weise einen Rausch anzutrinken.«

»Secondo! Jetzt machen Sie aber mal halblang! Wer soll ihm denn Ihrer Meinung nach in einer Riesenflasche Champagner ein Schlafmittel verabreicht haben? Wer hätte ein Interesse daran haben können? Wer? Ein multinationales Schaumwein-Unternehmen?« Stucky bereute seine Respektlosigkeit. Der Schankwirt sah ihn mit unerwarteter Feindseligkeit an.

»Keine Scherze über Tote, keine Scherze ...«

»Also«, versuchte sich Stucky in Schadensbegrenzung, »Sie kennen ein paar Fakten? Oder kannten Sie diesen Mann so gut, dass Sie auch den kleinsten Komplettausraster ausschließen können?«

Secondo schwieg lange, fast so, als würde er Erinnerungen Revue passieren lassen oder sich selbst mit Bildern konfrontieren, die sich in sein Gedächtnis eingebrannt hatten. Dann fing er wieder zu flüstern an, wie ein Infanterist im Schützengraben.

»Er liebte die Frauen, den Wein natürlich auch, er wanderte gern und saß gern am Feuer. Kann so einer sich das Leben nehmen?«

Und ob!, dachte Stucky. Er griff nach der Proseccoflasche und las auf dem Glas die Aufschrift: »*Edamus, bibamus, gaudeamus.*«

»Dieser Signor Ancillotto ließ auf alle seine Flaschen lateinische Sprüche prägen?«

Der Wirt zog es vor, diese Frage unbeantwortet zu lassen.

»Morgen mache ich den Laden dicht«, sagte Secondo. »Ich gehe zur Beerdigung.«

»Sie haben geschlossen? Den ganzen Tag? Morgen also keine Fleischbällchen?«

»Das ist das Mindeste, was ich für den Grafen tun kann!«

Ja, selbstverständlich.

»Wo hat er denn gewohnt?«, fragte der Inspektor, und Secondo murmelte den Namen der Ortschaft, als würde es sich um den heiligen Fluss Piave handeln: Cison di Valmarino. Genau dort also, wo Stucky eine Ferragosto-Nacht voller Rätsel verbracht hatte.

Hexen!, nannte er die Schwestern im Stillen.

»Ich komme auch zur Beerdigung, morgen«, sagte Stucky aus einem spontanen Entschluss heraus. Wohin solche spontanen Entschlüsse führen, weiß man ja nie. Oder vielleicht doch.

18. August, Dienstag

Während der Totenmesse für Signor Ancillotto fiel niemand in Ohnmacht, obwohl die Kirche von Cison brechend voll war. Die ersten Reihen war dicht besetzt mit Grund- und Mittelschülern. Hinter ihnen saßen Böttchermeister, Önologie-Alchimisten aus der ruhmreichen Schule von Conegliano, betagte Sommeliers und Glasbläser, ganz zu schweigen von den Baumschulbesitzern, Agronomen, Ampelografen, Absenkerbeetzüchtern und Fachleuten, die die für Blatt und Stiel der Weinreben so gefährlichen Pilze bekämpften.

Ein großer Teil der bunten Welt des Weines hatte sich in Trauer versammelt, um dem berühmten Ritter der Schaumbläschen die letzte Ehre zu erweisen.

Sie waren dem Anlass entsprechend gekleidet, in dunklen und gedeckten Farben, die Gesichter ernst, die Hände im Schoß gefaltet, und auch die massigen Körper der Traubenpressenverkäufer wirkten wie unter einer Last gebeugt. Und doch gab es durchaus Geflüster über Geschäfte und manchen Händedruck, mit dem eine Bestellung besiegelt wurde. Es ging um eine Abfüllmenge, ein paar Hektoliter, um Korken, Etiketten, Flaschen und Namen großer Restaurants, die den Wein zu horrenden Preisen verkauften.

Inspektor Stucky hatte sich im hinteren Teil der Kirche einen kleinen Winkel erobert, während Secondo der Wirt in einer der vorderen Reihen saß, zwischen den Schulkindern und den wenigen entfernten Verwandten, die Signor Ancillotto überlebt hatten, der offensichtlich nie eine schöne Jungfrau geschwängert hatte und auch selbst keiner fruchtbaren Familie entstammte.

Als der Sarg aus der Kirche getragen wurde, malte sich

Stucky, der wieder ans Licht getreten war, im Geiste aus, wie die Menge ein Spalier bildete, und alle mit erhobenen Gläsern, in denen die Gasbläschen perlten, diesen König der Weinberge hochleben ließen.

Tatsächlich aber reihten sich hinter dem Sarg schweigende Menschen in eine Schlange ein, die in einer langen Prozession zum Friedhof zog.

Alle waren überrascht von seinem Tod, dachte Stucky. Und er konnte nicht beurteilen, ob die gemäßigten Gefühle, die er um sich herum wahrnahm, auf einen äußerst unabhängigen Charakter deuteten, oder ob das Gegenteil der Fall war und Ancillotto seine Mitbürger endlich von seiner platzraubenden Präsenz befreit hatte.

Der Inspektor betrat den Friedhof nicht, sondern blieb am Eingang stehen, um in der Ferne ein altes gelbes Auto ins Visier zu nehmen, das wie ein New Yorker Taxi aussah, während eine Gruppe Männer mit roten Kappen sich für einen letzten Abschiedsgruß um Ancillottos Grab drängte.

Stucky hörte das Echo der Priesterworte aufsteigen und an den Hügeln verhallen.

»Die Prosecco-Bruderschaft?«, rief Stucky verwundert aus und fixierte Secondo den Wirt, der steif am Lenkrad seines Uralt-Mercedes saß.

»Natürlich, die mit den Kappen waren von der Bruderschaft«, antwortete der nach wie vor in seine Gedanken vertiefte Weinlokalbesitzer.

Signor Ancillotto war Mitglied gewesen, ein Winzer von seinem Format konnte von der Bruderschaft nicht ignoriert werden. Ein freier Verband, dessen Aufgabe darin bestand, die Qualität seiner alkoholischen Erzeugnisse hochzujubeln, und der viel für die Sache des Weins, seine Kultur und seine Vermarktung getan hatte.

Prosecco-Bruderschaft. Stucky ließ sich das noch einmal auf der Zunge zergehen, während das Auto zwischen den noch traubenschweren Weinbergen dahinglitt. Ein Teppich nebeneinander ausgelegter Folien bedeckte alles rechts und links der Straße und vermittelte den Eindruck einer fast vollkommenen Ordnung.

»Und diese Rauchwolke da unten?«, fragte Stucky.

»Ein Zementwerk«, antwortete Secondo ohne besonderes Interesse.

»Ein großes Zementwerk.« Stucky ließ nicht locker.

»Ja.«

Der Inspektor betrachtete die Rauchfahnen, die in unterschiedliche Richtungen wehten.

»Von seinem Haus bis zum Friedhof hat Signor Ancillotto wirklich eine ordentliche Strecke bewältigt«, sagte Stucky, und dachte dabei an den Weg, den er selbst nach der Messe zurückgelegt hatte, um Signor Ancillotto zu seiner Beerdigung zu begleiten.

»Ein Mann im Pyjama und mit einer Sechsliterflasche unter dem Arm soll niemandem aufgefallen sein?«

»Vielleicht war es schon mitten in der Nacht. Außerdem war der Graf ein sonderbarer Typ. Wenn ihn jemand gesehen hätte, hätte er das für eine seiner Schrullen gehalten.«

»Schrullen, gewiss. Aber so eine Methusalem hat doch auch ein Gewicht!«

»So gestorben ...«, murmelte Secondo, der sich auf das Ganze keinen Reim machen konnte. »Und auch sonst ... einige Feinde ...«

»Feinde, Secondo? Feinde?«

»Auch wenn man über die Haushälterin hinwegsieht, die direkt von der Gestapo kommen könnte und säuerlich ist wie hausgemachter Joghurt ...«

»Zu irgendwas wird sie gut gewesen sein. Niemand

ist so dumm, einen Feind einzustellen, damit der einem dann das Salz in die Suppe streut.«

»Es gab auch andere Leute, gerade in der Prosecco-Bruderschaft ... und ein paar Kellereien ... ein paar Produzenten ... nicht immer ganz durchsichtig ...«

»Jaja ... eine planetarische Verschwörung!«

»Und dann noch seine Erben«, nuschelte Secondo etwas zerstreut.

»Was hat er denn für Erben?«

»Kinder oder nahe Verwandte hatte er nicht. Möglicherweise hat er noch eine Nichte ... in Bolivien oder Argentinien.«

»Und außerdem?«

»Tja, dann gibt es noch das Haus. Und vor allem die Weinberge. Wer bekommt all die schönen Weinberge?«

»Vier Rebreihen.«

»Von wegen! Hektarweise! Nicht mit Gold aufzuwiegen!«

»Und wer wird die erben? Was meinen Sie, mein lieber Secondo?«

»Woher soll ich das wissen? Es kann durchaus sein, dass Ancillotto kein Testament gemacht hat oder vielleicht sogar alles der ...«

»... Prosecco-Bruderschaft hinterlassen hat?«

»Aber ich bitte Sie! Schon eher der ...«

»Der was?«

»Na ja, der Titten-Schwesternschaft! Sie wissen doch, was für ein Typ er war.«

Oh, là, là, das kennen wir zur Genüge, dachte Stucky. Reich, unverheiratet, Hurenbock, nichts Besonderes also. Vielleicht dazu noch ein Sportsmann, wenn's hochkommt.

»Verdient man denn Geld mit dem Wein?«, fragte der Inspektor naiv.

Secondo brach in ein Gelächter aus, das wenig zu einem Trauernden passte. Doch er fing sich schnell wieder. »Sie haben ja keine Ahnung, was alles hinter dem Weinmarkt steckt.«

»Also schießen Sie los, Secondo ...«

»Es ist ein Krieg. Wie in dem Land, aus dem Ihre Vorfahren kommen, dieses ... dieses Afghanistun ...«

»Sie meinen Afghanistan. Aber ich habe iranische Wurzeln. Zur Hälfte, natürlich nur.«

»Die fantastische Welt des Weines ist kompliziert und weit weg vom Geist der Engel!«

»Was wollen Sie damit sagen?«

»Haben Sie wirklich schon einmal richtig in ein Weinglas geschaut?«

Stucky gab zu, dass er die Frage nicht bejahen konnte.

»Klar, Sie sind in dieser Beziehung ja auch ein blutiger Anfänger. Experten wissen genau, dass so ein Glas viele Dinge enthält: die Werbung mit den Lockvogelmädchen, die Weinstraßen, die Bücher für die Wissbegierigen und die Fachzeitschriften, das Lexikon, die Fachterminologie, die Sommelierkurse, die Degustationen, die Produzentenvereinigungen, die Maschinen, die Analyselabore, die chemischen Produkte und die Investitionen, die Steuern für den Norden, die Steuern für den Süden, offen oder verdeckt ...«

»Ein unübersichtliches Netzwerk.«

»Darin kann man den gemeinsten Giftmischer antreffen, raffinierte Chemiker, die irgendwas reinrühren, skrupellose Händler, gewissenlose Landwirte, aber natürlich auch Wein-Poeten und Wein-Verliebte. Und das über den ganzen Prozess hinweg – von der Landparzelle bis zum Holz des Weinfasses. Das ist der Weinbau, und der Graf war einer seiner wichtigsten Repräsentanten.«

»Secondo, ich habe es Ihnen schon einmal gesagt:

Wenn Sie einen Anhaltspunkt haben, der etwas mit dem Tod von Signor Ancillotto zu tun haben könnte, melden Sie das bitte den Behörden!«

»Schon geschehen«, sagte Secondo. Aber er umklammerte dabei das Lenkrad so, als wolle er andeuten, dass er keine Rückmeldung bekommen habe.

»Ich werde den Polizeipräsidenten daran erinnern«, versprach Stucky, während die Rebzeilen seltener wurden und das sanfte Hügelland allmählich in die flache Ebene überging.

Der Polizeipräsident fand die Diskussion ärgerlich. Selbstverständlich, die Nachricht von Signor Secondo Bianchini hatte er erhalten. Er habe darauf mit institutioneller Höflichkeit reagiert und Signor Secondo angerufen und ihm mitgeteilt, dass die zuständigen Behörden sich angesichts der Bedeutung der betroffenen Person gewissenhaft und korrekt verhalten hätten. Die von den Carabinieri durchgeführten Untersuchungen und die zusammengetragenen Informationen hätten nichts ergeben, was nicht mit einem Selbstmord vereinbar gewesen wäre.

Stucky und der Polizeipräsident fixierten und taxierten sich ein paar Sekunden lang gegenseitig.

»Und der Brief?«

»Was für ein Brief, Inspektor?«

»Na, das, was jeder anständige Selbstmörder der Nachwelt hinterlässt. Der Tod von eigener Hand ist doch ein Auftritt!«

»Kein Brief. Er lag in einem Seidenpyjama auf der Grabstätte seiner Familie. Was hätte er sonst noch hinterlassen sollen?«

»Hm.«

»Ich wollte vielmehr einige Einzelheiten hervorheben,

die nicht in der Presse erschienen sind und die wir nicht publik gemacht haben.«

»Und die wären?«

»Seine Pyjamataschen waren mit Barbituraten vollgestopft.«

»Mit Barbituraten …«

»Und wissen Sie, wie er die Flasche entkorkt hat, der Signor Ancillotto?«

»Diese Methusalem?«

»Ja, die Methusalem.«

»Diese Riesenflasche.«

»Mit einem Schwert! Er hatte den Hals der Flasche so sauber durchtrennt wie ein napoleonischer Kürassier. Verstehen Sie? Ein Irrer! Nicht nur der Seidenpyjama und all das. Nein, auch ein Schwert hat er zum Friedhof mitgenommen! Und wissen Sie, was sonst noch neben seiner Leiche gefunden wurde?«

»Nein. Sagen Sie's mir!«

»Handschuhe. Ein Paar schwarze Handschuhe.«

»Damenhandschuhe?«

»Ich glaube nicht. Die Ermittler haben sie als Motorradhandschuhe bezeichnet.«

»Und?«

»Tja, Herr Inspektor, der hat sich auf seine eigene Weise aus dem Staub gemacht – theatralisch eben. Und auf seine eigene Weise hat er auch gelebt … Er konnte sich das leisten.«

»Schon gut.«

»Wir bekommen jeden Monat ein Dutzend solcher Hinweise: Verkehrsunfälle, angeblich herbeigeführt durch kriminelle Manipulationen von Schwiegermüttern und Blutsverwandten; Herzstillstände, ausgelöst von Pflegern oder erbschleicherischen Enkeln, Selbstmorde auf Betreiben von nicht Geschäftsfähigen, die aber mit Heimtücke vorgehen. Mir ist vollkommen klar, dass es nicht leicht ist, einen Tod zu akzeptieren, vor allem dann nicht, wenn er auf tragische Weise zufällig erscheint. Ein Verbrechen gibt uns wenigstens die Illusion einer Erklärung.«

»Manchmal liefert es aber auch tatsächlich eine Erklärung.«

»Jawohl.«

Wieder in seinem Büro, erhielt der Inspektor Besuch von seinen zwei Kollegen, Agente Landrulli und Agente Spreafico, die er fragte, was sie von dem rätselhaften Selbstmord des Signor Ancillotto hielten. Zur Vermeidung von Missverständnissen schob er hinterher:

»Das ist der, der sich auf dem Friedhof umgebracht hat.«

Spreafico lehnte sich ans Fenster und sagte, es müsse sich um einen Protestakt gegen die ansteigenden Bestattungspreise gehandelt haben. »Auf diese Weise hat uns Signor Ancillotto demonstriert, wie wir es künftig machen sollten: Man sollte sich auf eine marmorne Fläche legen und wie Feigen an der Sonne daliegen, bis man ganz austrocknet und so zusammenschrumpft, dass man weniger Platz in Anspruch nimmt.«

Agente Landrulli, der die Hände hinter dem Kopf verschränkt hielt, hatte für diesen Zynismus nichts übrig und meinte, im Angesicht einer Seele müsse man immer den Hut ziehen, und er tippte vielmehr auf Enttäuschungen, moralische Wunden und andere schreckliche Vorkommnisse im Leben eines Menschen.

»Und wenn jemand den Wein geliebt, im Wohlstand gelebt und sich zwischen schönen Frauen getummelt hat wie eine Hummel auf einer Bergwiese?«

»Das heißt, wenn es gar keine Wunden gegeben hat?«, fragte Landrulli verblüfft.

»Genau.«

»Dann hat er wohl eine furchtbare Krankheit gehabt«, meinte der Polizist, seine Worte wohl wägend.

Eine Hypothese. Daran hatte Stucky nicht gedacht. Eine Möglichkeit, immerhin.

Der Wirt schüttelte den Kopf. Als Stucky an der Osteria vorbeikam, hatte er ihn gefragt, ob ihm etwas über den Gesundheitszustand seines ehemaligen Prosecco-Lieferanten bekannt sei.

»Gesund wie ein Aal, der aus der Sargassosee nach Hause zurückkehrt, fünfundsechzig Jahre, alle Arterien blitzsauber und die Bänder elastisch.«

»Und woher wollen Sie das wissen?«

Secondo schwieg.

»Antimama! Sagen Sie bloß nicht, dass Sie so intim miteinander waren, dass Sie Ihren jährlichen Check-up in derselben Arztpraxis machen ließen! Und sich gegenseitig Ihre Cholesterin- und Transaminasewerte gezeigt haben?«

»Das nicht. Aber ein schwerwiegendes Problem hätte er mir nie verschwiegen.«

»Secondo, entschuldigen Sie bitte, aber verhält sich ein Lieferant von Ramandolo und Pinot Noir wirklich so?«

Er sah, wie der Schankwirt rot anlief.

»Waren Sie so gute Freunde?«

Secondo nickte.

»Eine Freundschaft aus alten Zeiten also. Bestand sie auch schon vor Ihren geschäftlichen Beziehungen hier?«

»Vier gemeinsam verbrachte Jahre in Maracaibo und drei in Buenos Aires.«

»Verstehe. Am selben Ort Tango zu tanzen, das schweißt zusammen.«

»Sehr.«

Agente Landrulli wollte partout nicht akzeptieren, dass Signor Ancillotto gesund war. So eine Geste ist unerklärlich, wenn einem nichts zu schaffen macht, und wenn es nicht der Körper und anscheinend auch nicht die Seele war, warum zum Teufel hat sich dieser Mann dann umbringen müssen?

»Genau. Das ist es, was Secondo der Wirt behauptet, der ihn sehr gut gekannt hat«, sagte Stucky, während er in seinem Büro auf und ab ging. »Landrulli, schließen wir jeden berechtigten Zweifel aus: Finde du heraus, wer die Autopsie an Signor Ancillotto vorgenommen hat, und sieh zu, dass du einen Blick auf die Befunde werfen kannst. Sag, dass dich der Polizeipräsident schickt.«

»Alles klar, Herr Inspektor.«

»Und was wissen wir inzwischen über die Welt des Weines?«, fragte Stucky.

»Des richtigen Weines, Herr Inspektor?«

»Genau, Spreafico! Ich meine den, der in Flaschen abgefüllt wird.«

»Ich kenne nur die vier Zuviel des Weines.«

»Dann hören wir die uns mal an.«

»Nicht zu viel einschenken, nicht zu viel Weiß mit Rot mischen, nicht zu viel trinken und nicht zu viel sparen.«

»Das scheint eine komplizierte Welt zu sein«, murmelte Stucky.

»Auch die Welt der Eisherstellung ist so. Das weiß ich von einem Bekannten«, rief Landrulli aus, der aus Neapel stammte.

»Die auch!«

»Da spielen die Glyzeride eine Rolle.«

»Mono- oder Triglyzeride?«

Landrulli hing seinen eigenen Gedanken nach.

In seiner Wohnung im Vicolo Dotti legte Stucky vorsichtig eine Musik-CD ein, die ihm Agente Teresa Brunetti vom Polizeipräsidium Venedig geschenkt hatte.

»Sehr bewegend«, hatte sie am Telefon geraunt.

Das Werk eines Amerikaners, der wusste, dass seine Tage gezählt waren, seine Musikerfreunde um sich versammelt und ihnen als Testament eine Sammlung von Langwellen hinterlassen hatte, die sich in schwermütig angehauchte Klänge verwandelten.

So schlief Stucky selig ein bei der Musik des Sterbenden, dessen Stimme sagte, dass sie an die Pforten des Paradieses klopfte. Diese Art von Mut hatte ihm gefallen.

Und er hatte sich vorgenommen, einen Blick in Signor Ancillottos Residenz zu werfen.

Secondo der Wirt zeigte sich halb zufrieden, halb widerwillig.

Dass der Inspektor beabsichtigte, in Bezug auf den Tod seines Freundes Klarheit zu schaffen, freute ihn. Ihm war es aber peinlich, Stucky zu sagen, wie er dessen Haus betreten könne.

»Ich muss mir die Schlüssel besorgen«, sagte Stucky.

»Herr Inspektor, jetzt, da Sie das sagen: Ich hätte einen«, gestand Secondo endlich ein.

»Wie das?«

»Ich bin selbst hingefahren, um mir den Wein abzuholen. Und angesichts unserer Freundschaft habe ich die Flaschen aus dem Lager der Villa geholt. Signor Ancillotto war so freundlich, mir die Schlüssel für den Fall anzuvertrauen, dass er gerade spazieren war. Oder mit heiklen Angelegenheiten befasst, von denen er sich nicht abhalten lassen konnte.«

»Sich nicht abhalten lassen?«

»Auf jeden Fall nicht wegen hundert Liter Prosecco!«

Nach einem Tag Arbeit – genau genommen waren es nur Routinesachen gewesen – fuhr Stucky gedankenverloren von Treviso nach Cison di Valmarino, in das Heimatdorf von Signor Ancillotto.

Er beschloss, in die Richtung der Burg von Conegliano zu fahren, um dann links in die Strada del Prosecco einzubiegen, eine kurvenreiche Strecke, die bis Valdobbiadene führte. Ein Land uralter Hügel, der besten, aus lehm- und sandsteinhaltigem Kalkstein gebildeten Böden – magische Verbindungen, wie sie nur der Gott der Geologie hatte schaffen können.

Stucky war schon ein paar Jahre zuvor in dieser Gegend gewesen, im Winter; da war es eine andere Landschaft gewesen, die Hügel kahl und die Weinreben beschnitten, die Reblinge gebogen und an Drähte gebunden, wie Schwimmer, die zum Sprung ins Wasser bereit sind, wenn im Frühjahr die Lebenssäfte wieder zu fließen beginnen.

San Pietro di Feletto, Refrontolo, Pieve di Soligo. Im Geiste zählte er noch andere Namen auf, von der anderen Seite des Prosecco: Valdobbiadene, San Pietro di Barbozza, Santo Stefano, Guia, Miane, Cison di Valmarino.

Dank Secondos präziser Beschreibung fand er Signor Ancillottos Domizil auf Anhieb.

Die Villa war von einer Steinmauer umgeben, die auch das Pfarrhaus miteinbezog.

Es handelte sich um ein imposantes Bauwerk mit einem Wappen über dem Eisentor und einer Auffahrt, die beiderseits mit kugeligen Magnolien bepflanzt war und zu einer Freitreppe führte.

Letztes Viertel neunzehntes Jahrhundert, schätzte Stucky und steckte den Schlüssel, den Secondo der Wirt ihm überreicht hatte, ins Schloss. Genau genommen waren es zwei Schlüssel: einer für das Tor und der zweite für den Lagerraum auf der Rückseite. Einmal dort angelangt, würde er, Secondo zufolge, alles Weitere offen vorfinden und das ganze Gebäude besichtigen können.

Das Tor beschwerte sich mit einem lauten Quietschen, aber der Inspektor bemerkte, dass das Eisen in bestem Zustand war, ohne den geringsten Rostansatz, vorschriftsmäßig abgeschliffen und gestrichen.

Die Allee war wie ein stiller, dunkler Tunnel; die Magnolienzweige hatten sich ineinander verflochten und bildeten eine Laubkuppel. Vor dem Haus breitete sich eine Rasenfläche mit schön gepflegten Rosenbüschen aus.

Die Glastür am oberen Ende der Treppe hätte dagegen der Pflege bedurft: Der Rahmen sah schäbig aus, und zwei Scheiben waren zerbrochen. Stucky ließ sich auf dem gepflasterten Weg weiter vom Haus weg führen und gelangte schließlich zu einer Drehtür. Er öffnete sie und befand sich in einer geräumigen Garage, in der ein roter und ein weißer Lancia Fulvia standen; die Spuren auf dem Boden legten allerdings den Schluss nahe, dass es eigentlich drei Autos geben müsste. An der Wand sah er Arbeitsschuhe, Holzpantinen und Stiefel hängen – alles, was man brauchte, wenn man die Villa betreten wollte oder aus ihr herauskam. Regenschirm, Spazierstock. Und sogar einen Eispickel gab es.

Dass die Garage auch als Lagerraum diente, sah man an den langen Regalen, in denen die Sachen kreuz und quer durcheinander lagen, als wären sie unzählige Male herausgenommen und wieder hineingestellt worden und als hätten sie mit der Zeit auch ihren Nutzen eingebüßt. Stucky kramte ein bisschen zwischen all diesen wunderlichen Gerätschaften des ländlichen Lebens herum: Baumscheren, Ersatzschnürsenkel, Hämmer, Trichter, eine lange rote Hundeleine, Arbeitshandschuhe aller Art.

Das imposante Tor, das den Garagen-Lagerraum vom Wohnbereich trennte, war ganz aus dunklem Holz gefertigt. Der Inspektor drückte den Griff nach unten, und das Tor ging auf.

Stucky staunte nicht schlecht: Der große Salon mit seiner hohen Decke war keineswegs luxuriös möbliert, wie er erwartet hatte, sondern praktisch leer. Er enthielt einen langen Holztisch mit nur zwei Stühlen und eine Sitzbank in der Nähe des breiten Kamins. Sonst nichts.

Links davon befanden sich zwei Türen und eine eindrucksvolle Treppe, die zum oberen Stockwerk führte.

Stucky stampfte auf die Tonfliesen, um seine Schuhe von imaginärem Staub zu befreien.

Die Treppe weckte sein Interesse. Auf dem dunklen Treppenabsatz tastete er nach dem Schalter. Ein langer Flur wurde in Licht getaucht. Er führte zu der großen Terrasse, die er schon beim Eintreten bemerkt hatte. Die zahlreichen Räume waren praktisch unmöbliert; ein Schlafzimmer enthielt nur das Wesentliche, in den übrigen Zimmern standen ein paar Tische, Koffer und ein Schaukelstuhl herum.

Das Arbeitszimmer war dagegen auf drei Seiten mit Büchern geradezu tapeziert. Stucky trat an den Tisch heran, an dem ein Dutzend Leute bequem hätte essen können, schob eine Lampe zur Seite, ließ sich auf dem harten Ledersofa nieder und streckte den Arm nach hinten, um ein beliebiges Buch herauszugreifen. *Weinbau im Elsass*. Das nächste: *Weinfässer aus Georgien*.

Millardet, Planchon, Ravaz: die Helden des Kampfes gegen die Reblaus. Denn gegen dieses verdammte Insekt hatte es einen Krieg gegeben, der den Beweis dafür lieferte, dass ein gewonnener Krieg auch einmal klare Vorteile mit sich bringen kann.

Ungläubig blickte Stucky auf weitere Titel, Dutzende und Aberdutzende: Es ging um Reben und Wein.

Fieberhaft suchte er die ganze Bücherwand ab – eine gewaltige Sammlung aller Texte, die je über die Kunst der Herstellung von Alkohol und gut gemischten Aromen verfasst wurden, in hundert Sprachen. Auch kostbare Ausgaben. Einige davon sehr kostbar. Flurkarten, Höhenmessungen, bodenkundliche Profile selbst aus Chile und den Pyrenäen.

Dieser Mann, sagte sich Stucky, war ein Besessener. Oder er hatte eine echte, allumfassende Leidenschaft, hatte seinen Großen Attraktor gefunden.

Dann nahm er das Badezimmer unter die Lupe. Im Schränkchen hinter der Tür lagen Hand- und Gesichtscremes, Tonerde-Zahnpasta, Watte. Aspirin, etwas ganz Spezielles gegen Kopfschmerzen, Vitaminkapseln und Augentropfen im obersten Fach.

Stucky ging wieder nach unten und inspizierte die anderen Räume. Halb leer. Mit Ausnahme der Küche: Holzherd, Vitrinen mit großen Ansammlungen von Gläsern, dazu Töpfe auf dem Rauchfang und in den Stellagen, sogar Elektrogeräte für Luxusköche, Knetmaschinen für Brot- und Pastateige, elektrische Schneebesen, kleine und große Siebe und jede Menge Schöpflöffel. Durch eine kleine Tür gelangte man aus der Küche in eine erstklassig bestückte Speisekammer, die wiederum eine Verbindungstür zum Garten hatte. Links, zwischen der Küche und dem Lagerraum, durch den er hereingekommen war, führte eine Treppe nach unten. Wahrscheinlich zum Keller. Nach ungefähr zwanzig Stufen musste Stucky vor einem fest verschlossenen Tor haltmachen.

Für diesen geheimen Tresor hatte er keinen Schlüssel. Er versuchte, durch die Ritzen zu schnuppern. Eine besondere Luft, leichter Modergeruch. Schützende Atmosphäre, durchdrungen von Spuren kaum wahrnehmbarer Ausdünstungen.

Einen Moment war der Inspektor unschlüssig; sein Mut trieb ihn dazu, das Schloss aufzubrechen, auch wenn es solide und kompakt aussah. Da hörte er es plötzlich donnern. Ein Gewitter, das in Richtung Hügel zog. Stucky stieg wieder nach oben und genoss von einem Fenster aus das Schauspiel, wie der Wind die Magnolien zerzauste und sich auf einmal ganze Bäche aus den Regenrinnen ergossen, Halme, Blätter, Erdklümpchen und Reste aller Art ballten sich, ausgewaschen und durchmischt, zusammen.

Das heftige Unwetter dauerte eine halbe Stunde. Es war finster geworden, und es regnete stark. Vom Lagerraum aus, den Stucky wieder sorgsam zugeschlossen hatte, erreichte er über Pfützen und Laubhäufchen sein Auto.

Er hat sich das Leben genommen, sagte er sich, und wunderte sich genau wie Secondo, aber nur, weil es sich nicht um einen einfachen Selbstmord handelte.

»Haben Sie sich die Villa angeschaut?«

»Ein interessantes Haus.«

»Haben Sie etwas entdeckt?«

In aller Frühe war Stucky bei Secondo vorbeigegangen und hatte ihm die Schlüssel zurückgegeben. Er wollte ihn auch um Erklärungen über die finanzielle Situation von Signor Ancillotto bitten, denn jemand, der fast all seine Möbel verkauft, musste wohl alle seine Cirio-, Parmalat- und Argentinien-Aktien verkifft haben.

Der Herr Graf – ein Junkie?! So wie einer dieser Draufgänger der Finanzwelt, die Aktien aus dem luftleeren Raum kaufen und Anleihen, die von ihrer Firmungstorte begeben wurden? Der Wirt geriet in Rage und wies nochmals darauf hin, dass der Graf in den besten wirtschaftlichen Verhältnissen lebte.

Der Hochwohlgeborene hatte sogar eine Expedition nach Armenien finanziert, die nach anderen genetischen Wurzeln des Prosecco suchen sollte.

»Moneten für die Forschung! Von wegen Krise!«

»Hören Sie, Secondo, erzählen Sie mir etwas mehr über diesen Ancillotto.«

Der Besitzer des Lokals, der den Besuch des Inspektors erwartet hatte, hatte sich mit ein paar Fotografien seines Freundes eingedeckt. Sie stammten aus den Siebzigerjahren, ein Gruppenfoto, das die italienische Gemeinde von Maracaibo zeigte, einige prominente Damen und lächelnde Herren, weiße Hemden, unbeschwerte Stimmung. Ancillotto war ein sehr gut aussehender Mann, groß gewachsen, hellbraunes Haar, schmales Gesicht mit einem leicht süffisanten Schauspielerlächeln. Für ein Foto hatte er sich in James-Bond-Pose geworfen und sich im schwarzem Smoking und mit einer großen, an die Brust gehaltenen Pistole ablichten lassen.

Graf Ancillotto war als Pilot auf den argentinischen Flugrouten, bis hinunter nach Patagonien unterwegs und auch ein erfahrener Flugzeugmechaniker gewesen. Er hatte davon geträumt, Wasserbauingenieur zu werden und den ganzen Planeten zu bewässern, aber schließlich hatte er sich in die Weinreben verliebt. Seltsame Liebe. Der Weinberg ist bekanntlich egozentrisch und der Wein ein Geheimnis, und der Graf, der gleichfalls egozentrisch war, Geheimnisse aber verabscheute, fühlte sich davon so angezogen, wie von dem anderen Pol eines Magneten. Beim Tod seines Vaters hatte er beträchtlichen Grund geerbt, einschließlich der venezolanischen Besitzungen, dort in Maracaibo, wo er gearbeitet hatte. Nach seiner Rückkehr nach Italien hatte ihn die Leidenschaft für die Weinberge und das Land veranlasst, sich dem Anbau desjenigen Weines zu widmen, für den sich dieser Boden am besten eignet, und das war nun mal der Prosecco; darüber hinaus produzierte er geringe Mengen des erlesenen Refosco Passito.

»Dann wurde er vielleicht in eine üble Methylalkohol-Geschichte verstrickt?«

Secondo lief hinter der Theke auf und ab wie ein Bär im Käfig.

»Damit ist nicht zu spaßen! Der Herr Graf war vor allem Traubenproduzent. Er schickte seine Trauben an erstklassige Kellereien, die sich bei der Weinherstellung an mathematische Vorgaben hielten. Diese Weine landeten in den renommiertesten Restaurants Italiens ...«

»Dann ist er womöglich über die Sulfit-Dosierung gestolpert?«

»Also, Sie verstehen wirklich nichts vom Wein! Der Graf gehörte nicht zur Sorte dieser Schnösel mit Krawatte, die nicht erwarten können, ihre eigenen Weinberge auf dem Börsenzettel zu sehen. Wenn es nach ihm gegangen wäre, wären wir noch heute bei der Barfuß-Kelterung. Mit Rührung dachte er an die früheren Weinlesen zurück und hat immer zu mir gesagt: ›Secondo, wenn es nach mir ginge, würde ich all diese Nichtstuer von Fußballern zusammen mit diesen Nichtstuern, die sie trainieren, zum Traubentreten abkommandieren. Der beste Platz für Füße ist der Weinbottich!‹«

»Ein Irrer.«

»Ein Irrer, der sich persönlich um eine hervorragende Produktion von höchster Qualität kümmerte, die er in diese besonderen Flaschen abfüllte; sie tragen alle ein lateinisches Motto, und denen, die sie verdienten, schenkte er sie.«

»Und Sie, Secondo, haben sie verdient?«

»Das würde ich meinen!«

»Na gut. Vielleicht liegt die Erklärung in der Krise der ganzen Branche. Wie wir wissen, laufen die Geschäfte im Weinbau ziemlich schleppend und die Preise sind gesunken. Der Markt scheint ein wenig übersättigt.«

»Wo denken Sie hin? Der Prosecco-Markt floriert! Die Gebiete der historischen Prosecco-Produktion haben auch die Qualitätssiegel ›Denominazione di origine controllata‹ beziehungsweise ›Denominazione di origine garantita‹ erhalten, eine weitere Anerkennung ihrer Qualität ...«

»Aber wenn man Ihrer Theorie Glauben schenkt, behauptet sich der Weißwein, gerade weil es eine Krise gibt.«

»Natürlich.«

»Sobald die Wirtschaft wieder wächst, ist es aus mit den Weißen.«

»Hinter der Geste des Grafen muss ein wirtschaftliches Motiv stecken. Da bin ich mir sicher.«

»Und zwar?«

»Ich habe keine Erklärung dafür.«

»Wussten Sie, dass Signor Ancillotto ein Schwert zum Friedhof mitgenommen hat, um die Flasche dort zu köpfen?«

»Das glaube ich nicht!«

»Und dass er neben seiner Leiche schwarze Handschuhe zurückgelassen hat? Schwarze Handschuhe! Was konnte er mitten im Sommer mit einem Paar schwarzer Handschuhe gewollt haben?«

Sie musterten sich gegenseitig, wie sich sonst spät in der Nacht nur ein Schankwirt und sein letzter Gast mustern.

Und ich kratze. Kratze. Kratze. Kratze.

Die anderen rubbeln ihre Lose, und ich kratze den Rost ab. Denn das Glück ist launisch, aber der Rost anhänglich, und ein Volk, das unter dem Rost versinkt, ein verrostetes Volk, hat das Reich nicht verdient.

Auf diesem Grab haben die bösartigen Tauben mit ihrer Deckkruste einen Dankesgruß an den betrauerten Checco Moccia hinterlassen, der am 12. September 1996 das Zeitliche gesegnet hat. Zur Strafe einen Streich für die kackenden Tauben, weil der arme Moccia eine solche Geringschätzung nicht verdient hat – er, der zwei Jahrzehnte lang als Kaufmann tätig war und Motorsägen bester Qualität verkauft hat, ohne seine Kunden je zu bedrängen. Ja, in seinem Geschäft war sogar in großen Lettern zu lesen: »Habe ich jemals jemanden zum Kauf genötigt?«, und da er ein lauterer und ehrlicher Mensch war, stand in seinem Laden auch geschrieben: »Brauchst du Informationen? Dann geh anderswohin! Hier wird verkauft«, »Lasst die Kinder zu Hause. Habt ihr je ein Kind gesehen, das eine Motorsäge benutzt?«, »Hunde haben hier Zutritt, denn sie wissen nicht, was eine Motorsäge ist«.

Er war ein echter Herr, dem das gemeine Schicksal den Ruhm des angewandten Genies vorenthalten wollte, ein niederträchtiges Schicksal in Gestalt plutokratischer Banken, auch wenn es sich um Kassen handelte, die mit dem gesparten Geld anderer Geschäfte machen, denn wenn du eine Sparkasse bist, sollte das Geld schon dir gehören und eben nicht anderen Leuten. Besagte Plutokraten gewährten ihm niemals auch nur eine Lira Kredit für die Durchführung der großartigen mechanischem Projekte, die das Schicksal des Reiches und der ganzen Menschheit verändert hätten.

Projekte wie den Scheißesprüher, der, an das Hinterteil der Fahrzeuge montiert, sich leicht in Betrieb hätte setzen lassen, wenn sie von Autofahrern überholt würden, die sich so ziellos bewegten wie Wanzen in Sojafeldern.

Checco Moccia dachte sich sogar eine Variante mit seitlich angebrachten Sprühvorrichtungen aus, deren Zweck es gewesen wäre, unsichere Fußgänger zu bespritzen, die sich anschickten, eine Straße so zu überqueren wie soeben in die Freiheit entlassene Zuchtfasane am Tag der Jagd. Eine Version, die trotz der technischen Zusätze höchstens fünfzehn Prozent mehr gekostet hätte als das Basismodell.

Allesamt Projekte, die die plutokratischen Banken vor Ort nicht hatten finanzieren wollen, Auf diese Weise vereitelten sie sogar den Bau von Prototypen für experimentelle Zwecke. Ein Schicksal, das auch dem sogenannten Glühwürmchenrad beschieden war, einem Zweirad, das, mit besonderen Lichtsignalvorrichtungen ausgestattet, einer verheirateten Frau mitgeteilt hätte, ob der Göttergatte, der sich nur mal kurz die Beine vertreten wollte, in einer Osteria oder auf dem Sofa seiner Schwägerin gelandet war. Oder der Motorsäge für Leute mit Behinderungen an den oberen Extremitäten, die die Betreffenden mit speziellen Socken an den Füßen in Betrieb hätten setzen können. Auf diese Weise hätten sie nicht nur Hecken und Büsche in Ordnung halten können; diese Säge hätte auch die Wiedereingliederung solchermaßen behinderter Personen in den produktiven Sektor erleichtert. Dann war da noch die Motorsäge für Alpenveilchen, gefühlvoll und leise; die Motorsäge für Treibhaussalate, eine Idee, die tatsächlich realisiert wurde, allerdings von der Konkurrenz, und zwar mit österreichischem Kapital. Die Motorsäge für Sammler, handgravierte Exemplare mit Ornamenten, die an die Zeit des Faschismus erinnerten oder die Insignien der Republik Venedig trugen.

Zum x-ten Mal von den plutokratischen Bankiers boy-

kottiert, die rechts und links einen Streich mit dem Robinienstock verdient hätten, zündete Checco Moccia eines Tages seine Motorsägen an und warf sich auf diesen brennenden Scheiterhaufen; doch da seine Lunge seit Langem nicht mehr richtig funktionierte, erstickte er an den Abgasen.

Genau wie mein Vater, Jahrgang 1918, der tapfer in Cefalonia gekämpft hatte und mit kaputter Lunge heimgekehrt war, verließ er seine Familie vor der Zeit.

Und ich kratze. Ich kratze.

20. August, Donnerstag

Es waren heiße Tage, die Gedanken an einen endlosen Sommer mit einem verkürzten Herbst heraufbeschworen, in dem man wohl eher Weihnachtsgebäck backen würde, als sich Pilzen und Kastanien zu widmen. An einen Sommer mit so viel Licht und Sonne konnte man sich schon lange nicht mehr erinnern. Entweder hatte der liebe Gott die Reservelampen eingeschaltet, oder die Weltlaterne hatte infolge einer Hormonstörung Hitzewallungen entwickelt.

Wie alle in seinem Büro ohne Klimaanlage schleppte sich Inspektor Stucky träge dahin.

Landrulli hatte die geniale Idee gehabt, eine Kühltasche mitzubringen und sie unter dem Schreibtisch zu platzieren. Sie spendete kühles Wasser wie eine Karstquelle. Stucky zapfte ein paar Liter am Tag.

Gerade hielt er eine Flasche auf halber Höhe in der Luft und dachte über einen Aspekt des Todes von Signor Ancillotto nach, den er bisher nicht beachtet hatte. In dieser Tragödie herrschte zu viel Ordnung, während der Mann selbst wohl nicht gerade ein Muster an Perfektion gewesen war. Davon zeugten die zerbrochenen Glasscheiben, das Durcheinander im Lagerraum und das halb leer zurückgelassene Haus, das den Eindruck vermittelte, er habe nichts da gelassen, wo es vorher war.

Und jetzt schlüpft dieser Signor Ancillotto in einen schönen Seidenpyjama, verlässt mitten in der Nacht das Haus mit einer Riesenflasche Champagner unter dem Arm, mit einem Schwert und einem halben Dutzend Schachteln Schlaftabletten, setzt sich auf das Familiengrab, in dem die Gebeine seiner Lieben ruhen, enthauptet die Champagnerflasche, schüttet die Schlaftabletten hinein und trinkt. Dann wartet er, während er das bestirnte Firmament betrachtet und vielleicht sogar das Glück hat, eine Sternschnuppe zu sehen, der die Spannung in der Atmosphäre wirklich schnuppe ist.

Als Zeitpunkt des eigenen Ablebens wählt er also die Phase der letzten Sommergewitter aus, wenn die Gefahr von Hagelschlägen bereits nachlässt: eine Zeit fern der Frühlingsblüte und der Peronospora der Weinrebe. Als wäre all das, was er vorhatte, schon erledigt.

Im Gegensatz zu dem, was Secondo glaubte, ergab das Timing dieses Todes einen Sinn: Hätte Ancillotto die Weinlese abgewartet, hätte er sich noch mit dem Keltern, dem Most und dann mit dem gärenden Wein herumplagen müssen.

In diesem Tod steckte eine Botschaft. Auch ohne Abschiedsbrief und ohne Unterschrift.

Der Inspektor ertappte sich dabei, dass er gegen seinen Willen Agente Landrulli barsch anfuhr, weil dieser vergessen hatte, etwas über die Ergebnisse der an Signor Ancillotto vorgenommenen Autopsie in Erfahrung zu bringen.

»Bist du denn überhaupt nicht mehr neugierig?«, pflaumte er ihn an, obwohl er wusste, dass Landrulli seine Neugierde stets dadurch ausdrückte, dass er bei ihm anklopfte, und außerdem befand Stucky sich trotz des Papierkrams und der sonstigen Pflichten im Geiste schon zwischen den Prosecco-Hügeln. Bevor er aufbrach, bat er Landrulli noch einmal, aber in angemessen sanftem Ton, die Autopsie nicht zu vergessen und nachzuprüfen, ob Signor Ancillotto sich an einen Notar in Treviso gewandt hatte, der ihnen gegebenenfalls einen Hinweis auf ein mögliches Testament geben könnte.

Auf dem Weg betrachtete Stucky die zwischen den Hügeln gelegenen Landhäuser – sie sahen aus wie Weihnachtskrippen mastodontischen Ausmaßes, die über ein künstliches Ökosystem wachten. Die schmalen Sträßchen waren wie graue, ineinander geschlungene Schlangen und verlangten ihm ein gedrosseltes Tempo und höchste Aufmerksamkeit ab. Ein paar Mal hatte sich der Inspektor, in Gedanken versunken, am äußersten Rand der Straße wiedergefunden oder hätte beinahe einen ihm entgegenkommenden Traktor gestreift.

Die Rebreihen erinnerten ihn an Fußsoldaten früherer Kriege, die sich in langen Linien aufstellen mussten. Die Reben, die wie Lianen dahinkrochen, waren anscheinend so schwach, dass sie an Stützpfähle und lange Eisendrähte gebunden werden mussten. Vielleicht ist es die Rache dafür, dass ein so geordneter Anbau diese mannigfaltige Flüssigkeit hervorbringt – ein Wunderwerk, das eheliches Unglück lindert, Ermüdung durch die Arbeit vertreibt, Freunden die Wege zum Rausch aufzeigt, Paare in die Refugien der Intimität führt, Priester in das Mysterium des Blutes Jesu Christi und Philosophen in die Geheimnisse des Denkens einweiht.

Alles dank dieser Blätter, die das Licht einfangen und es in Zucker umwandeln, und wegen vier Gärmitteln, die dann aus diesem Zucker Alkohol machen.

Stucky stellte den Wagen auf einem großen Platz ab, demselben, auf dem sie am Ferragosto-Abend den roten Mini geparkt hatten, als er von den Schwestern aus dem Vicolo Dotti – wahrscheinlich – harpuniert worden war.

Konnte das denn sein?, fragte sich der Inspektor immer noch. Mit dem Widerhaken gefangen wie ein Kabeljau oder ein Schellfisch?

Er beschloss, sich in aller Ruhe im Dorf umzusehen. Aufmerksam las er die Schilder der Straßen, der Gässchen, der Plätze und diejenigen, die auf Gaststätten, Museen und besondere Attraktionen hinwiesen. Wie etwa den Bosco delle »Penne Mozze« oder die Maultierpfade. Man erfährt tatsächlich viel über einen Ort, wenn man auf seine Schilder achtet.

Hier herrschte friedliches Treiben. Stucky ließ sich an einem Tisch der Bar Roma nieder, an der zentral gelegenen Piazza, um ein leichtes Weinchen zu sich zu nehmen. Vor sich hatte er die Kirche und eine Treppe, die zum Pfarrhaus führte.

Alles in Reichweite. Dennoch kam ihm die Sache kompliziert vor.

Mit der Kellnerin unterhielt er sich ein wenig über Signor Ancillotto. Er kam oft zum Frühstücken hierher; als Mann von Welt pflegte er seine Schulden immer erst am Monatsende zu begleichen, einschließlich der Espressi, die er dem Bürgermeister, der Bibliothekarin, dem Direktor des Rundfunkgeräte-Museums, dem Platzanweiser des kleinen Theaters und Isacco Pitusso spendiert hatte.

»Und wer soll das sein?«, fragte Stucky neugierig.

»Der Dorftrottel, der, der im Friedhof den Rost abkratzt und, wenn ihm der Sinn danach steht, auch von den Gittertoren und Eisengittern der Häuser.«

Die Frau lächelte. Vielleicht erinnerte sie sich an einen ganz bestimmten Vorfall.

»Aber … der Graf, haben Sie ihn auch frühstücken sehen in den Tagen unmittelbar vor dem tragischen …?«

»Um ehrlich zu sein, nein«, antwortete die Kellnerin, fast als würde sie erst in diesem Augenblick begreifen, dass der Gast die Tischchen, die auf die hübsche Piazza schauen, schon einige Wochen vor seinem Tod verlassen hatte.

»Ist das nicht seltsam?«

»Ich wusste, dass er oft verreiste. Ich glaubte, er sei beschäftigt gewesen. Aber wenn ich jetzt genau nachdenke, dann habe ich ihn in jenen Tagen mit Isacco dem Irren spazieren gehen sehen und auch mit dem Priester und mit der Bibliothekarin. Er war ein Intellektueller, der Signor Ancillotto, ganz im Gegensatz zu uns Banausen hier!«

»Aber Intellektuelle sind, wenn ich mich nicht irre, in dieser Gegend nicht besonders beliebt.«

Die Kellnerin wurde nachdenklich und ging hinein, um einem Gast ein Bier einzuschenken.

»Was wollten Sie sagen?«

Stucky schaute sie an. Kultur ist immer eine heikle Sache.

»Vielleicht war er ein hochnäsiger Typ, und im Dorf ignorierte man ihn, ja, man grenzte ihn womöglich aus, und die Einsamkeit treibt die Menschen bekanntlich zu schlimmen Taten ...«

Die Frau brach in schallendes Gelächter aus.

»Den Herrn Grafen konnte man nicht ausgrenzen, selbst wenn man es gewollt hätte. Er hat ja jeden angequatscht! Und von wegen einsam! Da würde ich mal ein paar gewisse junge Damen in Bassano fragen ...«

»Ich weiß nicht, ob Sie mir da weiterhelfen können ... aber hat er in Bassano trainiert?«

»Trainiert? Bravo! Kleine Auswärtsspiele, aber auch viele Heimspiele. Selbst Don Ambrosio hat sich über den Heidenlärm beschwert. Vor allem wenn ein Tor gefallen ist.«

»Also«, platzte es aus Stucky heraus, »warum bringt sich so ein Mensch um?«

Auch die Kellnerin brauchte einige Sekunden, um nachzudenken.

»Und was wäre, wenn er sich nicht umgebracht hätte?«

»Sie glauben an einen ... vorgetäuschten Selbstmord?«

Sie zuckte mit den Achseln.

»Könnte sich dahinter irgendeine üble Geschichte verbergen?«, bohrte Stucky weiter.

Er konnte ihr nichts weiter entlocken. Nur den Namen einer gewissen Chicca, einer Athletin aus Bassano. »Und woher wissen Sie das? Hat Signor Ancillotto das vielleicht überall herumposaunt?«

»Oh, er hat sie sein Nichtchen genannt, sein Nichtchen Chicca, die in einer herrlichen, völlig ummauerten Stadt wohnte. Hin und wieder kam der Graf zum Frühstücken hierher, zusammen mit dieser hübschen Brünetten, um das Ambiente hier etwas aufzuputzen. Die Spießer zu provozieren, das machte ihm Spaß.«

»Leute wie Don Ambrosio. Vielleicht waren ja auch ihre heißen Umarmungen nur vorgetäuscht.«

»Das bezweifle ich. Allerdings können Frauen wie diese Chicca in üblen Kreisen verkehren, mit gefährlichen Leuten zusammenkommen. Wer weiß ...«

»Können Sie sie mir beschreiben?«

Supersexy. Und es ist wirklich unglaublich, mit welcher Präzision Frauen ihre Rivalinnen beschreiben, vor allem dann, wenn sie noch nach der klitzekleinsten Unzulänglichkeit suchen.

Der Dorfpfarrer, Don Ambrosio, der auch die Totenmesse für Graf Ancillotto abgehalten hatte, hielt es nicht für notwendig, diesem unsäglichen Polizisten einen Platz anzubieten, der um neun Uhr abends geläutet und ihn aus seinem Fernsehprogramm gerissen hatte. Er begab sich zum Tor, setzte ein unverbindliches Lächeln auf, das, durch die über dem Bauch verschränkten Hände verstärkt, großes Verständnis vortäuschte, und hörte Stucky geduldig zu. Er erinnerte ihn jedoch daran, dass er bereits einige Wochen zuvor den Behörden bezüglich des turbulenten Lebens des Grafen Bericht erstattet habe.

Als Hausnachbar wollte Don Ambrosio sich nicht über alles beklagen. Im Dorf geschahen schlimmere

Dinge. Gewiss, der Graf war kein sittsamer Mensch, und am Hauseingang hatte er immer das Licht brennen lassen.

»Man könnte also von einem ziemlich offenen Haus sprechen«, schlug Stucky vor.

»Ziemlich offen.«

»Wie das Haus des Herrn.«

»Nicht in der Nacht. Der Herr lässt uns nachts schlafen. Sie wissen ja: Die Nacht ist zum Ausruhen da.«

»Könnten Sie mir freundlicherweise verraten, wer Signor Ancillotto bei der Haushaltsführung half?«

»Signora Adele Toniut.«

»Glauben Sie, dass ich sie um diese Uhrzeit stören würde?«

»Nein! Gehen Sie ruhig zu ihr. Sie lebt allein und leidet zudem unter Schlaflosigkeit. Gehen Sie zurück zur Piazza, gleich dahinter sehen Sie eine Arkade und dann eine Treppe, die zu der kleinen Brücke hinunterführt. Überqueren Sie den Bach, und das dritte Haus links ist dann das der Signora Adele. Möchten Sie, dass ich Sie telefonisch anmelde?«

»Danke, Don Ambrosio.« Der Priester konnte es kaum erwarten, sich wieder vor den Fernseher zu setzen.

Der Inspektor folgte den Erklärungen bis zur Brücke.

Dann ging er die Treppe hinauf und ihm fiel das schwache Licht einer kleinen, an ein Bäumchen geklemmten Lampe auf, das einen Kickertisch mit vier Männern darum beleuchtete, die mit leidenschaftlicher Konzentration spielten. Als er weit genug oben war, erkannte Stucky, dass der Tisch an der Rückseite eines Hauses, auf wenigen Quadratmetern, stand, und dass die Spieler, die in einen männlichen Wettbewerb um die abendliche Vorherrschaft in Sachen Tischfußball versunken waren, Ausländer sein mussten.

Einer der vier Männer war so groß, dass er sich wie eine Binse biegen musste, um der flitzenden Kugel zu folgen und seiner Rolle als Verteidiger einigermaßen geschickt gerecht zu werden. Die anderen drei waren wohl zwischen dreißig und vierzig Jahre alt. Leute aus dem Osten, dachte Stucky. Sie murmelten kaum hörbar, um die Nachbarn nicht zu stören.

»Wer gewinnt?«, fragte der Inspektor.

»Die Besten«, antwortete einer mit langen, dichten Haaren und Künstlermiene.

»Es gewinnen immer die Besten. Wie langweilig!«

Signora Adele stand auf ihrem mit Geranien geschmückten Balkon, der wie der Sieger eines Botanikwettbewerbs aussah.

»Guten Abend, Signora! Ich möchte Ihnen gern zwei oder drei Fragen über Signor Ancillotto stellen ...«

»Warum?«

»Wieso warum? Hat Don Ambrosio Sie denn nicht informiert? Hat er nicht angerufen?«

»Ach, der! Der vergisst alles. Und wer sind Sie? Verzeihung, wenn ich frage.«

»Inspektor Stucky. Vom Polizeipräsidium Treviso.«

»Zwei oder drei Fragen, sagten Sie?«

»Über Signor Ancillotto? Besser drei.«

»Ist Ihnen kalt?«

»Nein, überhaupt nicht.«

»Dann können wir uns ja so unterhalten, über den Balkon.«

»Einverstanden«, sagte Stucky und blickte sich um. Niemand da.

»Hat Sie überrascht, was mit Signor Ancillotto passiert ist?«

Sofort ganz ergriffen, bekam die Signora eine brüchige Stimme. Instinktiv machte sie eine Bewegung, als wolle sie ins Haus gehen, doch dann hielt sie sich am Balkongeländer fest.

»Ja«, sagte sie kaum hörbar.

»War er krank?«

»Er war etwas erschöpft.«

»Nur erschöpft?«

»Die üblichen Zipperlein, die ein Mann mit fünfundsechzig so hat.«

Stucky hätte sie über die Villa ausfragen wollen, über die sonderbare Möblierung, über den Keller, aber er gab lieber nicht zu, dass er das Haus schon dank Secondos Schlüssel betreten hatte.

»Wäre es zu viel verlangt, wenn ich Sie bitte, mich durch Signor Ancillottos Haus zu führen?«

»Ja, führen Sie denn Ermittlungen durch? Haben Sie im Zusammenhang mit seinem Tod schon einen bestimmten Verdacht?«

»Nein, nein, Signora. Formalitäten, Erbenermittlung«, improvisierte Stucky.

»Erben?«

»Darüber wissen Sie nichts, Signora Toniut?«

»Nein, solche Dinge gehen mich nichts an.«

»Ist es möglich, dass Signor Ancillotto seinen ganzen Besitz einer ... einer ...«

»Einer was?«

»Dass er einer dieser Frauen, wie etwa dieser Chicca aus Bassano, seinen Besitz vermacht hat?«

Darauf ging die Signora nicht ein.

»Wann möchten Sie zum Haus des Grafen?«

»Ich weiß nicht ... Wann würde es Ihnen denn passen?«

»Da Sie nun schon mal hier sind ...«

Stucky folgte ihr zur Villa. Sie schlug einen Umweg ein, der um die Treppe und die Brücke herum führte. Die

Frau ging langsam und steif, und der Inspektor musste ihren Beschwerden lauschen, vor allem, dass sie immer noch arbeiten musste, wegen der Enkel und ihrer in Trennung lebenden Tochter, die in Udine hängen geblieben ist. Heute heiratet man und lässt sich einfach wieder scheiden, die Kinder leben im Chaos, in Unsicherheit, und dann haben sie kein Geld, um über die Runden zu kommen, deshalb müssen die Großeltern wieder herhalten, die ihr Vermögen viel lieber für Kreuzfahrten ausgeben würden, ja, wenn die Großeltern nicht so alt würden, gäbe es gar keine Scheidungen. Denn da liegt der Hund begraben: Die Verlängerung der Lebenserwartung hat der Ehe geschadet! Da sieht man es wieder!

Signora Adele steckte die Schlüssel in das Schloss des Gittertors. Hinter dem Pfosten war der Schalter für das Licht im Eingangsbereich. Dasselbe Licht, das in der Nacht Don Ambrosio so sehr gestört hatte.

Das Tor quietschte, und Stucky stand nun im Haupteingang, mit dem bronzenen Schirmständer und einem abgeblätterten Gemälde, immerhin aus dem frühen neunzehnten Jahrhundert, das jemand stümperhaft hinter eine Glasscheibe verbannt hatte.

Mit geübter Hand bediente die Signora die richtigen Schalter und leuchtete den großen Salon aus, der dem Inspektor schon bekannt war.

Beim Anblick des leeren Raumes heuchelte er leises Erstaunen.

»Was ist denn mit den Möbeln? Hat er das ganze Haus ausgeräumt?«

»Ja. Er hat gesagt, er würde alles modernisieren.«

»Und wann war das?«

»Vor drei Monaten. Ungefähr. Wegen dem Schrank, dem Tisch und den Stühlen sind sie im Juni gekommen … drei Leute mit einem Lastwagen.«

»Jemand, der alles verkauft, hat doch finanzielle Probleme!«

»Geldprobleme? Der bestimmt nicht!«

Stucky schüttelte ungläubig den Kopf.

Die Signora begleitete ihn auf seinem Rundgang durch das Haus.

In das Schlafzimmer des Toten traute sie sich jedoch nicht hinein.

Sie würde seit Tagen von ihm träumen, sagte sie. Sie sehe ihn, wie er sich sorgfältig kämmt – so, wie er das jede Nacht vor dem Einschlafen getan hat, wie er die Kleider, bis auf die Socken, auf die Bügel hängt, wie er die Fingerknöchel knacken lässt, als würde er seine Knochen der Reihe nach kontrollieren, um den alten, mineralischen Klang zu testen. Dann folgte das Ritual mit dem Seidenpyjama, der zunächst wie ein Astronautenanzug auf das Bett gebreitet, dann geduldig Zentimeter für Zentimeter angezogen wurde, damit er den Faden der Seidenraupe fühlte, ihren Schleim, den sorgfältigen Bau des Kokons, gleich einer Urne, aus der ein Toter wiederaufersteht. Der Graf meinte, dass es grausam sei, die Seidenraupen zu töten, doch nur dank raffinierter Grausamkeiten könnten Wunderwerke wie die Seide entstehen.

»So hat er mit Ihnen geredet …?«

»Ja.«

»Jede Nacht?«

»Wo denken Sie hin! Natürlich nur in den Nächten, in denen er zu müde war und mich rief, damit ich ihm einen Tee zum Einschlafen machte …«

»Einen Tee zum Einschlafen?«, rief Stucky aus, den diese Information in Zusammenhang mit dem Schlafmittel-Champagner-Cocktail überraschte.

»Den hat ihm ein Kräuterspezialist zusammengemischt.«

»Nahm er auch Medikamente aus der Apotheke?«

»Nein, nicht dass ich wüsste, abgesehen vom üblichen Aspirin. Es gibt noch einen Lagerraum«, sagte sie. »Wollen Sie ihn sehen?«

Der Inspektor simulierte Interesse und hob im Lager da und dort einen Gegenstand hoch.

»Er hatte einen Hund?«, fragte er und zeigte auf die rote Hundeleine.

»Einen hellen Labrador. Ein Weibchen, sie hieß Libera.«

»Und was ist aus ihr geworden?«

»Er hat sie weggegeben, zusammen mit den Möbeln.«

»Merkwürdig. Hat er sie einem Bekannten überlassen?«

»Nicht dass ich wüsste. Sie war seit mehr als zehn Jahren beim Grafen.«

»Kann man den Keller sehen?«

»Ich habe nicht alle Schlüssel des Hauses. Die sind inzwischen bei den Behörden.«

»Noch eine Frage«, sagte Stucky beim Hinausgehen. »Hat Signor Ancillotto wirklich so gesprochen, vom Kokon und dem Wiedererwachen nach dem Tod?«

»So hat der Graf immer geredet! Er sprach in Bildern, wie ein Dichter.«

»Entschuldigen Sie, es ist vielleicht nicht sehr feinfühlig von mir … Aber haben Sie ihn auf dem Friedhof gesehen?«

Die Signora überlief ein Schauer; sie erinnerte sich, dass sie, sobald die Nachricht die Runde machte, zum Friedhof gegangen war. Dort habe sie den Verrückten angetroffen, diesen Pitusso, sagte sie, als hätte nur ein Verrückter den Grafen Ancillotto so auffinden können, auf einer Grabplatte liegend und neben sich eine Flasche.

Und ich kratze.

Sie rubbeln ihre Lose, und ich kratze den Rost ab. Denn das Glück ist launisch, aber der Rost anhänglich, und ein Volk, das unter dem Rost versinkt, ein verrostetes Volk, hat das Reich nicht verdient.

Ich mache mich an dem Kreuz zu schaffen, das über dem Grabstein der Signora Luigina Maset, geborene Calderan, errichtet wurde.

Besagtes Kreuz hat sich um vier Uhr, der Stunde des morgendlichen Erwachsens der Schlaflosen, von rostigen Auswüchsen befallen lassen.

Tja, Signora Maset, in der letzten Zeit hast du nicht eben wie ein Siebenschläfer geschlummert, du bist um Viertel vor zwölf ins Bett gegangen und noch vor dem Morgengrauen aufgewacht. Aus der schönen Wohnung über Bertos Osteria hast du sozusagen über deine Nächsten gewacht und stets alles gesehen. Der knappe Schlaf ist wohl mit deinen Sorgen gekommen, denn es ist kompliziert, ein Reinigungsgeschäft zu betreiben. Am Anfang hast du mit all dem Dreck deinen Spaß gehabt: mit der Mayonnaise, dem Sardinenöl, den Tropfen von der Eistüte, vor allem den Flecken auf den Hosen, die vielleicht gar nicht aus einer Eistüte stammten.

Aber du hast den Mund gehalten, weil jeder seinen eigenen Dreck hat, den er auch verdient, und niemand sollte sich mit dem Dreck anderer schmutzig machen.

Die Welt wird nie ganz sauber sein, hast du deinen Kunden immer wieder gesagt, legt nicht so viel Wert darauf, den Schmutz mit Servietten und anderem Kram abzudecken, ein bisschen Dreck gehört zum Leben, es kommt ja auch keiner fein säuberlich geputzt auf die Welt. Manchmal stirbt einer sauber, aber nur, weil er gewaschen wird.

In der letzten Zeit warst du ein bisschen aus dem Takt geraten, du hast die Kleidungsstücke der Anständigen mit denen der Halunken verwechselt, die Sachen der Junggesellen mit denen der Verheirateten. Es endete damit, dass in den Familien, die den kirchlichen Segen genossen, Krawatten mit Tittenmuster, tiefdekolletierte Tops und Seidenhöschen landeten. Du hast mehr Scheidungen provoziert als die Spielkasinos jenseits der Grenze zu Jugoslawien.

Vor allem hat sich deine Schlaflosigkeit bemerkbar gemacht. Von deinem Balkon herunter hast du alles gesehen und angefangen zu schreien: »Ihr spinnt ja!«

»Du spinnst ja!«, hallte es durch die tiefe Nacht. »Du spinnst ja!«, galt dem, der seinen Schatz nach Hause begleitete. »Du spinnst ja!«, war auf deine Cousine gemünzt, die den Armen eine Niere spenden wollte.

So kam es, dass sich nachts Leute, die sich amüsieren wollten, unter deinen Balkon stellten, um dein »Ihr spinnt ja!« zu hören.

»He, Signora Maset, ist es gut, wenn ich in Staatsanleihen investiere?« – »Du spinnst ja!«

»He, Signora Maset, soll ich morgen meinen Geburtstag feiern?« – »Du spinnst ja!«

Aber was dir wirklich Ruhm eintrug, das waren deine Urteile in Sachen Ehe.

»He, Signora Maset, soll ich Mariella oder Luigina heiraten?« – »Du spinnst ja!« Und einem Mädchen, das fragte: »Wie ist es? Kann ich Silvano heiraten?«, hast du versichert: »Du spinnst ja!«

Einmal habe ich dir meinen Robinienstock gezeigt, und darauf du: »Du spinnst ja!«

Dann habe ich dir gesagt, dass ich dir links und rechts einen Streich verpassen würde, und darauf hast du gar nichts mehr gesagt, als würde ich tatsächlich spinnen.

Ach, Signora Maset, all der Dreck, mit dem du dir eine

Krankheit eingehandelt hast, eine schlimme Krankheit, die auch meinen Vater, Jahrgang 1918, dahingerafft hat, den sie den Großen Balilla genannt haben und der im Zweiten Weltkrieg in Russland war, das er zur Gänze zu Fuß durchquert hat, hin und zurück, ohne Stiefel. Wie die Soldaten Napoleons, denen nicht einmal mehr die Messingknöpfe an ihren Uniformen übrig geblieben waren. Es war der Rost der Kälte. Der Rost bringt ein ganzes Reich zum Einsturz.

Ich aber kratze.

21. August, Freitag

Kurz vor Mittag war Agente Landrulli strahlend ins Polizeipräsidium gestürzt.

Er hatte in Treviso drei von vier Notaren einen Besuch abgestattet und dann festgestellt, dass Ancillotto sich einem jungen Spezialisten anvertraut hatte, der sich mithilfe seiner Ellenbogen eine Bresche durch den Notarswald zu schlagen wusste.

Ancillotto hatte ein Testament hinterlassen, das am Morgen des nächsten Tages eröffnet werden sollte, und zwar in Gegenwart der Berechtigten, die zu diesem Behufe einbestellt wurden, auch wenn es sich bei dem Haupterben um eine Erbin, eine Nichte, handelte, die einzige Tochter der einzigen Schwester des Grafen.

Signora Maria Beatrice Ancillotto hatte einen Ernesto Salvatierra geheiratet, einen bolivianischen Latifundienbesitzer. Sie hatte sich von ihrer Familie abgeseilt und war zwischen Bananen, Kautschuk und brasilianischen Nüssen gelandet.

Der Inspektor sah Agente Landrulli an, der zufrieden grinste.

»Gut.«

»Wollen Sie wissen, wie diese Dame heißt?«

»Bitte sehr.«

»Celinda Salvatierra.«

»Celinda Salvatierra, ein schöner Name ...«

»Wohnhaft in Bolivien, aber sie beschäftigt sich mit Weinbergen in Chile.«

»Ach! Und sie hat sich bis hierher bequemt?«

»Natürlich.«

»Antimama! Sind unsere Notare aber tüchtig!«

»Ja, ich habe auch gestaunt.«

»Und was sonst noch?«

»Nichts. Im Hinblick auf das Erbe gab sich der Notar äußerst zugeknöpft.«

»Weißt du etwas über die Ergebnisse von Ancillottos Autopsie?«

»Ich habe mit dem Diensthabenden gesprochen. Am Nachmittag gehe ich vorbei und hole eine Kopie des Befundes ab.«

Dem Inspektor fiel ein, dass er eine Vereinbarung mit einer neuen Putzfrau für *daij* Cyrus treffen musste, auch wenn sein Onkel im Zusammenhang mit Haushaltsangelegenheiten nichts von Frauen wissen wollte. Der Inspektor hatte diskret versucht, ihm ein paar ordentliche dienstbare Geister vorzustellen, die nur für ein paar Stunden täglich kommen sollten, damit sie ihm das Bad putzten und die Hemden bügelten, die für einen eleganten Teppichverkäufer allmählich zu zerknautscht aussahen. Aber Onkel Cyrus schien durch sie hindurchzusehen: Von was für einer brünetten Dame sprichst du? Er tat, als würde er die letzte Kandidatin, die Stucky ihm ins Geschäft geschickt hatte, gar nicht kennen; von denen davor wusste er überhaupt nichts, und auch die hinterhältigsten Fangfragen, etwa über die Art ihrer Schuhe, ihren Rocksaum oder die Farbe ihrer Fingernägel, gingen ins Leere: Als hätte er sie niemals gesehen.

Das neue Mädchen, das ihm von Bekannten empfohlen worden war, war eine junge Polin, hellblond, schön und fast ununterbrochen lächelnd. Wenn es dieser Frau nicht gelingen würde, *daij* Cyrus davon abzubringen, seine Unabhängigkeit mit der Hartnäckigkeit einer Wüstenpflanze zu behaupten, dann wirklich niemandem.

Auch Signor Ancillotto muss ein hartnäckiger Typ gewesen sein. Stucky beschloss, ein paar Kollegen in Bassano anzurufen, um einen Tipp bezüglich dieser Chicca zu bekommen, die sich offensichtlich einen Platz im Herzen des Verstorbenen erobert hatte.

Wenn Signor Ancillotto nichts dagegen hatte, sich mit der Schönen in der Öffentlichkeit zu zeigen, dürfte es sich nicht um eines jener Strichmädchen gehandelt haben, die gewöhnlich den Leitplanken Gesellschaft leisten, meinten die Leute aus Bassano. Gehobene Kreise, saubere Arbeit in diskreten Apartments. Die Kollegen notierten sich die Beschreibung. Sie erinnerten sich an einen bestimmten Vorfall, würden aber ein paar Stunden brauchen, um sich genauer informieren zu können.

»Aber sicher.«

»Jedenfalls handelt es sich um eine Angelegenheit im Zusammenhang mit ihrer Tätigkeit …?«

»Selbstverständlich.«

»Sie ist also brünett und supersexy …«

»So hat man sie mir geschildert.«

Er erhielt einige Informationen und ein paar Empfehlungen.

Francesca Del Santo ist eine Könnerin, sagten sie, mit goldenen Händen, denn sie verabreicht in einem sehr bekannten Herrenfriseursalon im Stadtzentrum den Kunden Gesichtsmassagen.

Stucky hatte keine Probleme, das Geschäft zu finden. Alles aus Chrom und Stahl mit Drehsesseln wie von anno dazumal, zwei Luxusbarbiere, Wohlgerüche und ein wunderbares, blumengeschmücktes Separee, hinter dessen Tür die Kunden, die sich für den Service hatten vormerken lassen, alle Gesichtsmuskeln entspannen, Fehlstellungen des Kauapparates vergessen und ihre mürrische Miene ablegen konnten. Francesca sei nicht da, sagte einer der Barbiere, der schönere der beiden. Sie habe am Nachmittag keinen Termin. Mit aufgerissenen

Augen bewunderte Stucky die weißen, weichen Handtücher, mit denen das Gesicht der Kunden abgedeckt wurde. Wenn er mit ihr reden wolle, fände er ihre Telefonnummer unübersehbar neben der Kasse.

Nachdem er nach einigen vergeblichen Anläufen den Namen Ancillotto endlich an der richtigen Stelle des Telefonats hatte fallen lassen, gelang es dem Inspektor, für den Abend ein Treffen mit ihr zu vereinbaren.

Francesca war, wie man auf den ersten Blick erkannte, ein Vulkan, und Stucky versuchte zu verstehen, ob sie tatsächlich eine Show veranstaltete oder ob seine eigene Wahrnehmung bloß durch die Hintergrundkenntnisse über die ehrenwerte Tätigkeit dieser Dame getrübt war.

Die Begegnung fand in einer eleganten Bar statt, an einem der Tische im Freien mit Blick auf eine Piazza mit Kirche und Designmuseum. Die Kellner, in Schwarz und Weiß, bewegten sich in flottem Schritt zwischen den Tischen hin und her und hielten, trotz der Hündchen, die ihnen zwischen den Füßen herumtollten, tadellos die Balance.

»Polizeipräsidium Treviso?«, fragte die Frau und strich mit den Fingern über ein Feuerzeug.

»Richtig«, antwortete Stucky gedehnt und studierte ihre Reaktion.

»Treviso ist nicht gerade der nächstgelegene Ort.«

»Aber sooo weit von hier entfernt ist es nun auch wieder nicht.«

Kurz geschnittenes schwarzes feines Haar und schwarze weit auseinanderstehende Augen mit intensivem Blick. Ein Zucken des rechten Lids, kaum wahrzunehmen, ein kleiner Konflikt mit der Rationalität. Fast ungeschminkt, eine natürliche Schönheit. Stucky starrte auf ihre sonnengebräunten, muskulösen Arme. Eine dünne, etwas hellere Linie, eine Narbe, erstreckte sich über den rechten Deltamuskel.

Ihm fiel ein, dass er sich, hätte der Verstorbene kein Schlafmittel bei sich gehabt, bestens hätte vorstellen können, wie Ancillotto mit dieser Frau über den Friedhof spaziert, beide in seidene Pyjamas gehüllt, um dann mit Champagner anzustoßen, nicht um den Ort zu entweihen, sondern um ein Gleichgewicht zwischen Tod und Lebenskraft herzustellen. Gewiss, die schwarzen Handschuhe, die neben dem Leichnam gefunden wurden, passten nicht zu Francescas Händen.

»Sind Sie wirklich an Informationen über den Grafen interessiert? Ich habe zuerst an einen Vorwand geglaubt, dass Sie vielleicht etwas anderes ... bräuchten.« Die Stimme der Frau riss ihn aus seinen Fantasien.

»Entschuldigen Sie bitte, wenn ich zu Missverständnissen Anlass gegeben habe.«

»Nein, ist schon gut. Über den Grafen ... warum eigentlich?«

»Es gibt noch offene Fragen bezüglich des Erbes«, log Stucky. Aber das war zu offensichtlich.

»Haben Sie ihn gekannt, Herr Inspektor?«

»Nein.«

»Dann sind Sie wohl neugierig geworden. Das verstehe ich gut. Das ist in einem Fall wie dem des Grafen das Mindeste.«

»Was meinen Sie damit?«

»Ein Mensch, der so frei ist.«

»Ja, das ist schon etwas wert. Und so großzügig?«

»Frei und intelligent.«

»Die Sache wird also ernst.«

»... und unfähig, sich selbst zu belügen.«

Stucky bemerkte eine neue Nuance in ihrem Tonfall.

»Eine Krankheit? Irgend etwas Unheilbares?«

»In gewisser Hinsicht …«

»Antimama! Seien Sie doch nicht so geheimnisvoll!«

»Hehehe! Da hört man den Polizisten heraus … So ein Eifer!«

Aha, dachte Stucky, dem langsam etwas dämmerte. »Also hat sich Signor Ancillotto wohl nicht mehr wie ein Auerhahn gefühlt …«

»Ich werde nicht lange um den heißen Brei herumreden, dabei aber eine dem Grafen angemessene Sprache verwenden«, sagte Francesca und ließ die Flamme des Feuerzeugs in die Höhe schießen. »Vor sieben Monaten hat der Graf mich angerufen. Er rief auch andere an, aber in meinem Fall geschah es aus echter Freundschaft. An dem besagten Abend also führte er mich zum Abendessen aus, und als es spät wurde, lud er mich zu sich nach Hause ein, ich erinnere mich, dass es noch kalt war, als wir zusammen in einem Restaurant in Treviso waren und sehr gut gespeist haben, mit ihm isst man immer gut, und er hat ein wenig wegen des Weins herumgestritten und gesagt, dass das Etikett nicht immer der Wahrheit entspricht, dem Kellner war das peinlich, aber er hat ihn beruhigt, die Welt verkleidet sich eben, hat er gesagt, es sind einfach zu viele Karnevalswagen unterwegs. Dann sind wir in seine Villa zurückgekehrt, er hat gesagt, dass wir dieses Mal leise sein sollten, der Priester habe immer noch die Grippe und brauche seinen Schlaf, aber man musste gar nicht leise sein, denn dieses Mal hat wirklich überhaupt nichts funktioniert. Es muss am schlechten Wein liegen, sagte er lachend, aber es war ein bitteres Lachen, das war mir sofort klar, und er wollte mich drei Nächte nacheinander sehen. Verstehst du, hat er zu mir gesagt, das sind keine Sachen, die man einfach so an sich vorbeiziehen lässt, wie Kopfschmerzen, diese dreimalige Ladehemmung. Und dann wurde er ernst, hat sich auf einen Sessel gesetzt, auf einen der schönen Ledersessel vor dem Kamin, und mit typisch vorgerecktem Kinn und geschlossenen Augen nachgedacht – als würde er etwas rekapitulieren, er sah aus, als wüsste er, wo er das Handbuch für die Heilung der Unglücke des Lebens finden könnte …«

»Aber …?«

»Aber nichts. Ein paar Tage später führt er ein langes Telefongespräch mit mir, er, der sonst nur einen Moment am Telefon verbrachte, um zu sagen: Morgen um soundso viel Uhr, dort und dort, natürlich nur wenn du kannst. Doch dieses Mal schlägt er einen weiten Bogen, spricht von einem Zug mit dem klarem Ziel, nämlich dem Leben, und sagt, dass er gut darin gefahren sei, er habe immer einen bequemen Sitzplatz gehabt, es gebe ja auch Leute, die immer nur stehend reisten, und das auch noch bei kaputtem Fenster. Und ich frage ihn: Herr Graf, gibt es etwas, was Sie bedrückt, etwas Ernstes, und er sagt, nein, etwas wirklich Ernstes ist es nicht, oder was ist ernst daran, wenn dir das Rohr nicht so steht, wie es soll, dann ist es, als würdest du die Drähte an horizontalen Masten entlangziehen. Was für einen Strom würde man bekommen, wenn die Drähte am Boden schleifen? Was für eine Glühlampe möchtest du dann einschalten? Das Leben nimmt sich, was es nicht mehr braucht, und er sagt, dass er sich als eine Einheit betrachtet, die entweder hundertprozentig funktioniert oder überhaupt nicht mehr …«

»So hat er sich ausgedrückt? Ein Mann von Welt wie er? Einer, der genau weiß, was der Markt für … horizontale Masten … im Angebot hat … Er hat doch gewusst, dass es viele Mittel gibt …«

»Aber nicht für den Grafen. Für ihn nicht …«

»Und wegen eines Problems mit … horizontalen Masten … hat der sich umgebracht? Antimama! Das kann ich nicht glauben!«

Francesca blickte ihm unverwandt in die Augen, in der Absicht, in sein Innerstes, hinter die Nerven, bis in die tiefsten Areale seines Gehirns vorzudringen.

»Und doch hat er es getan«, seufzte die Frau.

Seltsam und interessant, dachte Stucky. Das Adjektiv »interessant« bezog sich allerdings auf Signorina Del Santo.

Er konnte nicht widerstehen und fuhr auf dem Rückweg über Cison di Valmarino, wo er den Wagen auf dem altbekannten Parkplatz abstellte und um die Villa herumstrich. Für einen Moment lehnte er sich an das Gittertor.

Am Rathausplatz lag das Gasthaus, in dem er mit den Schwestern aus dem Vicolo Dotti übernachtet hatte (in diesem Zusammenhang vermied er das Verbum »schlafen«), und dachte, dass er angesichts der vorgerückten Stunde hier die Nacht verbringen konnte. »Ausgebucht«, sagte der Geschäftsführer. »Schweizer, Australier und Franzosen«, raunte er, als wollte er sagen: eine Reisegesellschaft der Spitzenklasse.

Stucky wollte sich in der Bar Roma einen Espresso genehmigen, bevor er sich auf die kurvenreichen Straßen in Richtung Treviso begeben würde.

Ein halbes Dutzend Damen und Herren saßen an den Tischen. Sie waren ins Gespräch vertieft, und Stucky glaubte, aus ihrer Unterhaltung Akzente aus Zagreb und auch aus Reims und Épernay herauszuhören.

Zögernd hob er die Hand, um die Aufmerksamkeit der Kellnerin auf sich zu lenken, die die Bestellungen der feinen Gesellschaft aufnehmen wollte, zumeist Weine. Stucky wollte einige Informationen über diese Herrschaften aus ihr herauskitzeln.

»Eine internationale Konferenz über den Wein«, erwiderte die Frau fast empört, weil der Neuankömmling so ahnungslos war. »Drei Tage«, sagte sie und spreizte drei Finger in die Höhe, um die Dauer ihres Aufenthalts noch zu unterstreichen.

Weinexperten aus aller Welt. Diesen Eindruck hatte man nicht. Ein Herr sah genauso aus wie Jeff Bridges zur Zeit von *The Big Lebowski*, und ein anderer, blond, mittleren Alters, mit einer Brille, deren runde Gläser so klein waren, dass man sie lediglich für ein exzentrisches Accessoire hätte halten können; dieser Herr wäre ohne Weiteres als Dozent für finnische Literatur durchgegangen.

Die Kellnerin war mit einer Broschüre zurückgekommen, die die Veranstaltung bewarb: 21., 22. und 23. August. Vergleiche zwischen den bei der Schaumweinherstellung verwendeten Gärmitteln. Eine Reihe berühmter Referenten, große Namen, vor allem aus der Welt des Champagners. Doch die Tagung hatte sich ehrgeizige Ziele gesetzt: Statt des Einsatzes der herkömmlichen Gärmittel forderten sie die Anwendung von Substanzen, die aus dem hiesigen Gebiet stammten und imstande waren, die typischen Merkmale eines Weines noch originalgetreuer erscheinen zu lassen.

Stucky stellte sich vor, dass die Experten die Messer wetzten angesichts des Konfliktes zwischen der Partei, die die Verwendung weniger, aber bewährter Arten von Gärmitteln befürwortete, und der, die davon träumte, die Vielfalt herauszustreichen, welche die Abertausenden von Mikroklimata den Trauben verliehen, damit sie die Weintrinkergaumen in Staunen versetzten.

Er schüttelte den Kopf und beobachtete die Tabletts voller Gläser, die die Kellnerin immer wieder zu den Tischen brachte. Er versuchte, Hände und Lippen dieser Experten zu studieren, aber er wurde aus ihnen nicht schlau.

Nur Secondo verstand sich auf die Kunst, das Trinkverhalten zu analysieren.

Stucky schaute auf einen schönen goldfarbenen Wein am Nachbartisch. Vielleicht ein Ramandolo oder ein Friulano. Doch er wurde von einer Gestalt abgelenkt, am anderen Ende der Piazza, dort, wo die Straße zur Brücke hinunterführt, ein merkwürdiger Typ, der mit einem kleinen Stuhl auf den Schultern und einem Motorradhelm auf dem Kopf aus einer Seitenstraße aufgetaucht war.

»Und der da?«, fragte er die Kellnerin.

»Pitusso der Irre, können Sie sich noch erinnern? Der dem der Graf etwas zu trinken spendiert hatte.«

»Irre inwiefern?«

»Wie meinen Sie das?«

»Irre aufgrund von Vererbung, dank kreativer Neuronen, infolge eines Schlags auf den Kopf ...«

»Seines Weingenusses halber irre! Als hier noch die Osteria war, Da Berto hieß sie, verlor Pitusso nicht wegen eines Sonnenstichs die Besinnung, sondern immer wieder mal wegen eines Gläschens, das er über den Durst getrunken hatte.«

Der Mann setzte sich vor einer Tür auf den Boden, und im Näherkommen sah Stucky, dass er vorsichtig einige Utensilien vor sich ausbreitete. Sein Rücken war imposant und erinnerte an den eines Ringers, und aus seinen Shorts ragten die Muskeln eines Radrennfahrers.

Bei den Gerätschaften, die nun auf einem sauberen Tuch dalagen, handelte es sich um eine Eisenbürste, ein kleines Skalpell, ein Hämmerchen, einen Pinsel und eine Feile.

Der Mann trug den Helm offen, aber es war kaum vorstellbar, dass er ihm gehörte, denn er bedeckte kaum das obere Ende seines Quadratschädels. Sein Gesicht war breit und rund, die Äuglein ähnelten Schlitzen, und zu alldem trug er noch einen schiefen grauen Schnurrbart.

»Was machen Sie da?«

»Ich kratze.«

»Warum kratzen Sie?«

»Weil der Rost dafür sorgt, dass ein Reich verloren geht.«

»Was für ein Reich denn?«

»Das der Moral, und ich kratze gratis, wie die Engel«, fügte er hinzu, ohne den Blick von den kleinen Rostflecken zu wenden, die auf den Gitterstäben davon zeugten, dass hier Eisen und Sauerstoff miteinander geturtelt hatten.

Es begann zu tröpfeln. Vielleicht zog über den Hügeln ein Gewitter auf, aber darüber machte sich der Mann keine Gedanken.

»Dieser Tage regnet es immer abends«, sagte er, »die Ebene verdampft, die Berge kondensieren, und der Rost nimmt zu.«

Der Rost ist auf Wasser scharf. Wer weiß, warum.

Und ich kratze.

Ich mache mich ans Werk bei dem Engel, der auf dem Grabstein von Signor Fistolon sitzt und vom Schmiedemeister Antonio Pestrin, dem Lieblingssohn von Meister Giovanni, angefertigt wurde.

Besagter Engel hat sich um elf Uhr vormittags von unzähligen Rostbeulen und -flecken überziehen lassen. Das ist die Stunde des Sprizz. Die Stunde, die den Geist auf die üppige Mittagsmahlzeit vorbereitet, wenn die versammelte Familie dasitzt und sich anschickt, die Vereinigung von Ceres und Bacchus zu feiern.

Eine heilige Union, die die Liebe, die eheliche Treue festigt …

Ach ja, die Treue, Vater Fistolon! Ist es nicht so, dass dir als Angestellter die Schreibtische der anderen immer gefielen, aber nicht die aus abgelagertem Holz, sondern die aus neuem Holz, die mit zwei, nicht mit vier Beinen, Schreibtische, die auf Hochglanz poliert waren, frisch vom Friseur und ohne Wollunterhosen, aber du hast gut daran getan, denn wenn man die Schreibtische vernachlässigt, werden sie trüb, darauf sammeln sich alle diese Akten an, und sie werden zu Klötzen. Man muss die Akten irgendwohin bringen, sie gut durchlüften. Tatsächlich war dein Vater, der alte Fistolon, Polsterer und Wollkämmer und hatte zu denen gehört, die in ihrer Jugend von Haus zu Haus gingen und fragten, ob die Leute durchgelegene Matratzen hätten, und nachdem die Bewohner gesehen hatten, dass er ein großes sympathisches Mannsbild war, fand sich praktisch in jedem Haus eine durchgelegene Matratze. Auf dem Land war die Sympathie eine Tugend. Zu bestimmten Zeiten hast du ihrer auch regelrecht bedurft: im Sommer, wenn alle Arbeit auf den Feldern zu erledigen ist und die Männer an der frischen Luft arbeiten, und in der Kälte des Herbstes, wenn die ersten düsteren Gedanken Fuß fassen, die Männer ständig im Weinlokal hocken und Matratzenklopfen eine Ablenkung wird, ein Gebet.

Doch als ich einmal nach Hause kam und den alten Fistolon mit meiner Frau beim Matratzenklopfen antraf, da setzte es einen Streich rechts und einen Streich links mit dem Robinienstock zwischen Kopf und Kragen, und wenn ich dich, junger Fistolon, hinter der Kellnerin der Bar gesehen hätte, gäbe es einen Streich rechts und einen Streich links mit dem Robinienstock.

Den kann man gut gebrauchen, so einen Robinienstock.

Das Reich gründet sich auf den Robinienstock und auf den Kampf gegen den Rost. Das hat mich mein Vater Luigi, genannt der Wahre Balilla, gelehrt, Jahrgang 1918, im Afrikakrieg verwundet und mit Orden ausgezeichnet und auf ewig treu. Erinnerst du dich an meinen Vater Luigi? Er hat sich von einem Herzschlag umbringen lassen, ihn hat es im Winter getroffen, bei der Kälte, so etwas kommt vor.

Dir sollte es im Frühjahr widerfahren, in der Zeit, wenn alles wieder erwacht, die Bräute aufblühen und du, Fistolon, hättest ohne Posaunen und Trompeten dahinscheiden und auf der Kloschüssel meditierend sterben sollen. Stattdessen hast du am 7. Oktober des Jahres 1997 den Geist aufgegeben, und deine Familie hat auf dein Grab einen Engel gesetzt, angefertigt von Meister Antonio Pestrin, dessen Mutter ein Techtelmechtel mit dem alten Fistolon hatte, während dessen Ehefrau mit dir, dem jungen Fistolon, Bananenzipfelchen spielte. Da konnte ja nur ein Engel herauskommen, der Rost ansetzt! Aber ich kratze.

23. August, Sonntag

Wie ein verspäteter, eigentlich für die Nacht des heiligen Laurentius erwarteter Meteorschauer fiel Celinda Salvatierra gegen neunzehn Uhr mit dem Taxi im Dorf ein.

Am Samstagmorgen, kurz nachdem sie auf dem Flugplatz von Treviso gelandet war, hatte sie die letztwilligen Verfügungen ihres Onkels zur Kenntnis genommen und den Notar angewiesen, ihr für einen Kurzbesuch ein Hotel in Venedig zu reservieren. Sie wollte sich die Gelegenheit nicht entgehen lassen, auf dem Markusplatz die Tauben fliegen zu sehen.

Signora Salvatierra hatte den Chauffeur gezwungen, wie ein Wahnsinniger zu fahren, und seine Widerstandskraft auf eine harte Probe gestellt, nicht nur wegen der Dauer der Fahrt, sondern vor allem wegen ihres endlosen Gequassels in einer Mischung aus Italienisch und Spanisch.

Endlich am Ziel angelangt, befahl sie dem Fahrer plötzlich zu bremsen, denn sie begriff, dass das Gebäude, auf dem groß »Municipio« geschrieben stand, tatsächlich auch das Rathaus war. Am Sonntag natürlich geschlossen.

Während der Taxifahrer den Motor laufen ließ, klopfte Signora Salvatierra dort an, damit man ihr öffnete. Vergeblich.

»Was ist das für ein Land, in dem die Rathäuser geschlossen sind?«

Da kam ihr eine Polizistin zu Hilfe, die sich gerade auf der Piazza aufhielt, aber Celinda Salvatierra erschien diese Frau in Uniform ein unzureichendes Begrüßungskomitee, sie hatte zumindest eine Kapelle erwartet, die für die Erbin einer großen Hacienda in der Pampa Trevijana aufspielte.

»Mar-ca Tre-vi-gia-na. Es heißt: Marca Trevigiana«, wurde sie von der Polizistin verbessert, die bereute, dass sie es abgelehnt hatte, sich mit einer Pistole oder wenigstens einem Schlagstock ausrüsten zu lassen.

»Trevigiana. Das gefällt mir«, antwortete Celinda und zog die Polizistin am Arm weiter. Sie zeigte ihr die Fotokopien der Katasterkarten, die der Notar ihr mitgegeben hatte. »Eine Karte ist nicht das Land!«, rief sie aus und stellte klar, dass sie ihre Besitzungen persönlich in Augenschein nehmen wolle.

»Besitzungen?«, fragte die Polizistin erstaunt und drehte die Karten der Signora Salvatierra in alle Richtungen. Die fing nun ihrerseits an, der Polizistin auseinanderzusetzen, in welchem Grad sie mit dem Grafen Ancillotto verwandt war, wie viel sie vom Weinbau verstand, wie weit ihre Botanikkenntnisse reichten, und sie teilte ihr die Namen ihrer Freundinnen aus der Studentenzeit mit, deren berühmteste eine Anwältin in der nicht minder berühmten Stadt San Francisco war.

»Waren Sie je in San Francisco, Soldada?«

»Oberpolizistin«, korrigierte sie die Angesprochene und fügte hinzu, dass ihr die Lage der Grundstücke des Signor Ancillotto unbekannt sei. Höchstwahrscheinlich würden sie sich auch in die Gebiete anderer Kommunen hinein erstrecken. Man müsse ihr Zeit lassen, damit sie die entsprechenden Informationen einholen könne.

Celinda sagte, dass sie auch allein zurechtkommen würde, und dribbelte, nachdem sie der Polizistin die Adresse der Villa ihres Onkels, des Grafen, entlockt hatte, einfach um die Frau herum. Dann nötigte sie dem Taxifahrer eine letzte Anstrengung ab. Er musste das Auto durch die Gassen hindurchzwängen und die beiden Koffer vor dem Gittertor der Villa abladen. Auch dieses Tor war geschlossen.

»Schlagen Sie es kaputt, *¡por favor!*«, rief sie dem Unglückseligen zu.

»Signora, wir wollen doch keinen Ärger ...«

»Hier funktioniert aber auch *nada*! Was für ein Land ist das denn?«, brüllte die Salvatierra und führte aus dem Stegreif einen andinischen Wuttanz auf.

Der Krach schreckte im benachbarten Pfarrhaus Don Ambrosio auf, der gerade dabei war, seine Geranien zu gießen.

»Öffnen Sie mir!«, wies ihn Celinda an, als sie hinter der Mauer der oberen Hälfte des Priesters gewahr wurde.

»Ich bin ein Diener des Herrn!«

»Und ich die Erbin des Grafen!«

»Der Graf hatte keine Kinder!«

»Ich bin seine Nichte und will hinein!«

Während das Wasser auf den Rasen lief, versuchte der arme Priester die Lage dadurch zu entschärfen, dass er die Dame auf einen Kaffee ins Pfarrhaus bat. Unterdessen sollte die Pfarrhaushälterin die Schlüssel bei Signora Adele abholen.

»Haben Sie wirklich die Villa geerbt?«, fragte Don Ambrosio ungläubig staunend, während er den Kaffee zubereitete.

»Selbstverständlich. Und auch die *tierra*, die ganze *tierra* ...«

»Die Weinberge, meinen Sie.«

»Die *tierra*.«

»Es ist bebautes Land. Mit Wein bebaut. In dieser Gegend hier sind die besten Ländereien für den Wein bestimmt. Der Landbesitz des Grafen besteht aus Weinbergen. Ich weiß das genau, denn ich koste immer von seinem Wein!«

»Ja, aber ich werde alles herausreißen und Bananen anpflanzen.«

Herausreißen? Als handelte es sich um einen Dschungel aus Robinien und Erlen! Und dann ausgerechnet Bananen! Diese Frucht hatte für einen gottesfürchtigen Landstrich wie diesen eine allzu heidnische Form.

»Sie meinen doch nicht etwa diese gelben Früchte?«, fragte der Priester besorgt.

»Und ich bringe Quechua-Indios zur Ernte hierher, Don …«

»… Ambrosio.«

»Don Ambrosio, wo kann ich die Indios einquartieren?«

Der Pfarrer schaffte es nicht, das Gas anzuzünden, denn die Hände zitterten ihm so sehr, als leide er an Wundstarrkrampf, und sein Mund stand halb offen, was ihm nur während einiger besonders heikler Beichten passierte.

»Indios …«, murmelte er. »Sie haben meine Frage noch nicht beantwortet: Bananen – meinen Sie die gelben? Die aus dem Selbstbedienungsladen?«

»Genau die!«

Don Ambrosio versuchte, der Frau direkt in die Augen zu schauen. Es kostete ihn Mühe, aber er strengte sich an und blickte in einen Höllenschlund. Dann besann er sich und stellte sich Horden von Indios vor, die inmitten der Prosecco-Hügel Bananen ernteten.

Wie festgewurzelt stand er am Tor der Villa und sah der Frau hinterher, die resolut den Schlüssel umdrehte und die Allee durchschritt, als habe sie immer schon auf diesem Grund und Boden gelebt. Dann öffnete sie das Tor der Villa, das nicht einmal quietschte, als würden selbst die Türangeln sie bereits seit Ewigkeiten kennen.

Don Ambrosio verbreitete im Dorf die Nachricht, dass die Erbin des Grafen eingetroffen sei und dass es sich seiner bescheidenen Meinung nach um eine Halbverrückte handele. Den verlässlichsten Seelen seiner Gemeinde vertraute er an, dass er vielleicht eine Messe lesen müsse, um zu verhindern, dass anstelle der Reben Bananen angepflanzt würden.

Es sprach sich herum, dass die Frau bereits in der Villa eingezogen war, und schon bald behauptete jemand, dass es einen heftigen Streit mit dem Priester gegeben habe über die Umfriedungsmauer, die die Frau abreißen lassen und durch eine Bananenstaudenreihe ersetzen wolle. Alle waren überzeugt, dass es sich um eine Xanthippe handelte, eine Ausländerin, die gekommen sei, um Zwietracht zu säen.

Die Polizistin hatte den Gästen in der Bar Roma im Vertrauen mitgeteilt, dass die Frau auf Anhieb unsympathisch sei, und um Punkt elf Uhr abends war die Neuigkeit dem Bürgermeister und allen im Grundbuchamt Eingetragenen zu Ohren gekommen. Und nun versuchten allesamt angestrengt, sich zu erinnern, ob die Akten, die Flurkarten und das andere Katasterteufelszeug komplett und in Ordnung waren.

Die gesamte Verwaltung des Ortes zitterte bei dem Gedanken, dass es in den Amtsstuben der Gemeinde am nächsten Morgen hoch hergehen werde.

Ein würdiger Abschluss eines nervenaufreibenden Tages, nachdem die Lokalpresse auch noch wegen Pestiziden im Prosecco-Land Alarm geschlagen hatte. Die Journalisten hatten Dossiers voller Daten zugespielt bekommen, in denen es präzise Hinweise auf Namen von Betrieben zu geben schien, die etwas mit Weinbau und Weinerzeugung zu tun hatten.

Den ganzen Tag hatte man sich darüber das Maul zerrissen, auf dem Kirchplatz und in den Bars. Heftige Wutausbrüche und böse Verwünschungen richteten sich gegen die Zeitungsfritzen, die ehrbare Landwirte als

Umweltverschmutzer abstempelten: Dabei hatte man in diesem Jahr doch nur ganz, ganz wenig eingegriffen! Vielleicht im Jahr zuvor, da habe man etwas mehr …

Es gab Leute, die Verschwörungen befürchteten: Die Gebiete der historischen Prosecco-Herstellung hatten soeben die Qualitätsbezeichnung »Denominazione di origine controllata e garantita« erhalten, und jetzt ließ irgendein Konkurrent, aus einer der anderen zweiundvierzig Gegenden, die Wein mit dem Siegel DOCG produzierten, einfach diese Bombe platzen, um sie auf dem Markt zu diskreditieren! Das waren die vom Brunello di Montalcino! Nein: Die vom Spumante Franciacorta waren es!

Die Kolumnisten von *Tribuna* und *Gazzettino* kannten keine Gnade: Daten über die Menge an eingesetzten Pestiziden, garniert mit einer Unmenge von Namen, und alles klang fürchterlich. Es folgten genaue Angaben über die Mittel, mit denen das Unkraut zwischen den Rebreihen ausgetrocknet werden sollte, unter denen die Hügel sich so unnatürlich gelb verfärbten, als wären sie schrecklich krank.

Sicher, die Artikel ließen die eine oder andere Genauigkeit missen, aber auch die Gegenpartei argumentierte nicht sehr sorgfältig. Es war immer dieselbe Leier: Wenn sich jemand beim Einsatz von Pestiziden vertan hat, dann sollte er zahlen!

Aber das Problem war nun mal in der Welt. Niemand konnte es leugnen.

Gesundes Land, guter Wein. Der Rest ist Geschwätz.

Die Wolken, aus denen es den ganzen Tag über gegrummelt hatte, hatten sich endlich zu einer Entscheidung aufgerafft, und noch vor Mitternacht schleuderte ein Gewitter Blitze herab und ließ hektoliterweise Wasser von bester Qualität niederprasseln.

Und ich kratze. Kratze. Kratze und kratze.

Ich kratze den Rost von der Blumenvase auf dem Grab von Signor Michele Buffon, der auf die Idee kam, den ersten Lebensmittelladen zu eröffnen, um der Existenzangst der modernen Bürger entgegenzuwirken.

Erinnerst du dich, Michele? Wie wunderbar war dein Laden! Anspruchslos wie dein Charakter. Eine einzige Sorte Mayonnaise, eine Sorte geschälte Tomaten in der Dose, eine Sorte Thunfisch und drei Sorten Pasta: Spaghetti, Ravioli und Makkaroni. Letztere eigentlich die Leibspeise der armen Schlucker im Süden. Aber du warst ein Mann von Welt, du hattest keine Vorurteile, nicht einmal gegenüber den Bewohnern von Refrontolo.

Ich habe zu dir gesagt: Warum gibt es so wenig Auswahl in deinem Geschäft? Und du hast geantwortet, dass du für klare Entscheidungen bist, dass man nicht unentschlossen sein darf, nicht einmal in Bezug auf Thunfisch, der eigentlich Delphin ist oder Hai, und dass es nutzlos ist, über Olivenöl zu debattieren, bei dem es sich ohnehin um Palmöl handelt. Man geht ja auch nicht zum Tankwart und muss über die Mayonnaise philosophieren, die aus aussortierten Eiern und Motorenöl zusammengerührt wird. Das ist, als würde einer dich fragen: Was ist besser – das Öl für den Traktor der Firma Lamborghini oder für den von Fiat? Was soll ich dir antworten, mein Lieber? Man braucht keine Pasta für jede Jahreszeit, eine Pasta für die Firmung oder eine für die Taufe, zumal sie immer nur aus Hartweizenmehl besteht.

Ich dachte, dass du sofort wieder dichtmachen würdest, dass dich die Banken um deine Tätigkeit bringen würden. Doch zehn Jahre lang ist es gut gegangen. Der Laden war goldrichtig für die Eiligen, für die ewigen Junggesellen, für die Klosterfrauen und den Pfarrer, für die Kinderlosen und für solche, die keine Abwechslung brauchen. Es war ein Laden für sehr viele Leute. Zwei Sorten Öl: ein Leinsamenöl und ein Olivenöl. Eine Sorte Rasierklingen: nur solche, die schnitten. Eine Sorte Seife: die reinigte.

Sieben Sorten Wein, nicht ausschließlich Prosecco, weil es beim Wein eine gewisse Auswahl geben muss. Und zwei Sorten Brandy.

Dann ist ein Selbstbedienungsladen hinzugekommen und hat uns alle in Verwirrung gestürzt. Die Welt ist komplizierter geworden. Die Leute verbrachten Stunden im Selbstbedienungsladen. Früher gingen sie in Buffons Geschäft und waren nach wenigen Minuten wieder draußen, und es blieb eine Menge Zeit für den Aufenthalt in der Osteria. Dann habe ich zu ihnen gesagt: Gehen wir Boccia spielen? Ich muss Öl zum Braten kaufen, haben sie dir geantwortet, und du hast sie nicht mehr gesehen. Und sie kamen aus dem Selbstbedienungsladen mit der zweifelnden Miene eines Menschen, der sich fragt, ob er die richtige Wahl getroffen hat. Wird dieses auch das richtige Öl sein? Wird es braten, ohne Flecken zu hinterlassen? Er hat uns verunsichert, der Selbstbedienungsladen. Und dann wurde er zum Supermarkt erweitert. Wie die Superhelden verfügte er über alle Kräfte, er wusch weißer, er entfettete die doppelte Menge, er hatte nur noch halb so viel Fett oder kam ganz ohne Zusatzfette aus, und du bist traurig in deinem Lädchen mit den immer leereren Regalen zurückgeblieben: eine einzige Sorte Pasta, eine einzige Sorte Wein, aber immer noch zwei Sorten Brandy. Eine davon für dich ganz allein.

Und so hat deine Leber gelitten. Wie die meines Alten, der sich, aus Libyen zurückgekehrt, ganz der Liebe zum Grappa hingegeben hat, bis er, statt seine Leber spazieren zu führen, von dieser herumdirigiert wurde.

Ich hätte dir gern geholfen, mit einem Robinienstock einen

Streich rechts und links für alle Supermärkte, weil die Welt ein einziges Regal und ein einziges Lager geworden ist. Weil wir dadurch, dass wir auswählen, selbst ausgewählt werden.

Aber ich, ich kratze jetzt.

»Wie soll der heißen?«

»Tranquillo Speggiorin, Herr Inspektor.«

»Landrulli, bitte entschuldige, aber das habe ich kapiert. Offensichtlich hat mich die Nachricht total aus dem Konzept gebracht. Ich wollte sagen: Wo hat man ihn gefunden?«

»Auf der Auffahrt zu seinem Haus. Neben der Hecke. Ein Nachbar hat ihn entdeckt, heute Morgen um sieben.«

»Nein, nein! Sag mir noch einmal den Ort!«

»Cison di Valmarino.«

Stucky rieb sich erneut die Augen. Ein Toter im Dorf des Signor Ancillotto! In demselben Dorf, in dem er, Stucky, diese mysteriöse Ferragosto-Nacht mit den Schwestern verbracht hatte: diese unglaublichen Hexenweiber!

Antimama …

Antimama.

Agente Landrulli hatte ihm die Ergebnisse der Obduktion von Ancillotto gebracht, aber Stucky hatte noch nicht einmal einen Blick hineingeworfen.

»Landrulli, bitte entschuldige: Wie ist er umgekommen?«

»Pistole. Kommissar Leonardi ist schon vor Ort. Mit Spreafico.«

Aha, er hat Spreafico mitgenommen, dachte Stucky. Natürlich, Spreafico war an der Reihe. Leonardi mit seinem hohen Blutdruck.

Schon seit geraumer Zeit hatten sie keinen Toten mit einem Projektil im Leib gesehen, der aus nächster Nähe erschossen worden war.

»Ziemlich geringe Entfernung«, stellte Leonardi klar, als der Inspektor vor dem Haus des Toten eintraf. Der Kommissar wies die Fotografen auf ein paar Einzelheiten hin, und das Erste, was Stucky ins Auge stach, war ein schönes schwarzes Stadtfahrrad, eine Umberto Dei, neben der Silhouette des Leichnams unter der Abdeckfolie.

Speggiorin war neben die Buchsbaumhecke gefallen, die eine Seite der Auffahrt zierte, auf der anderen standen Stammrosen. Stucky dachte, dass es eine Ehefrau geben müsse. Er erkundigte sich.

Die Frau befand sich seit Anfang August im Urlaub, war aber bereits verständigt worden.

Die Patronenhülsen hatten sie problemlos gefunden, Kaliber .22, Schussweite hundert Meter. In diesem Fall handelte es sich aber um nicht einmal einen Meter.

Stucky ging, eine unsichtbare Pistole in der Hand, fünf Schritte auf dem Weg weiter: Der Tote kommt auf dem Fahrrad daher, steigt ab, weil es hier steil wird, und sofort trifft ihn ein erster Schuss in die Seite, das Opfer dreht sich um, dann folgen ein zweiter und ein dritter ins Herz.

Leonardi berichtete, er habe die Nachbarn vernommen, aber sie hätten weder etwas gehört noch gesehen.

»Gestern Abend gab es ein Gewitter«, sagte Stucky und zeigte auf den nassen Boden.

»Sie erwecken den Eindruck, als würden Sie diesen Ort kennen«, meinte Leonardi nachdenklich.

»Ich bin Freitagabend hier gewesen, wenige Hundert Meter entfernt.«

»In einem Restaurant?«

»Ich hab mich hier nur umgesehen.«

»Was für ein seltsamer Zufall!«

»Ab und zu streife ich durch die Peripherie.«

Der Kommissar nahm Stucky beiseite, weg von den Fotografen und Polizisten.

»Ich hätte eine kleine Bitte: Und zwar, dass dieser Fall in erster Linie mein Fall bleibt. Sie verstehen, was ich meine, Stucky?«

»Nein.«

»Wissen Sie, wer dieser Mann war?«

»Die Behausung wirkt imposant. Wahrscheinlich verkaufte er nicht unbedingt Wasseruhren.«

»Richtig! Herr Ingenieur Speggiorin war der Direktor des Zementwerks, das keine zehn Kilometer von hier entfernt ist.«

»Was für ein schöner, verantwortungsvoller Posten!«

»Jawohl. Und wissen Sie, wem Teile des Kapitals gehören, die in dieses Zementwerk investiert wurden?«

»Nein.«

Leonardi verdrehte die Augen zum Himmel, und wenn das Kapital nicht der liebe Gott eingezahlt hat, dann musste es sich um eine wirklich hochgestellte Persönlichkeit handeln. Vielleicht um einen Kardinal, dachte Stucky.

»Natürlich werden wir eng zusammenarbeiten, aber Sie müssen sich enger an mich gebunden fühlen als sonst. Wesentlich enger.«

Gesendet und empfangen. Stucky nickte, auf seine Weise.

Dann nahm er Agente Spreafico in Beschlag.

»Was sagt man jetzt dazu?«

»Na ja, Herr Inspektor, eine üble Geschichte. Vor dem eigenen Haus! Und wenn gerade Kinder am Fenster gestanden hätten?«

»Hatte er denn Kinder?«

»Einen Sohn, aber der ist in den Ferien.«

»Weit weg oder in der Nähe?«

»In dem berühmten Lignano mit dem goldenen Sandstrand.«

»Und was hat Signor Speggiorin auf der Hausauffahrt gemacht – so gegen Mitternacht, wie die Leute von der Spurensicherung sagen?«

»Es gab ja das Gewitter. Ein paar Zweifel bleiben.«

»Man hat ihn während des Gewitters umgelegt. Trug er keinen Schirm bei sich?«

»Doch, einen kleinen Damenschirm.«

»Er kam auf dem Fahrrad nach Hause, während eines Gewitters, mit einem kleinen Damenschirm …«

»Vielleicht hat man gerade deswegen auf ihn geschossen.«

»Wenn er einen schwarzen Schirm bei sich gehabt hätte, einen breiten und männlichen Schirm, wäre er also verschont geblieben?«

»Wahrscheinlich.«

»Hör mal, Spreafico, hast du die ziemlich übel zugerichteten Buchsbaumbüsche am Anfang des Weges gesehen?«

»Natürlich.«

»Ist der Mörder da hindurchgeschlüpft? Was meinst du?«

»Wenn es kein Reh war, Herr Inspektor, dann war es der Mörder.«

»Ah, Spreafico, wir arbeiten alle sehr eng mit Kommissar Leonardi zusammen, stimmt's?« Und er zwinkerte ihm zu.

»Und ob!«

In den Taschen des Opfers fand sich alles, was man braucht, um die Haustür zu öffnen, die Alarmanlage abzustellen, sich an den eigenen Namen zu erinnern und gegebenenfalls einen Espresso in der Bar zu bezahlen. Oder auch einen Grappa mit Schuss.

Stucky ging zum Tor hinaus. Vor ihm sah er eine Brücke über den Bach Rujo, der das Dorf in zwei Teile teilte. Rechts eine kleine Straße, die zu dem Häuserblock führte, wo Signora Adele und die Kickerspieler wohnten.

Er ging die Straße entlang, die nach links abbog, und folgte dem Abhang. Er blieb erst stehen, als er die hoch oben gelegene Villa von Signor Speggiorin vollständig in den Blick nehmen konnte.

Dann kehrte er um, überquerte die Brücke und blieb vor der Bar stehen, die an der anderen Straßenseite lag. Von hier aus sah man den Zugang zu dem Weg, der zur Villa hinaufführte.

Kleine Menschenansammlungen beobachteten die Polizisten bei ihrer Arbeit. Den Gesichtern war die Betroffenheit anzusehen, und es wurde eifrig getuschelt. Aber vorsichtig, wie es Stucky erschien.

Sehr nachdenklich ordnete Kommissar Leonardi an, dass sie sich später alle im Polizeipräsidium versammelten, um eine Ermittlungsstrategie auszuarbeiten. Auf dem Rückweg würde er sich höchstpersönlich des Bürgermeisters annehmen und dem Zementwerk einen Besuch abstatten. Er nahm Agente Spreafico mit, der immer mit einem PDA ausgerüstet war.

»Und wir?«, fragte Landrulli.

»Ich brauche einen Polizisten«, antwortete Stucky.

Ingenieur Tranquillo Speggiorin wohnte, seit er das Zementwerk leitete, im Dorf, sagte die Oberpolizistin, die so energiegeladen schien, als könne sie ein halbes Dutzend Pistolen gleichzeitig ziehen. Aber ihre Augen waren grau.

Sie, diese Oberpolizistin, hatte Stuckys Ausweis mit derselben Aufmerksamkeit studiert, mit der sie den Führerschein eines Ape fahrenden Alkoholikers überprüft hätte.

»Seit acht Jahren«, schob sie noch hinterher.

»Jaja, schon gut. Aber ich hatte Sie gefragt, wohin die Straße links von seinem Haus führt.«

»Sie wissen also schon alles über Signor Speggiorin?«

»Ehrlich gesagt, nein.«

»Aber Sie sind nur daran interessiert, wo diese Straße hinführt?«, rief die Oberpolizistin verwundert aus, fast als wollte sie deutlich machen, dass das kein guter Ausgangspunkt für Ermittlungen in einem Mordfall sei.

»Mir scheint das von Bedeutung zu sein.«

»Aha, Sie fragen sich, ob der Mörder aus dem Dorf oder von außerhalb kommt. Ob diese Straße dem Verbrecher als Fluchtweg hätte dienen können …«

»Messerscharfer Schluss.«

»Hören Sie: Der Mörder kommt von außerhalb.«

»Woher wissen Sie das?«

»Ich kenne meine Pappenheimer.«

»Und von denen hat keiner das Mörder-Gen?«

»Nicht dass ich wüsste. Natürlich, für irgendeinen anderen würde ich die Hand nicht ins Feuer legen, für Leute, die nicht von hier stammen …«

»Es wären also Fremde?«

»Eine Fremde, eine ganz bestimmte. Eine Ausländerin. Verwandt mit dem verstorbenen Ancillotto. Eine Frau, die gewiss nicht mit freundlichen Absichten hierhergekommen ist.«

»Was Sie nicht sagen!«

»Sie ist erst gestern eingetroffen, und schon gibt es einen Toten.«

»Verstehe, und binnen einer Woche müsste man mit einer Pandemie rechnen. Handelt es sich nicht zufällig um eine gewisse Celinda Salvatierra, die vom FBI und von der CIA gesucht wird?«

Die Oberpolizistin war verblüfft, als sie den Inspektor

den Namen der Signora Salvatierra aussprechen hörte. Stuckys spöttischer Ton ärgerte sie.

»Okay. Also die Straße führt den Hügel hinauf und dann, auf halber Höhe, einmal um den Kreis, dann hinunter und mündet in die Landstraße nach Vittorio Veneto. Wissen Sie übrigens, dass Speggiorin aus Conegliano stammte?«

»Donnerwetter!«

Der Inspektor führte Landrulli bis zu der Bar vor der Brücke.

»Was hältst du von diesem Mord, Landrulli?«

»Das ist eine einfache Frage.«

»Inwiefern?«

»Es gibt einen Mörder und einen Komplizen.«

»Und?«

»Der Komplize, am Steuer des Autos, setzt den Mörder in der Nähe der Villa des Opfers ab. Dieser bezieht in der Hecke Stellung, und als Speggiorin kommt: bumm! Dann geht er zu dem vorher vereinbarten Treffpunkt, und beide machen sich aus dem Staub.«

»Wirklich einfach.«

»Eben.«

»Aber das Fahrrad und der Schirm? Was meinst du dazu?«

»Es hat geregnet ...«

»Richtig. Trotzdem, hier von der Bar aus hätte man das Auto vorbeifahren und auch den Verstorbenen von seinem letzten Pedalritt heimkommen sehen können.«

»Vielleicht war die Bar geschlossen, oder vielleicht war wegen des Gewitters niemand da. Aber wenn sie offen war, dann bin ich mir sicher, dass jemand das Auto bemerkt hat.«

»Wetten wir, dass sie nichts gesehen haben?«

»Um eine Pizza?«

»Aber wer verliert, muss sie allein mit Spreafico essen.«

Landrulli zögerte.

»Was soll das sonst für eine Wette sein? Probier mal, etwas aus der Kellnerin herauszukitzeln.«

Das Mädchen erinnerte an einen Kohlweißling, der zwischen den Tischen hin und herflatterte. Landrulli zeigte ihr seinen Ausweis, sie lächelte verlegen, drehte sich um, um den Besitzer zu suchen, und sagte, dass sie abends keine Schicht habe, dass sie nur vormittags komme, am Abend sei ein anderes Mädchen da, der Besitzer aber halte sich fünfzehn Stunden am Tag in der Bar auf.

Landrulli musste aufstehen, zur Kasse gehen und sich mit einem bebrillten Herrn unterhalten.

Der Mann stamme ebenfalls aus Neapel, teilte ihm Landrulli nachher entzückt mit. Gestern Abend habe es eine regelrechte Sintflut gegeben, und die Gäste hätten sich alle im Inneren der Bar zusammengedrängt. Er selbst sei immer wieder mal ans Fenster gegangen, um das Chaos draußen zu betrachten, und könne sich nicht entsinnen, dass irgendwelche Autos unterwegs waren und erst recht könne er sich nicht an den Signor Ingenieur auf einem Fahrrad erinnern.

»Gut!«

»Also die Pizza ist fällig, aber wirklich allein mit Spreafico?«

»Selbstverständlich, es bleibt dabei!«

Auf dem Polizeipräsidium hatte Kommissar Leonardi einen schönen Packen Papier über Signor Speggiorin zur Hand, fein säuberlich zusammengeheftet, und überreichte ihn den Männern seines Teams.

Alles, was man über ihn wissen musste, vom Geburtsort über Schulabschluss und Familienstand bis zur Berufslaufbahn sowie Angaben zu Gesundheitszustand und Vermögen.

»Von seinen zweiundfünfzig Lebensjahren hat er acht als Direktor des Zementwerks verbracht, und davor?«, fragte Stucky, der rasch die Akten überflog.

»Was davor war, zählt nicht«, antwortete Leonardi barsch.

»Das bedeutet, dass wir die Motive dieses Mords ausschließlich in den Tiefen des Zementwerks suchen müssen?«

»Gemach, gemach! Wir holen erst Informationen ein, und dann machen wir uns einen Reim darauf«, rief Leonardi aus.

»Aber was haben Sie denn selbst für eine Vorstellung?« Ohne es zu wollen, fand sich Stucky schon wieder in der Rolle des beharrlichen Nachbohrers.

»Schwer zu sagen. Ein Mann ohne Flausen im Kopf, einer der arbeitet, kein offenkundiger Konflikt mit dem Dorf, in dem er lebt. Dennoch, wir sind hier, um zu ermitteln, und wir werden so herumstöbern, wie es sich gehört …«

Der Kommissar wartete, bis es ganz still wurde.

»Und nichts geht an meinem Schreibtisch vorbei. Verstanden?« Er schaute die Männer der Reihe nach an. Stucky besonders eindringlich.

»Wie immer«, sagte der Inspektor.

Dass Leonardi verlangte, in der Mordsache Dreh- und Angelpunkt zu sein und zu bleiben, war nur natürlich, und Hierarchien werden ja, wenn sie funktionieren, auch respektiert. Dass er aber versuchte, Spreafico besonders eng an sich zu binden, das konnte Stucky nicht so ohne Weiteres schlucken.

»Landrulli, der Chef macht ihn so mürbe wie ein Hühnchen im Joghurt.«

»Spreafico durchlebt gerade eine schlimme Zeit, und möglicherweise hat er ein Problem«, sagte Landrulli, der ihn dabei beobachtet hatte, dass er dauernd, und zwar nicht gerade heimlich, am Computer chattete.

»Okay, ich werde ihm sagen, dass er keine Überstunden machen soll«, bemerkte Stucky. Aber Landrulli war ihm so nahe auf den Leib gerückt, dass er wohl äußerst heikle Informationen loswerden wollte. Vielleicht saß Spreafico tatsächlich in der Klemme.

»Er chattet mit Toten.«

»Antimama! Was heißt hier mit Toten ...?«

»Marilyn Monroe. Die ist doch schon tot, oder?«

»Die ist tot. Aber sie hat ein paar Millionen Blondinen und blonde Herren hinterlassen, die ihren Namen benutzen.«

»Und wie kommt es, dass diese Marilyn Monroe eine Menge über ihren eigenen Tod weiß und möchte, dass Spreafico wegen einiger ungeklärter Dinge ermittelt?«

»Ermittelt?«

»Genau!«

»Und ihn aus dem Team abzieht?«

»Schlimmer als Kommissar Leonardi! Antimama, diese Marilyn Monroe werde ich mir zur Brust nehmen!«

Celinda Salvatierra durchschritt mit Elan das Portal des Rathauses, zwar etwas unsicher auf ihren Absätzen, aber die Hüften schwingend, die Mähne schüttelnd, den Flitterkram an ihren Handgelenken himmelwärts gerichtet, und beschwörend ausrufend: *»¿Donde está mi tierra?«*

Keiner der in den diversen Ämtern Verantwortlichen hatte damit gerechnet, dass die Hinterlassenschaft des Signor Ancillotto ein solches Tohuwabohu auslösen würde. Deshalb verfügten sie auch über keinen Plan, wie die Attacken der Salvatierra abzuwehren seien. Weder über einen Plan A noch einen Plan B.

Der Bürgermeister war nicht greifbar, ebenso wenig der Zuständige vom Grundbuchamt. Niemand schien bereit zu sein, die Fragen dieses Vulkans von einer Frau zu beantworten. Da musste eben die Polizistin daran glauben.

»Sie schon wieder?«, herrschte Signora Salvatierra sie an. »Wo ist die Musikkapelle?«

»Sie müssen Geduld haben, Signora, im Dorf hat es ein fürchterliches Verbrechen gegeben …«

»*¡Claro! ¡Habéis escondido mi tierra!*«

»Nein, hier ist jemand umgebracht worden!«, sagte die Polizistin, sichtlich um Beherrschung bemüht. Dann erinnerte sie sich, dass sie den kompletten Bund mit den Schlüsseln des Hauses des verstorbenen Grafen in Verwahrung hatte. Sie ging zurück in ihr Büro, nahm ihn aus dem Safe und hielt ihn der Salvatierra hin. Ganz nüchtern. Dies war ein formaler Akt, wie die Eröffnung des Testaments: Sie würde ihr ein Gut überreichen, das vorübergehend der Gemeinde gehört hatte.

Sie zögerte. Hielt die Schlüssel zurück. Celinda Salvatierra nahm sie ihr aus der Hand.

»Ich will einen Führer, damit ich meine Ländereien besichtigen kann. Und ich werde einen finden.«

Während die Polizistin ihr hinterherblickte, dachte sie: Wie unsympathisch!

Ich kratze am Grab von Doktor Lorenzon herum, diesem hochwohllöblichen Arzt, der sich mit wenig Genie, aber viel Engagement um unsere Gegend gekümmert hat. Erinnern Sie sich, hochverehrter Herr Doktor, wie Sie die Ränder der Wunden ohne Narkosemittel zunähten, die bei Ihnen immer ausgegangen waren? Ich selbst bin einmal gekommen, um mir einen Zahn ziehen zu lassen: Sie stachen mir eine Nadel ins Zahnfleisch, und dann kramten Sie, in aller Gemütsruhe und mit der Spritze in der Hand, in den Schubladen nach dem Betäubungsmittel, und Sie erinnern sich nie, wo Sie die Sachen hintun, und der Zahn wurde trotzdem gezogen, er hielt einfach nicht mehr stand, haben Sie gesagt.

Auf die Penicillinphase folgte die Welle der intravenösen Infusionen. Sie kamen ganz groß in Mode: Wenn du müde bist, lass dir eine Infusion geben, mit Vitaminen, Eisen und anderen Mixturen, gegen die Depression und die Erschöpfung, für die Wäsche, die man mit der Hand wusch, für die Polenta, damit sie eine Kruste bildet, für alles und gegen alles, für klein oder groß, Infusionen in der Praxis oder zu Hause, früh am Morgen und vor Einbruch der Nacht.

Hier im Dorf schämte man sich zuzugeben, dass man nur einen einzigen Injektionszyklus mitgemacht hatte; anständige Familien absolvierten fünf oder sechs, im Frühjahr und im Herbst, um der Müdigkeit des beginnenden Jahres und der des zu Ende gehenden Jahres vorzubeugen, um der Hitze und der Kälte vorzubeugen, damit man nicht schwanger wurde, und dann, wenn man schwanger war, weil man anämisch wurde. Immer dieselbe Injektion, zum Leben und zum Sterben.

Böse Zungen behaupten, dass Sie, Hochverehrter, eine einzige Nadel und eine einzige Spritze verwendet haben, die ohne Unterlass ausgekocht wurden, aber ganz sauber wurden sie nicht davon. Und mit Hepatitis C wussten wir gar nicht recht, wie uns geschah. Wir fühlten uns wie in einer Fußballmannschaft und sagten: Wie geht's? Ich habe Hepatitis C, als würde man sagen, mir geht es sehr gut, nur wegen dieser Angeber von Ärzten, die mich nicht in der Serie A oder B spielen lassen wollen, trainiere ich in der Serie C, aber ich habe keinen Spaß, es gibt keinen Wettkampf, wir sind alle ein bisschen müde.

Auch mir hat er einige IV-Infusionen verpasst, weil ich etwas deprimiert war, und als er zu mir nach Hause kam, nach der Schule, hätte ich ihm gern einen Streich rechts und einen Streich links verabreicht, aber ich hatte meinen Robinienstock nicht, hätte ich bloß gewusst, wie nützlich ein Robinienstock ist! Lieber Herr Doktor Lorenzon, am Ende haben auch Sie uns verlassen, es heißt, es war einer Krankheit zu verdanken, die mit C beginnt, aber davon gibt es viele, und es ist letzten Endes gar nicht schön zu wissen, auf welche Weise ein Arzt diese Welt verließ.

Auch mein Vater ist nicht mehr aus dem Krieg zurückgekehrt, und man hat nichts mehr vom ihm gehört. Außer dass er in Anzio war, um die Amerikaner unter Beschuss zu nehmen, und dann hat man ihn nicht mehr gesehen. Komisch nur, dass ich nach dem Krieg geboren wurde, als sich seine Spuren schon längere Zeit verloren hatten.

Besser man kratzt. Und das tue ich auch …

25. August, Dienstag

Manche Fabriken haben etwas Grauenhaftes an sich, man begreift auf den ersten Blick, dass es sich um einen ungesunden Ort handelt, dass dort mit derselben Intensität Profite wie Krankheiten produziert werden. Das Zementwerk jedoch sah gar nicht so bösartig aus. Man erreichte es über eine Zufahrtsallee, die hervorragend an das Straßennetz angebunden war, denn der Verkehrsfluss, die Zahl der Lastwagen, die auf das Werksgelände und wieder heraus fuhren, war beträchtlich.

Stucky fuhr die Allee langsam entlang, betrachtete die leichte Staubschicht, die wie mit Puderzucker das Areal überzog. Feiner Staub. Die nächststehenden Häuser waren einen Kilometer Luftlinie entfernt. Wer weiß, vielleicht würzte dieser Staub auch den Salat.

Staunend betrachtete er das Gebäude im Detail. Dabei handelte es sich nicht etwa bloß um vier Mauern und ein Dach, wie man vielleicht hätte glauben können. Stucky war von den Bauten mit ihren zahlreichen Schornsteinen beeindruckt, die durchaus von einer gewissen Ingenieurskunst zeugten.

Noch nie hatte er ein Zementwerk besichtigt. Er überlegte, dass sich wohl niemand, der nicht selbst an einem entsprechenden Ort arbeitet, vorstellt, wie Kunststoff, Dünger, Zahnpasta oder Zement hergestellt werden.

Stucky blieb stehen, um einen langen Streifen aus weißem Kalk zu studieren, der sich an der Mauer entlangzog und eine Aufschrift überdeckte.

Der Sekretärin zufolge, die Stucky ansah, als wäre er soeben einer Reklame für Herrenpyjamas entstiegen, beschäftigte der Betrieb ungefähr fünfzig Arbeiter und vier

Angestellte, und darüber hinaus gab es noch die Leute, die als Zulieferer tätig waren, vor allem LKW-Fahrer.

»Keine Trauerpause?«, fragte er.

»Wir können die Anlagen nicht stillstehen lassen.«

»Und Signor Speggiorin, was für ein Typ war er?«

»Er war der Chef.«

»Okay. Aber was für ein Chef?«

»Wie alle Chefs ...«

»Kreativer Chef, Chef mit Magengeschwür oder fieser Chef?«

Die Sekretärin quiekte wie eine Maus.

»Er war ja recht sportlich ... er trainierte seine Kniekehlen und Gesäßmuskeln mit einem schönen Umberto-Dei-Rad. Mögen Sie Fahrräder?«

Desinteressiert zuckte die Sekretärin mit den Achseln.

Stucky stellte sich Speggiorin als großspurigen und dickfelligen Mann vor. Sein Büro war ein anonymer Kasten: neue Möbel, graue Aktenschränke, ordentliche Papierstapel auf dem Schreibtisch. Nichts Persönliches, kein Foto, auch kein Nagelknipser oder Heiligenbildchen. Nicht einmal ein schöner Füllfederhalter, etwa ein Mont Blanc für Ingenieure. Nichts.

Der Inspektor blätterte herum. Aufträge, Scheine, Rechnungen. Produktanalysen. Analysen des Rauchs, der aus den Schornsteinen aufsteigt.

Er betrachtete den Bonsai in der Nähe des Fensters, der erschrocken aussah. Bonsais sehen immer ein bisschen erschrocken aus.

Der Nano-Photosynthetisator blickte vielleicht gerade durch den Spalt und wurde blass angesichts der leichten Schwebstoffdecke. Jene kaum wahrnehmbaren Partikelchen, die sich weigerten, einfach träge Asche zu werden und ihre Existenz unter der Straßendecke auszuhauchen.

Stattdessen irrten sie rebellisch in der Luft herum und träumten von atlantischen Winden, die sie über die Voralpen, über die Riesen der Dolomiten und weiter ziehen lassen würden.

Aus dem Fenster von Signor Speggiorins Büro sah man die Rauchfahnen aus den Schloten, die in die Richtung der vorherrschenden Winde wehten.

Stucky erkundigte sich bei der Sekretärin, ob der Chef ein privates Badezimmer gehabt habe. Die Frau war sprachlos.

»Ich habe eine sehr vertrauliche Frage an Sie«, flüsterte Stucky. »Ging Ihr Chef zusammen mit dem Lagerverwalter pinkeln, oder zog er es vor, seine Blase ohne Zeugen zu entleeren?«

Allein. Die Sekretärin begleitete Stucky. Die Tür war zugesperrt.

»Der Schlüssel?«

»Ist wohl im Schreibtisch«, sagte die Frau.

Aber auch die Schreibtischschubladen waren zugesperrt.

Stucky probierte den Sessel des Kommissars aus, um zu sehen, wie er die Rückenlehne benutzte, wie er die Ellenbogen aufstützte und ob die Rollen des Sessels auf dem Fußboden Spuren hinterlassen würden und wenn ja, in welche Richtung.

Gerade beugte er sich über den Fußboden, als Kommissar Leonardi ins Büro hereinrauschte, gefolgt von Spreafico.

»Stucky!«

»Herr Kommissar …«

»Sollten Sie nicht ins Dorf gehen und die Glocken läuten? Was Sie ja bekanntlich am besten können.«

»Ich bin etwas zu früh in Treviso losgefahren. Und der

Arbeitsplatz eines Ermordeten kann durchaus von Bedeutung sein.«

»Genau so ist es! Aber Durchsuchungen sind meine Sache. Wir sehen uns später im Polizeipräsidium.«

Stucky warf einen fragenden Blick auf Spreafico, der sich jetzt wie immer, wenn es brenzlig wurde, über den Kinnbart strich.

Die Sache lief nicht glatt.

»Herr Kommissar, wissen wir etwas über die Schusswaffe?«

»Von den Patronenhülsen her, die wir am Tatort gefunden haben, und den Projektilen, die aus dem Körper des Opfers entfernt wurden, Kaliber .22, vermuten wir, dass es sich um eine Bernardelli 69 aus dem Jahr 1976 gehandelt hat.«

»Nie gehört«, sagte Stucky.

»Spreafico, erklär dem Inspektor, von welcher Waffe wir reden.«

Agente Spreafico schilderte Bau, typische Merkmale, Details.

»Eine Sportpistole?«

»Genau. Ein Sportschütze also.«

»Und so ein Sportschütze verschenkt einen Schuss auf eine Entfernung von weniger als einem Meter?«

»Stucky, dies hier ist eine Ermittlung, bei der Sie Ihre blühende Fantasie zügeln müssen. Seien Sie höflich. Sind Sie denn nicht Perser?«

»Zur Hälfte.«

»Dann seien Sie bitte zu einer Hälfte höflich und zur anderen vorsichtig.«

Bei Sonnenlicht besehen, wirkte Don Ambrosio auf Stucky wie ein Mann, der es geschafft hatte, sich alle Scherereien des Lebens vom Hals zu halten.

Glatte Haut, ohne jene Anzeichen der Kapillargefäße auf dem rosigen Gesicht, die unter der Oberfläche brodelnde Gefühle verraten; kaum ein graues Haar, Hände wie ein Jugendlicher und ein wachsamer, aber weicher Blick. Ein Beichtvater, der mit großherzigem Wohlwollen die Absolution erteilte.

Er ließ den Inspektor in einem kleinen Arbeitszimmer Platz nehmen, das modern und zweckmäßig eingerichtet war. Keine Spur mehr von den alten Pfarrhausmöbeln, auf die Antiquitätenhändler so scharf sind. Nur eine Schreibmaschine kündete noch von vergangenen Zeiten.

»Zwei Ihrer Gemeindemitglieder sind vom Herrn innerhalb weniger Tage abberufen worden, und das im Eiltempo. Beunruhigt Sie das nicht?«, hob Stucky an, nachdem er sich auf einen Aluminiumstuhl gesetzt hatte.

»Hören Sie auf damit! Dieses Jahr ist alles in allem gut gelaufen und jetzt diese beiden Unglücke!«

»Inwiefern ›gut‹?«

»Wissen Sie, jedes Jahr hat seine eigene Sterblichkeitsrate. Ich führe über meine Gemeindemitglieder Buch und kenne ihre persönlichen Daten und ihren Gesundheitszustand. Wenn wir an Silvester Schlag Mitternacht darauf anstoßen können, dass wir die Erwartungen im positiven Sinn übertroffen haben, bin ich wirklich zufrieden.«

»Sie stoßen also nicht auf das neue Jahr an, sondern auf die Abnahme der Zahl der Beerdigungen?«

»Gewiss.«

»Sie erwarten also jedes Jahr eine bestimmte Anzahl von Sterbefällen?«

»Natürlich. Ich notiere an jedem Neujahrstag die Vorhersagen in meinem Kalender.«

»Und wer hat dieses Jahr den Wettbewerb gewonnen: das Leben oder der Tod?«

»Wenn man von dem schrecklich traurigen Hinscheiden eines kleinen Jungen Anfang des Jahres absieht und von dem, was jetzt dem Grafen Ancillotto und Signor Speggiorin widerfahren ist, war es ein vortreffliches Jahr.«

»Die drei Verstorbenen passen also nicht in Ihre Vorhersagen?«

»Überhaupt nicht. Vor allem Simone Dalt, der erst zwölf Jahre alt war und uns von einem Moment auf den anderen verlassen hat. Es war ein schwerer Schlag für das Dorf. Blond wie ein Engel, ein braver Junge.«

»Und Signor Ancillotto passte auch nicht in Ihre Vorhersagen? Sind Sie sich sicher?«

»Ich weiß, ich weiß, was man sich im Dorf erzählt: dass er zu stark abgemagert war. Aber er hatte seine Methoden, sich jung zu halten. Er hat nie über irgendwelche Leiden geklagt.«

Merkwürdig, dachte Stucky, wenn man bedenkt, was er hatte. Die Autopsieberichte sprachen eine deutliche Sprache. Es hatte ihm genügt, nach seiner Rückkehr ins Büro einen Blick hineinzuwerfen, um zu begreifen, dass Ancillotto den Vorgang nur beschleunigt hatte. Es wunderte ihn, dass der Pfarrer nichts davon wusste.

»Sie hatten doch Kontakt mit Signor Ancillotto? Waren Sie miteinander vertraut?«

Don Ambrosio rückte seinen Stuhl zurecht. Er empfand keine besondere Sympathie für diesen Polizisten, der ein bisschen konfus auftrat und ihn zu eindringlich anschaute – ihn, der auch die hartgesottensten Sünder nur kurz ansah, wenn eigentlich ein durchdringender Blick nötig gewesen wäre, um zu Seelen vorzudringen, die sich unter einem Wolframpanzer versteckten.

»Graf Ancillotto war ein impulsiver Mensch. Halb Christ, halb Heide.«

»In welchem Sinne meinen Sie das, bitte?«

»Vor Beginn der Weinlese bekreuzigte er sich immer. Aber er hatte gewisse Schwächen. Sie wissen genau, was ich meine. Er war nicht gerade eine Büßernatur.«

»Ein dionysischer Mensch.«

»Was für ein hässliches Wort! Wissen Sie, dass er jedes Jahr in der Saison zu mir kam und mir Wein aus seiner Produktion schenkte? Er verließ sich auf meine Nase. Ja, er nannte mich sogar ›Don Naso‹. Es ärgerte mich, dass er glaubte, ich hätte eigentlich Sommelier und nicht Priester werden sollen.«

»Sie? Don Naso? Ein Sommelier? Oh, ich bitte Sie, Don Ambrosio!«

»Wenn ich zu diesem Heiden sagte, dass sein Wein zum Geschirrspülen taugte, grinste er, aber er nahm mich ernst.«

»Und Signor Speggiorin?«

»Ein Mann, dessen Glauben an die Wissenschaft unerschütterlich war. Ein Laie, auch wenn seine Frau ihn jeden Sonntag ins Hochamt mitnahm, in die vorderste Reihe. Haben Sie je einem Hochamt beigewohnt?«

Stucky antwortete, dass er mit der Messe, nun, wie solle er sich ausdrücken, dass er einen verlängerten Waffenstillstand mit ihr vereinbart habe; nur eine Messe würde er vorbereiten, vielleicht die letzte: Sie würde nur gesungen, begleitet von Böllern und Knallern.

»Sie sind ja auch ein Heide!«, rief Don Ambrosio aus, ohne seine Abscheu ganz überspielen zu können.

»Also, wenn ich recht verstanden habe, hat sich Signor Ancillotto allein infolge seines instabilen Charakters selbst umgebracht, während Signor Speggiorin trotz göttlichen Schutzes umgebracht wurde.«

»Sie sind ja wirklich ein in der Wolle gefärbter Heide!«

»Und welche Gefühle hegte Signor Ancillotto gegenüber Signor Speggiorin?«

»Zivile Gefühle.«

»Aber es muss einen anderen Heiden gegeben haben, der Signor Speggiorin nicht unbedingt wahnsinnig zugetan war!«

»Vielleicht wegen seiner Arbeit, wegen des Zementwerks.«

»Antimama! Sehen Sie …«

»Was haben Sie da gerade gesagt? Haben Sie jetzt auch noch etwas an Ihrer Mutter auszusetzen?«

»Don Ambrosio, bleiben wir beim Zementwerk! Hatte jemand ein Problem damit?«

Da dem Priester diese Diskussionen nicht gefielen, kürzte er die Sache ab.

»Es gab Leute, die protestiert haben. Aber das sind bloß Undankbare.«

»Inwiefern?«

»Weil das Zementwerk hier in der Gegend Arbeitsplätze geschaffen hat. Arbeit ist immer ein Segen.«

Die beiden Stühle schrammten gleichzeitig über den Boden.

Stucky erhob sich und reichte dem Priester die Hand.

Der Inspektor ließ das Auto vor dem Pfarrhaus stehen. Er brauchte Bewegung. Gehen durchlüftet die Gehirnwindungen. Er fühlte sich wie benebelt. Und konfus. Oder besser: fasziniert vom Tod des Signor Ancillotto, der viel interessanter war als der andere, bei dem es um irgendein unerhebliches Motiv ging, um Schulden, Rachefeldzüge oder vielleicht um aufgesetzte Hörner.

Während Stucky zur Piazza Roma hinunterging, sah er aus dem Augenwinkel einen schwarzen Haarschopf, der einen Ansturm auf das Rathaus unternahm, gefolgt von der Oberpolizistin. Der Inspektor musste einfach die Augen auf die weiße, durchscheinende Hose der Furie und auf das öffentlich dargebotene, auf sympathische Weise offenherzige Spektakel richten.

Aus der Bar Roma heraus grüßte ihn jemand. Die Kellnerin schien Vertrauen zu ihm gefasst zu haben.

»Wissen Sie, wer die da ist?« Stucky zeigte auf den verlängerten Rücken in der weißen Hose, auf der Schwelle zum Rathausportal.

»Die Erbin des Grafen Ancillotto. Man munkelt, dass sie alle Weinberge an eine kalifornische Immobiliengesellschaft verkaufen will …«

»Wirklich?«

»Sieht so aus.«

Stucky ließ den Blick über die Gäste der Bar schweifen und erkannte einige der Teilnehmer des internationalen Weinseminars wieder.

»Ist die Tagung immer noch nicht vorbei?«

Die Frau legte die Hand auf den Mund, um ein Lachen zu unterdrücken. Als sie sich wieder gefangen hatte, gestand sie, dass es ausgerechnet am Sonntagmorgen zu einem Mordskrach gekommen sei.

»Was für ein Mordskrach denn?«, fragte der Inspektor verdutzt.

»Die Experten, die noch da waren, mussten umziehen.«

»Was soll das denn heißen?«

»Um die Organisation hatte sich der betrauerte Graf gekümmert, aber er hatte nur für Freitag und Samstag gebucht, und am Sonntag um zehn mussten die Herren des Weines erleben, dass ihnen die Koffer auf die Straße gestellt wurden, weil eine russische Reisegruppe aus Sankt Petersburg eintraf.«

»Russen? Hier?«

»Die Tagung über den Wein ist vorzeitig zu Ende gegangen. Die Franzosen sind sofort und unter Flüchen und

Verwünschungen abgereist. Die anderen haben Quartier im Schloss bezogen, in dem Zimmer an arme, aber gut zahlende Pilger vermietet werden. Sie wollten sich bei den Organisatoren Genugtuung verschaffen, sich holen, was ihnen zusteht.« Die Frau brach in Gelächter aus.

»Sie sagten: Organisator*en* … Signor Ancillotto und wer sonst noch?«

»Die Prosecco-Bruderschaft. Aber im Grunde hat alles der Graf erledigt.«

»Sieht so aus, als hätte sich ein Witzbold einen Scherz erlaubt.«

»Richtig.«

»Und die Russen?«

»Was für Russen? Ach so … Eine einzige Finte! Falsch auch die Reservierung, bis auf die Anzahlung …«

»Vorgenommen von Ancillotto?«

»Von wem sonst?«

Verdattert schleppte sich Stucky zu der anderen Bar, der mit dem Blick auf den Tatort und dem neapolitanischen Besitzer an der Eingangstür. Er tat, als bräuchte er dringend einen Espresso, und setzte sich direkt ans Fenster. Die Sicht von dort war optimal. Um mit dem Auto unbemerkt bis zu Speggiorins Haus zu gelangen, konnte man nur von den Hügeln her kommen und vor der Kurve anhalten.

Stucky schluckte seinen Kaffee hinunter, der ihm trotz der Eile gut schmeckte.

»Hat Signor Speggiorin jemals hier auf eine Tasse haltgemacht?«

Der Mann an der Theke schnalzte verneinend mit der Zunge. Speggiorin hatte wohl keine Lokale besucht, die in Reichweite lagen.

»Er bevorzugte die Espressi in der Stadt«, fügte der Barista aus Neapel hinzu.

»Wissen Sie, was ein Umberto Dei ist?«
»Nein.«
»Ein Fahrrad für Ästheten.«
»Ich weiß auch nicht, was Ästheten sind.«
Auf unerklärliche Weise fühlte Stucky sich erleichtert.

Während der Versammlung im Polizeipräsidium ärgerte sich der Inspektor lange darüber, dass Spreafico so dicht bei Leonardi saß. Deshalb hörte er nur mit halbem Ohr zu, als der Kommissar sich einen Überblick über die Lage verschaffte.

Er hielt die Ergebnisse der ballistischen Untersuchungen für überaus wichtig: Den Fachleuten zufolge konnte der Mörder nicht besonders groß gewesen sein. Leonardi berichtete, dass es in der ganzen Provinz Treviso kaum zwanzig Leute gab, die im Besitz einer Bernardelli-Pistole waren, ganz ausgeschlossen jedoch eines Standardmodells 69 aus dem Jahr 1976. Abgesehen vom Polizeipräsidenten natürlich. Ein begeisterter Sportschütze. Die Liste derer, die im Dorf einen Waffenschein und die Erlaubnis besaßen, Waffen zu tragen, war ziemlich lang, und auf den ersten Blick war keiner der Genannten irgendwie bemerkenswert. Der Kommissar hielt die Liste mit den Namen der Belegschaftsmitglieder des Zementwerks fest in der Hand und hob sie in die Höhe; dann machte er Anspielungen auf einige kleine Unstimmigkeiten zwischen den Arbeitern und dem Ingenieur. Er würde auch unter den Kunden nachforschen, weil in der heutigen Zeit nicht auszuschließen sei, dass der Tat eine ökonomische Kontroverse zugrunde lag.

»Der Rechnungsführer und Vizedirektor, Signor Merlo, hat mir bestätigt, dass Signor Speggiorin, wie immer in den Sommermonaten, mit dem Rad zur Arbeit gefahren ist, und dass er das Zementwerk zur üblichen Zeit verlassen hat, nämlich gegen neunzehn Uhr dreißig. Von diesem Zeitpunkt an müssen wir seine Bewegungen rekonstruieren. Und außerdem überprüfen wir noch die von ihm getätigten Telefonate.«

»Vielleicht hatte Signor Speggiorin irgendwo auf dem Berg eine Geliebte«, sagte Stucky.

Leonardi sah ihn an und stieß einen verärgerten Seufzer aus, dem er ein leises Lächeln hinterherschickte.

»Seine Ehe scheint stabil gewesen zu sein. Ich habe ein schmerzliches Gespräch mit seiner Witwe geführt«, stellte der Kommissar klar.

»Aber irgendjemand hat ihm an diesem Abend einen zierlichen Damenschirm geliehen, damit er sich im Regen die Haare nicht nass machte. Fügen wir hinzu, dass seine Frau mit dem Sohn und der Haushälterin in den Ferien war ...«

»Der Schirm gehört seiner Frau, das hat sie selbst bestätigt. Wahrscheinlich hielt der Signor Ingenieur ihn in seinem Büro und hat ihn mitgenommen. Natürlich klafft noch eine Lücke zwischen acht Uhr abends und ungefähr Mitternacht, aber ... Stucky! Mit Ihrer sprichwörtlichen Fantasie malen Sie sich wieder einmal eine gepfefferte Komödie aus ...«

Stucky erstarrte ob des Tons, den der Kommissar angeschlagen hatte. Auch Leonardi sah ein, dass er zu weit gegangen war.

Landrulli und Spreafico gerieten ins Schwitzen.

»Tja, ich kann mich natürlich irren. Vielleicht hat das Motiv bloß irgendwie mit der Arbeit im Zementwerk zu tun. Unbezahlte Überstunden. Ein paar falsch berechnete Urlaubstage. Ein Rüffel wegen Zuspätkommens. Arbeiter verhalten sich manchmal irrational.«

Leonardi presste die Kiefer zusammen. Er wollte sich

nicht mit Stucky anlegen, aber des Rätsels Lösung musste man schon ihm überlassen.

Das hatte er dem Polizeipräsidenten versprochen. Es ging ja auch um einen Politiker: Von oben hatte man klargestellt, dass man bei Politikern mit geradem Rücken und leisen Sohlen vorgehen müsse. Er würde sich an seine Zusage halten, vor allem was die Sohlen anbelangte.

»Stucky, jeder an seinen Platz.« Der Kommissar versuchte, das so gelassen wie möglich auszusprechen.

»Und mein Platz muss sich also in genau der richtigen Entfernung vom Mord befinden.«

»Ist das eine Drohung?«

»Nein, nur ein kleiner Scherz.«

In der Folge hielt Stucky den Mund. Er wusste, wie Kommissar Leonardi bei seiner Arbeit vorging: Er zog um den Toten konzentrische Kreise, und im ersten Kreis befanden sich die ihm am nächsten stehenden Verdächtigen, die, in diesem Fall, die Angestellten des Zementwerks zu sein schienen. In den weiteren Kreisen würde er die Lieferanten, den Steuerberater und die Angestellten der Druckerei in Betracht ziehen, die die Rechnungsformulare druckte. Im äußersten Kreis dann Verwandte, Bekannte und eine Unzahl von Außenstehenden, um vollauf zufrieden zu sein, denn wenn die Mörderhand wirklich einem Außenstehenden gehörte, würden sie den Mörder niemals finden, und deshalb galt es, ihn dort zu halten, fern vom Toten.

Und ich kratze an der Grabstelle meines Stammmetzgers, Toni Sperandio, des Königs der Hackfleischsoße und des Frikassees. Aber nur aus Schwiegermutterfleisch, sagte Toni, der ein Exzentriker war und am Hackklotz stand, wenn er die Beefsteaks klopfte und die Knochen geschickter aus dem Fleisch löste als ein Orthopäde.

Toni, du hättest Orthopäde werden sollen. Das sagten alle, weil er einem sozusagen im Handumdrehen einen Knöchel oder das Handgelenk einrenken konnte. Na ja, ganz fix machte er das nicht, aber dafür mit Präzision.

Wenn man ihn fragte, wo er es gelernt habe, die Gelenke der Leute an den richtigten Platz zu befördern, sagte er, er habe so viele Maultierknöchel vom Fleisch gelöst, dass er alles gelernt habe, was man in dieser Hinsicht wissen müsse.

Er hatte auch so viele Schweine entbeint, dass er alles beherrschte, was er brauchte, um sich eine Vorstellung von manchen Kunden zu machen, denn Mensch und Tier haben schließlich Blut von derselben Farbe.

Wenn man mit Toni Sperandio auf vertrautem Fuß stand, war es ein Spaß, sein Suppenfleisch zu kaufen, und die Einwohner des Dorfes, die es sich leisten konnten, hielten sich eine halbe Stunde in seiner Metzgerei auf, teils, um die an den Haken hängenden Schlachtkörper zu betrachten, teils, um sich seine Vergleiche zwischen Menschen und Tieren, zwischen Hennen und alten Jungfern, Kaninchen und Beamten, Perlhühnern und Hausfrauen, Salami und Lehrern anzuhören.

Der Trick beim Schlachten wie im Leben bestand Toni zufolge in der Mischung, wie bei der Hackfleischsoße, seiner Lieblingskreation. Bolognese à la Toni Sperandio, des Leonardo seines Fachs! Sicher, niemand glaubte, dass viel Talent dazu gehört, Fleisch durch den Wolf zu drehen. Dennoch schmeckte keine Bolognese so wie die aus der Metzgerei Sperandio. Man konnte die halbe Provinz absuchen, aber wenn man die Spaghetti einmal mit seiner Hackfleischsoße gegessen hatte, ist man immer wieder zu ihm zurückgekommen.

Das Geheimnis, sagte Toni, liege einzig und allein im Fleischwolf, und er hätte ein Buch über den Fleischwolf schreiben können, weil er als frommer Mensch glaubte, dass es kein Gerät gebe, das einen besseren Beweis für die Richtigkeit der Behauptung »Das Fleisch ist schwach« liefere. Der Fleischwolf werde geachtet, gesäubert, geölt und geliebt, sagte er, und er liebte ihn, obwohl er den kleinen Finger seiner rechten Hand verschluckt hatte. Er war wohl abgelenkt gewesen, wollte aber niemandem davon erzählen, auch wenn alle wussten, dass es die Liebe gewesen war, die Begeisterung für eine bildschöne Frau, die einmal Beefsteak von ihm gewollt hatte. Toni hatte ihr aber unbedingt seine Bolognese andrehen wollen, und er hatte ihr in die Augen geschaut, während er sich am Fleischwolf zu schaffen machte, und so war der kleine Finger verschwunden.

Den Fleischwolf liebe ich trotzdem, sagte er, und ich bin mir sicher, dass der liebe Gott mir den Finger zurückgeben wird. Toni Sperandio glaubte an Wunder: Eines Tages würde der Finger, nach x-maligen Gebrauch des Geräts, in einem frisch verarbeiteten Fleischhaufen wieder auftauchen. Das sei nur eine Frage der Wahrscheinlichkeit, sagte er.

Manchmal wühlte er, um uns zu foppen, im frisch durchgedrehten Hackfleisch herum und hob dann mit strahlendem Lächeln einen Plastikfinger in die Höhe. Seht ihr? Ihr Kleingläubigen!

Im Dorf fragte man ihn: Und jetzt nähst du ihn dir wieder an?

Er reagierte pikiert. Über alles durfte man Witze rei-

ßen, aber nicht über seinen Glauben. Wer über den Glauben Witze riss: einen Streich links und einen Streich rechts. Isacco, hat er zu mir gesagt, wenn du deinen Robinienstock hier hättest, wüsste ich, was ich täte. Er brachte meiner Wenigkeit Hochachtung entgegen, weil mein Vater El Alamein überlebt hatte, und er sagt, dass ein Mensch, wenn er einen Fleischwolf überlebt – und der Krieg ist ein einziger, schrecklicher Fleischwolf –, das eigene Leben und das der anderen schmackhafter machen wird.

Wir alle sollten mindestens einen Finger in einem Fleischwolf verlieren, um die Dinge mehr zu genießen, sagte er.

Doch du, Toni, hast dir viel mehr als einen Finger zermahlen lassen, und das nicht durch deinen geliebten Fleischwolf.

Aber jetzt kratze ich an deinem Grab herum …

Antimama! Jetzt hatte ihm der Kommissar auch noch die Überprüfung der Anarchisten von Follina aufgebürdet, einer netten Ortschaft wenige Kilometer vom Tatort entfernt.

»Nein, keine Anarchisten bitte!«, hatte Stucky protestiert, der sich ärgerte, dass plötzlich eine neue Kategorie von Verdächtigen aufgetaucht war.

»Wir ermitteln in alle Richtungen!« Und der Kommissar hatte ihm die Liste mit den Namen jener Bürger in die Hand gedrückt, die gern ins Schwarze treffen, und natürlich die der entsprechenden Schießplätze. Das Zementwerk, einschließlich seiner Nebengebäude und Anbauten, war dagegen weiterhin in ein von Leonardi und dem treulosen Spreafico kunstvoll gesponnenes Spinnennetz gehüllt.

Treulos war ein starkes Wort, korrigierte sich Stucky. Agente Spreafico gehorchte bloß. Nur dass Leonardi bei diesen Ermittlungen viel präsenter war als gewöhnlich.

Es war leicht festzustellen, dass unter den im Dorf wohnenden Waffenbesitzern kein Schießscheibenexperte war. Zumindest nicht offiziell.

Agente Landrulli war im Auto geblieben, während Stucky zwei Plätze besichtigte, auf denen sich die Waffenliebhaber im Schießen übten. Der erste war ein namenloser großer Schuppen, verschlossen von einem großen eisernen Tor, das sich nur mittels Magnetkarte öffnen ließ. Der zweite lag getarnt in einem Akazien- und Ahornhain; dorthin gelangte man von der Staatsstraße über einen Feldweg, der von gekappten Maulbeerbäumen gesäumt war, und der einzige Hinweis auf die dort ausgeübte Tätigkeit war das Geknalle, das sich zwischen Maispflanzen und Rebzeilen verlor.

Ein halbes Dutzend Männer jeden Alters ballerte herum, während der Betreiber bequem auf einem imposanten Regiestuhl aus dunklem Holz und grober Leinwand saß, mit einem dicken Bauch, dessen schwabblige Beschaffenheit auf ständiges Trinken sowie auf eine wohl nur homöopathisch dosierte Dynamisierung seines Leibes zurückzuführen war.

Er grinste, als der Inspektor ihn nach dem Vorstellungsritual fragte, ob er einen Typen kenne, der eine Bernardelli 69 aus dem Jahr 1976 benutzte.

Er dachte nach. »Welchen Typen meinen Sie?«

»Irgendeinen Typen.«

»Vor ein paar Jahren«, sagte er, »hat es mal einen gegeben.«

Stucky merkte auf. Der Mann genoss die Schüsse, die seinen Ohren wie Violinenklänge zu schmeicheln schienen.

»Erinnern Sie sich an den Namen?«

»Nein.«

»Führen Sie nicht ein wenig Buch über die Leute, die diesen Schießplatz frequentieren?«

Bum! Bum! »Er steht bestimmt im Register. Ich registriere alle, mehr registrieren als ich kann man gar nicht«, antwortete der Schmerbauch, während er auf dem Stuhl hin und her schaukelte.

Stucky tat, als öffne und schließe er ein Buch.

»Möchten Sie hineinschauen?«

Bum! Bum! Bum!

Der Mann zitierte eine Art Assistenten herbei, einen knapp zwanzigjährigen kleinen Angestellten, ein mageres Kerlchen mit Schulterriemen quer über der nackten Brust, der die Kunden in Empfang nehmen und den Kies auf der Auffahrt in Ordnung halten musste.

Er flüsterte ihm etwas zu, der andere lief ins Büro, ein kleiner Würfel aus Holz und Blech, und kehrte mit einem großen Buch zurück. Aus der Beschriftung ging hervor, dass es bis ins Jahr 2001 zurückreichte. Der Geschäftsführer schlug es auf, blätterte herum und deutete, zufrieden mit seinem guten Gedächtnis, auf eine Zeile.

»Da ist er!«

Datum, Pistole und Unterschrift.

Wenn Stucky richtig las – ja, er las die Zeile zweimal, denn er hätte voreingenommen sein können –, dann stand der abschließende Schnörkel für den Namen ... Desiderio Ancillotto!

»Ja, du heilige Platzpatrone! Jetzt fällt es mir wieder ein: Es war der Graf!«, heuchelte der Geschäftsführer.

Antimama, sagte Stucky, und der Assistent, der glaubte, alles kapiert zu haben, brach in schallendes Gelächter aus.

»Haben Sie persönlich seinen Waffenschein kontrolliert? Denn nach unseren Erkenntnissen besaß dieser Herr gar keinen.«

»Nein. Was glauben Sie? Wie hätte man einem wie dem Grafen nicht trauen können?«

»Bitte keinen Kavalierstart!«, sagte der Inspektor, der genau wusste, dass Landrulli niemals einen Kavalierstart hinlegte, »und fahr mich nach Cison di Valmarino.« Aber er war aufgeregt und fürchtete, dass sich seine Aufregung auf seinen Kollegen übertragen würde: in Form von Wahnsinnsmolekülen, die auf Landrullis Haut übersprangen. Der aber fuhr mit der üblichen Gelassenheit. Unerschütterlich.

Während sie auf der von Gräben gesäumten Straße

dahinschlichen, dachte der Inspektor nach. Der Betreiber des Schießplatzes hatte bestätigt, dass Signor Ancillotto, der sowohl für seine Persönlichkeit als auch für sein genaues Zielen bekannt war, nur gelegentlich vorbeigeschaut hatte. Er kam nur, um sich an den Pappkameraden abzureagieren, die er mit lauter Stimme beim Namen nannte.

»Haben Sie je einen dieser Namen gehört?«, hatte Stucky ihn gefragt.

»Und was soll ich bitte sehr bei diesem Krach gehört haben? Der Herr brüllte herum, aber was er brüllte, das war seine Sache.«

Auf einem Straßenabschnitt, der stur geradeaus führte, wandte sich Landrulli mit strahlender Miene ihm zu.

»Herr Inspektor, wie kann die Waffe eines Selbstmörders in die Hände eines Mörders gelangen? Kann es nicht sein, dass Signor Ancillotto sie jemandem vermacht hat?«

»Vermacht ...« Stucky pfiff leise durch die Zähne. »Es ist nicht gesagt, dass die Pistole des Grafen die Mordwaffe ist«, sagte er. Die Wahrscheinlichkeit war natürlich gering.

»Sollten wir nicht gleich Leonardi benachrichtigen?«

»Leonardi? Leonardi? Wer soll das sein?«

»Der Kommissar! Haben Sie ihn vergessen? Seit heute Morgen klappern er und Spreafico ganz Conegliano ab, mit Speggiorins Foto in der Hand.«

»Landrulli, jetzt fährst du mich zuerst nach Cison, und dann erstattest du Leonardi Rapport. Alles klar?«

»Ja, alles klar.«

»Sei präzise, aber drück dich vage aus.«

»Ich würde mich lieber präzise ausdrücken, aber vage bleiben.«

»Wenn du dich besser fühlst, dann mach es eben so.«

Landrulli setzte ihn vor der Villa des Grafen Ancillotto

ab. Der Inspektor blickte ihm hinterher. Immer mit der Ruhe!

Dann bog er in ein enges Gässchen ein, das in eine der Hauptstraßen des Dorfes einmündete.

Im Rathaus hielten die Leute mittlerweile jeden Fremden für einen Handlanger der Signora Salvatierra. Die Angestellte im Einwohnermeldeamt riss die Augen auf, als der Inspektor sie um alle verfügbaren Daten über die Familie von Signor Ancillotto und über Isacco Pitusso bat. Und um mögliche Informationen über die Angestellten, die auf dem Gelände des Zementwerks wohnten.

»War das alles?«

»Das genügt für den Moment. Danke.«

Die Frau stöhnte.

Im Grundbuchamt herrschte Grabesstille. Der Zuständige hatte Signora Salvatierra die Liste ihrer innerhalb der Gemeindegrenzen gelegenen Besitzungen erklären müssen.

In der festen Überzeugung, ein Veteran des obersten Heeres der Bürokratie zu sein, hatte der Mann versucht, dem Drängen der Signora Salvatierra zu widerstehen, indem er unterzeichnete Formulare anforderte und für die Antwort lange Wartezeiten in Aussicht stellte.

Doch das Heer der Bürokratie war von ecuadorianischen Schreien, bolivianischen Verwünschungen und chilenischen Drohungen aufgerieben und besiegt worden.

Der Unglückselige genoss nun die Routine, in die er zurückgefunden hatte, das goldene Licht, das durch die Vorhänge hereinströmte, das friedliche Treiben auf der Piazza, den unkonzentrierten Blick auf die Tische vor der Bar Roma. Da hielt Stucky ihm seine Erkennungsmarke hin und fragte ihn, wie viele Hektar Land sich im Besitz des Grafen befunden hätten.

»Wie bitte?«

»Schnell!«

»Vier Hektar im Gebiet des Cartizze, auf einem Gesamtareal von 106,4 Hektar, gehörten dem Grafen Ancillotto; außerdem noch etwa fünfzig Hektar auf dem Gebiet der Gemeinden Valdobbiadene, Miane, Refrontolo und Susegana.«

»Also alles Prosecco«, zischte Stucky durch die Zähne.

»Fast ausschließlich«, bestätigte der Angestellte voller Stolz.

»Gesamtwert?«

Der Mann flüsterte eine Zahl.

»Antimama!«, rief Stucky aus.

»Sie haben recht. Ohne Rücksicht darauf, dass sich der Wert der Grundstücke auf dem heiligen Berg Cartizze nicht leicht beziffern lässt. Es heißt, jeder Hektar würde mehr kosten als ein Haus in Venedig.«

Antimama …

Kommissar Leonardi hatte aufgeschluchzt, als er hörte, dass die Tatwaffe einem Selbstmörder gehört haben könnte, der in seiner Freizeit einen Schießplatz frequentiert hatte.

In aller Eile teilte Landrulli ihm alles mit, was er über Signor Ancillotto wusste. Der Kommissar war gefährlich nahe an den armen Agente herangetreten und hatte dabei den im Lufthauchpräventionsgesetz vorgeschriebenen Sicherheitsabstand weit überschritten.

Agente Landrulli hatte sich nicht getraut, den Rückwärtsgang einzuschalten, und ihm mit angehaltenem Atem noch einmal haarklein alles dargelegt.

Leonardi hatte angefangen, die Informationen laut zu wiederholen, wie eine Litanei.

Besitzer einer nicht registrierten Pistole, Pistole desselben Typs, Selbstmörder, Opfer, Stucky und …

»Warum ist Stucky nicht hier?«, hatte der Chef argwöhnisch gefragt.

»Er ist zurückgekehrt ...«

»An den Tatort?«

»Ja, Herr Kommissar.«

»Der macht sich allein aus dem Staub«, murmelte Leonardi vor sich hin und strich sich immer wieder über den Schnurrbart. Spreafico tat es ihm gleich und widmete sich angelegentlich seinem Kinnbärtchen.

Schweigend hatte sich Landrulli die Zusammenfassung der im Zementwerk durchgeführten Untersuchungen angehört. Der Betrieb war gesund, die Belegschaft leidlich zufrieden, die Gewerkschaft wachsam, aber nicht wütend. Die Bürgerinitiative, die gegen die Rauchemissionen des Zementwerks protestierte, war ein bisschen lästig, aber es waren nur Übertreiber, Leute, die dem Mythos von reiner Luft und gesunder Nahrung anhingen.

Reine Utopien, hatte Leonardi betont.

Er selbst hatte, Zeile für Zeile und Zahl für Zahl, die Analysen kontrolliert, die den Anteil der Verbrennungseffekte auswiesen, und war auf nichts Anormales gestoßen. Die Messungen stammten aus dem letzten Jahr, aber innerhalb der nächsten Tage würde er auch die Ergebnisse der in diesen Monaten durchgeführten erhalten, denn die Firma hatte, unter dem Druck der Bürgerinitiative, um den 15. April herum neue, noch genauere Analysen in Auftrag gegeben. Nicht dass er, Leonardi, viel davon verstünde, aber man brauchte keinen Doktortitel in Semiotik, um das Gutachten des Unternehmens zu lesen, das die Kontrollen im vorangegangenen Jahr durchgeführt hatte: Alles war im grünen Bereich.

Die Bürger hätten sich eigentlich beruhigen müssen. Für die öffentliche Gesundheit bestand keinerlei Gefahr. Absolut keine Gefahr. Und es gab auch kein Motiv für einen Racheakt an dem Direktor des Zementwerks, ebenso wenig einen Beweggrund, der irgendein Nervenbündel auf die Barrikaden hätte treiben können.

Die Auswirkungen der Tätigkeit von Signor Tranquillo Speggiorin konnten also nicht die Ursache dieses Verbrechens sein.

Gewiss, die Geschichte mit der Pistole, die einem Toten gehört hatte …

»Sind wir uns wirklich sicher?«, bohrte der Kommissar nach.

»Es ist eine Möglichkeit, die wir nicht ausschließen können. Nur wenn wir die Tatwaffe wiederfinden, könnten wir darüber Sicherheit haben.«

Leonardi blieb nachdenklich. Er überlegte, ob diese seiner Meinung nach kuriose Mitteilung als hilfreich oder als kompliziert einzuschätzen sei.

»Einverstanden! Sie und Inspektor Stucky, ihr beide befasst euch mit den möglichen Verbindungen zwischen dem Selbstmörder und dem Ingenieur. Aber aufgepasst: Schaltet vor dem Schlafengehen nicht das Licht aus, wenn ihr euch nicht sicher seid, alles bis ins kleinste Detail an meine Wenigkeit weitergegeben zu haben. Ist das klar?«

Landrulli bejahte mit einer ausladenden Handbewegung und fuhr, nachdem er sich alles notiert hatte, los, um Inspektor Stucky einzuholen. Aber er verfuhr sich.

Auf der Höhe der Burg von Susegana bog er in eine kleine kurvenreiche Straße ein, die die Profile der Hügel und bewaldeten Kuppen noch hervorhob.

Die Strecke war so unangenehm, dass Agente Landrulli von einer Art Höhenschwindel erfasst wurde und sich in der Dunkelheit plötzlich am Scheideweg zwischen dem Nichts und dem Nirgendwo wiederfand.

Er rief den Inspektor an, der ihm mitteilte, dass er in

der Bar Roma Stellung bezogen habe; er erwähnte auch einen Typen, der Gräber säuberte und den Rost wegkratzte.

Landrulli flehte ihn an, Stucky möge ihn auf eine gerade Straße lotsen, weil er sich zwischen den gewundenen Sträßchen verfahren habe.

»Es gibt keine geraden Straßen«, sagte Stucky, »vor allem nicht in den Bergen!«

»Wir müssen etwas über die Beziehungen zwischen Ancillotto und Speggiorin in Erfahrung bringen«, meinte Landrulli, »und dem Chef laufend Bericht erstatten.«

»Jaja, laufend«, murmelte Stucky.

»Und was macht der Chef selbst?«

»Er behält Spreafico für sich. Dito das Zementwerk. Dito die Familie des Toten. Er hält sich dauernd im Haus der Ehefrau auf.«

»Und wie ist sie so?«

»Ganz apart.«

»Intelligent?«

»Schlau.«

»Schlauer als Spreafico?«

»Und ob!«

»Warum ist dir Spreafico eigentlich nicht sympathisch?«

»Dazu möchte ich mich nicht äußern, Herr Inspektor.«

»Leonardi hat das Zementwerk und die Frau Gemahlin also für sich reserviert«, murmelte Stucky und gleichzeitig knabberte er noch an dem herum, was er Secondo, dem verdammten Schankwirt, sagen würde. Weil dieser so viel über Signor Ancillotto verschwiegen hatte, über diesen herzensguten eingefleischten Junggesellen, der mit den Athletinnen von Bassano trainierte.

Er musste jedoch behutsam vorgehen, denn der Weinlokalbesitzer könnte in der Sache noch eine aktive Rolle spielen, wobei es sich nicht nur um Nebenwirkungen seiner Freundschaft handeln könnte. »Antimama! Secondo, Sie haben mir nichts über die tatsächlichen Verhältnisse des Signor Ancillotto erzählt.«

»Was ... was für Verhältnisse denn?«, stotterte der Wirt und versuchte, hinter seiner Espressomaschine in Deckung zu gehen.

»Seine Schwachpunkte!«

»Schwachpunkte? Der Graf?«

»Ja, genau: Schwachpunkte. Sein Stehvermögen zum Beispiel. Und zwingen Sie mich nicht, noch mehr ins Detail zu gehen!«

»Machen Sie Witze? Der stand wie ...«

»Wie was? Wie wer? Los, sagen Sie schon!«

»Wie der Campanile von San Marco!«

»Quatsch! Der hat Ihnen einen Haufen Quatsch erzählt! Er war schon eher auf ein Häufchen Algengallert reduziert. Er war verschlissen, und auf jeden Fall waren seine Tage gezählt.«

So in die Enge getrieben, konnte Secondo nur noch stammeln.

»Ich ... ich verstehe das nicht. Er kann mich doch nicht auf diese Weise belogen haben!«

»Und wollen Sie noch etwas wissen? Es hat in dem Dorf einen Mord gegeben ...«

»Ich weiß, das hab ich gelesen.«

»Und wissen Sie, dass die Pistole, mit der man Herrn Ingenieur Speggiorin kaltgemacht hat, dieselbe ist wie die, die der Graf benutzte, wenn er auf dem Schießplatz übte?«

»Die Schießlust ...« Er verbesserte sich sofort, weil er sich für die Anspielung schämte. »Das ist eine alte Leidenschaft, er hat das schon in Maracaibo gemacht, er hat sich im Schießen geübt, weil er auf dem Gelände der Hacienda bestimmten Vögeln den Garaus machen wollte.« Secondo hielt inne: Auch »Vögeln« erschien ihm jetzt ein unglücklich gewähltes Wort.

»Um was für eine Waffe handelt es sich?«

»Eine Bernardelli 69 Modell 1976«, sagte Stucky.

Eine Sekunde sah es so aus, als würde Secondo zusammenbrechen. Er rang nach Worten. »Ein Geschenk, das er vor über fünfundzwanzig Jahren erhalten hat!«

»Von wem?«

»Von wem? Von wem? ... Wie soll ich mich nach fünfundzwanzig Jahren daran erinnern?«

»Secondo, haben Sie diese Pistole jemals gesehen?«

»Vor zehn Jahren, wenn es nicht schon länger her ist, bin ich einmal mit ihm in den Wald gegangen, und wir haben zwei Schüsse auf die Bäume abgegeben. Wie in den alten Zeiten, damals in Südamerika. Aber er hat seit Jahren nicht mehr damit geschossen! Wer weiß, wo sie gelandet ist? Sie haben ja selbst gesehen, dass er in den letzten Monaten alles weggegeben hat. So wird er auch diesen alten Schrott losgeworden sein!«

»Hat er Ihnen das gesagt?«

»Ich werfe alles raus, hat er gesagt. Ich möchte mein Haus so leer haben wie eine Flasche, die bereit ist für den neuen Wein.«

»Aber warum? Wo ist da die Logik? Ich verstehe das nicht.«

Secondo wusste selbst, wie befremdlich das war.

»Er hat mir das auch nicht erklären wollen ...«

»Er hatte Geheimnisse, der edle Herr!«

Secondo ließ den Kopf sinken.

Agente Teresa Brunetti vom Polizeipräsidium Venedig hatte dienstfrei und hegte die Absicht, Treviso einen kurzen Besuch abzustatten.

An der Piazza dei Signori angelangt, beschloss sie, die Stadt genauer kennenzulernen, und während sie durch eine Straße nach der anderen spazierte, fand sie sich zufällig im Vicolo Dotti wieder.

Inspektor Stucky räumte gerade die Bücher auf, die über das ganze Haus verstreut herumlagen, als er ein ungewohntes Klingeln hörte.

Er äugte zwischen den Vorhängen hinaus und sah die Brunetti kess in einem weißen Top dastehen.

Er schaute auf die Uhr, versuchte sich zu erinnern, ob die Schwestern noch im Urlaub waren. Wahrscheinlich blieben ihm noch drei oder vier Tage Ruhe.

Teresa Brunetti dagegen wusste nicht, welches Risiko sie eingegangen war: Diese Weiber waren imstande, von einer ihrer Reisen ins Amazonasgebiet mit hochkonzentriertem Curare präparierte Pfeile mitzubringen, mit denen sie auch einen *Tyrannosaurus rex* auf der Stelle unschädlich machen, also umbringen, könnten!

Stucky öffnete ihr mit begeisterter Behutsamkeit und einer kleinen Bewegung, die Erstaunen ausdrückte, denn Frauen mögen solche Gesten, vor allem wenn sie plötzlich und ohne jede Vorwarnung vor der Tür stehen.

Sie blickten sich an, wobei jeder auf seiner Seite der Schwelle verharrte: er an seiner Haustür, sie hinter einem undurchdringlichen Lächeln.

»Soll ich dir einen Kaffee rausbringen?«

»Bitte sehr.«

Stucky stellte den Kaffeekocher auf den Herd, nahm zwei Stühle und stellte sie, dicht beeinander, vor die Tür. Teresa Brunetti wartete mit gespitzten Lippen. Schließlich saßen sie beide da und beobachteten das nächtliche Treiben auf dem Vicolo Dotti.

»Die Nachbarn zerreißen sich schon das Maul«, sagte der Inspektor.

»Das kann ich mir denken. Stell dir vor, im Polizeipräsidium von Venedig behaupten sie, ich sei in dich verliebt …«

»Blühende Fantasien!«

»Genau.«

»Wie ist der Espresso?«

»Nicht übel. Arbeitest du gerade an einem Fall?«

»An einem Mord mit Schusswaffengebrauch. In Verbindung damit gab's noch einen Selbstmord. Immerhin …«

»Seltsam.«

»Und wie! Ich rechne mit einem Chaos. Also, heute Abend hab ich mir aus dem Abstellraum die beiden Ablagekörbe geholt, den für die offenen Fragen und den für mögliche Antworten. Den ersten habe ich schon wieder gefüllt. Aber vielleicht lieferst du mir ja noch eine Antwort.«

»Dann lass mal hören …«

»Du hast doch Erfahrung mit Waffen: Wer benutzt eine Sportpistole für einen Mord aus nächster Nähe?«

»Jemand, der keine andere Waffe zur Verfügung hat.«

»Und wenn der erste Schuss, aus einem Meter Entfernung abgegeben auf das Opfer, das ihm den Rücken zukehrt, dieses in die Seite trifft?«

»Das spricht für eine gewisse Unsicherheit im Umgang mit der Waffe.«

»Nicht für eine plötzliche Bewegung des Opfers?«

»Das ist wenig wahrscheinlich. Wenn das Opfer an dem Punkt vorbei war, wo du auf der Lauer liegst, und dich nicht gesehen hat, hast du alle Zeit der Welt, einen Schuss nach allen Regeln der Kunst abzugeben. Merkwürdig, dass er nicht auf den Rücken oder den Kopf gezielt hat.«

»Wer weiß …«

Stucky stellte seine Tasse auf den Boden und die von Agente Brunetti daneben.

»Im Polizeipräsidium von Venedig munkelt man also …«

»Man munkelt?«

»Dass du in mich verliebt bist.«

»Das behaupten sie.«

Versehentlich stieß Stucky mit dem Fuß die Tassen um. Signora Beltrame, die Philosophin unter den Bewohnern der Gasse, spazierte mit ihrer Katze, die sie an der Leine führte, vorbei. Es war heiß.

»Was für Leute wohnen hier eigentlich?«

»Leute aus dem Vicolo Dotti«, verallgemeinerte Stucky.

»Und hier nebenan?«, fragte Teresa Brunetti mit leisem Argwohn.

»Ach … zwei junge weibliche Singles.«

»Singles …«

Antimama!, dachte Stucky, wenn es um andere Frauen geht, wittern Frauen die Synapsen schon, während die Neurotransmitter mit ihren Informationen noch unterwegs sind.

»Setzen wir uns aufs Sofa und trinken einen Orangensaft?«, schlug er zur Abwechslung vor.

»Du wirst doch wohl um diese Zeit nicht fernsehen wollen?«

Ich kratze! Mit Freuden mache ich mich daran, den Grabstein von Battista Forcolin zu säubern, seines Zeichens Totengräber und Sohn eines Totengräbers.

Ein Mann, dem jede Gemeindeverwaltung höchste Hochachtung entgegenbrachte, weil er zwei Bürgermeister, sechs Stadträte und zwei ortsansässige oberste Repräsentanten der größten, mit relativer Mehrheit regierenden Partei und einen Sekretär der Oppositionspartei unter die Erde gebracht hat.

Wir alle dachten in diesem Fall, dass Battista Forcolin gewisse Sympathien hegte, weil er nicht nur besagten Parteisekretär, sondern auch die Schlüssel seines Ortsvereins beerdigt, und auf diese Weise für mehrere Wochen die gesetzlich vorgeschriebene politische Debatte verhindert hatte. Das oppositionelle Häuflein hatte jedoch nicht den Mut aufgebracht, gegen das Vorgefallene zu protestieren. Und wer hätte das schon gekonnt? Es kursierte das Gerücht, dass Battista Forcolin eine mit der Feile bearbeitete Waffe bei sich trug, eine Remington-Pistole mit abgeschliffener Seriennummer. Was man mit Sicherheit wusste, war, dass er immer seine Katze Kuki an der Seite hatte, die dafür bekannt war, dass sie Fledermäuse fraß und die Toten ableckte. Nicht alle glaubten daran, aber Tatsache blieb, dass immer wenn Kuki auf die Geranien pinkelte, diese bald aussahen, als sei ein Wind aus Sibirien über sie hinweggefegt, und dass die Beete nach diesem Sturm einen traurigen Anblick boten.

Auf seine Weise leckte auch Battista die Toten ab. Er machte das mit einem Totengebet. Manche kamen noch als Lebende zu ihm, um sich ein richtiges Gebet vorsagen zu lassen, denn Battista nahm kein Blatt vor den Mund, den er sich bereits mit Grappa und heißer Polenta verbrannt hatte.

Für diejenigen, die tatsächlich tot waren, sagte er sein Gebet nicht während der Trauerfeier auf. Als Mann hehrer Prinzipien, der den Anstand wahrte, wollte er den Pfarrer nicht in Verlegenheit bringen; deshalb äußerte Battista Forcolin am folgenden Tag, nachdem er etwas Zement auf das Grab gestreut und die Blumen gerichtet hatte, mit lauter Stimme seine Gedanken, während ihm eine kleine Gruppe, die sich zwischen den Gräbern versteckt hielt, lauschte.

Für alle erschienen sie: für Pony, den kleinen Mann mit den großen Ansprüchen, für den, der Bischof genannt wurde und der immer alle herumkommandierte, für Elastico, den Höschenschinder, für die Borneo-Äffin, ein hässliches, lästiges Weib, für Mandingo, einen durchtrainierten, aber hirnlosen Mann, für die Frömmler, die Männer des Glaubens, die aber Verräter waren, für den Club der Krampfadern, den Seniorenverein des Dorfes, dem gegenüber Battista Forcolin wirklich Grund zu grollen hatte, weil er ihn stärker in Anspruch nahm als alle übrigen Kategorien, und das vor allem in den Wintermonaten. Die Alten sterben nie im Frühjahr, wenn die Luft schön lau ist, sie gehen immer im August ein, wenn es drückend heiß und die Arbeit auf dem Friedhof grauenhaft ist, oder im Winter, wenn einem die Eiseskälte in die Hände schneidet, und man sich vielleicht gerade fertig macht, um das Schlachtfest mitzufeiern, doch dann nimmt ein Mitglied des Clubs der Krampfadern den Autobus ins Paradies, und man muss ihn oder sie zum Friedhof begleiten, im strömenden Regen oder inmitten einer Nebelsuppe, in der sich nicht einmal die nächsten Verwandten wiedererkennen.

Mehr als den Club der Krampfadern verabscheute Battista Forcolin aber die Leute, die einem auf die Füße treten und Wundbrand auslösen. Leute, die den eigenen Handlungen nicht das richtige Gewicht geben können und nichts von Medizin verstehen, kein Mittel gegen ihre eigenen Defizite kennen. Auch mein Vater konnte Menschen nicht ausstehen, die wild drauflosagierten – er, der in Albanien in eine schwierige Situation geraten war und nur heimkehrte, weil er sich nicht von dem Fleck fort bewegte, an dem er sich gerade befand, nämlich in sicherer Deckung.

Auch ich bin zu Battista gegangen und habe ihn um das Gebet gebeten, und er hat mich angeschaut und gesagt, er habe ein passendes für mich: Du spinnst wie eine Spinne, der der Spinnfaden ausgeht.

Einen Streich rechts und einen Streich links, ja, sogar die doppelte Dosis!

Kratzen wir! Los geht's …

27. August, Donnerstag

»Alle Mann ab zur Beerdigung von Signor Speggiorin!«, hatte der Kommissar angeordnet, und so waren alle losgezogen.

Die Familie Speggiorin hatte für die Totenmesse einen besonderen Ort ausgesucht: die Abtei von Follina, wenige Kilometer vom Dorf entfernt. Diese Entscheidung konnte den Eindruck entstehen lassen, der Verstorbene hätte der Gemeinde, in der er in den letzten Jahren gelebt hatte, etwas vorzuwerfen gehabt, und sei, andererseits, in Conegliano, seinem Geburtsort, nicht mehr richtig zu Hause gewesen.

Stucky und Landrulli hatten das Auto vor einer alten Wollweberei abgestellt, einem imposanten Beispiel englisch inspirierter Industriearchäologie, die mittlerweile in eine Bibliothek und ein Altenheim umfunktioniert worden war. Zwei Orte, die einem Zuflucht vor der Zeit bieten konnten.

Die beiden waren die ganze Via Paradiso bis zur Kirche zu Fuß gegangen. Der Straßenname hatte ihnen neuen Mut eingeflößt. Aber Beerdigungen sind niemals schöne Schauspiele.

Der Kommissar und Spreafico hatten in den hinteren Reihen Platz genommen und alle Anwesenden im Blick, darunter viele wichtige Persönlichkeiten, Unternehmer und Politiker. Stucky schätzte, dass die beiden unabhängig von den Ermittlungen hier waren. Leonardi wollte einfach nur ein wenig Aufmerksamkeit erregen.

Stucky ließ sich kurz in der Kirche blicken und setzte sich dann in den romanischen Kreuzgang aus dem späten dreizehnten Jahrhundert. Wenn das nicht schön ist!, dachte er.

Später schlossen sie sich dem Trauerzug bis zum Friedhof von Conegliano an, wo die Vorfahren des Ingenieurs begraben lagen. Speggiorins Sohn wirkte vor dem Grab wie ein Kind, das sich lange in den Augen eines unglücklichen Menschen gespiegelt hatte.

Später im Polizeipräsidium saß Kommissar Leonardi an seinem Schreibtisch und legte die Blätter sorgfältig nebeneinander, auf denen er sich die wichtigsten Punkte der Untersuchung notiert hatte.

Die beiden Blätter – das eine mit der Aufschrift »Bernardelli 69 Modell 1976«, und das andere mit den neuesten Analysen der Emissionen aus den Schornsteinen des von Signor Speggiorin geleiteten Zementwerks – hatten inhaltlich wenig miteinander zu tun.

Agente Spreafico hatte ihm mitgeteilt, dass Stucky seine beiden Ablagekörbe wieder in Ordnung gebracht hatte: Er habe alle Fragen, die sich im Verlauf der Untersuchung ergeben hatten, im ersten Korb gesammelt und sie, sobald er die Antwort gefunden hatte, nach und nach in den anderen gelegt. Deshalb war der Kommissar, bevor der Inspektor im Polizeipräsidium eintraf, ins Büro seines Untergebenen geschlichen und hatte die Körbe durchwühlt.

Viele Fragen waren die gleichen, die er sich auch gestellt hatte; schließlich hatten sie ja denselben Beruf. Aber einige schienen doch keinen Sinn zu machen. Das galt insbesondere für die Frage: »Was, wenn es ein Selbstmord aus Liebe gewesen wäre?«, die sich offensichtlich auf die Tat eines gewissen Desiderio Ancillotto, Jahrgang 1944, bezog.

Was hatte das mit den Ermittlungen zu tun? Sicher, er mag eine 1976er Bernardelli 69 besessen haben, aber natürlich kann er sie nicht benutzt haben. Bestenfalls verschenkt oder verliehen, und in diesem Fall würde sich lediglich die Frage danach stellen, wer sich die Waffe hatte aneignen können. Und was, bitte schön, sollte außerdem die Anmerkung neben dem Namen der Pistole bedeuten, die da lautete: »Teheran 1958, Reza Pahlavi«? Was hatte der Schah von Persien mit den Prosecco-Bergen zu tun?

Stucky hatte ferner notiert: »Warum sperrt Speggiorin sein Bad und seinen Schreibtisch zu?« Der hat eben niemandem über den Weg getraut, sagte sich Leonardi, der das ganze Büro und das private Badezimmer sorgfältig inspiziert hatte. Erfrischungstüchlein, Deodorants, ein Hygienefanatiker, der sich vor allem auch ein Bidet hatte einbauen lassen. Im Schreibtisch nichts Wichtiges, nur Daten bezüglich des Unternehmens, Korrespondenz mit einigen Lieferanten, Tabellen über die Tarife von Speditionsfirmen, Zeitungsausschnitte mit Bezug auf Bausektor und Börsenkurse von Zementherstellern. Eine umfangreiche Pressemappe zu den Protesten der Umweltschützer gegen Zementwerke in ganz Italien. Kurzum, der Schreibtisch eines leitenden Ingenieurs.

Stucky hatte sich sogar gefragt, warum Speggiorin an einem Gewittertag umgebracht worden war. Ein tüchtiger Polizist hätte einfach geantwortet, dass man dann weniger Spuren hinterlässt. Aber mit einer solchen Erklärung gab sich ein Stucky nicht zufrieden!

Leonardi fing an, mit seinen Zeigefingern auf den Schreibtisch zu trommeln und versuchte, die inhaltlich zu weit auseinanderliegenden Blätter so in Bewegung zu bringen, dass sie sich irgendwie zusammenrüttelten. Denn vieles passte nicht zusammen. Das war klar. Wohin zum Teufel war Speggiorin mit diesem verdammten Fahrrad gefahren? Warum hatte ihn an diesem Abend niemand gesehen? Sicher, die Liste der Telefonverbindungen zeugte von vielen Kontakten: Es hatte Telefonate mit Firmen und Lieferanten sowie mit der Ehefrau und mit Conegliano gegeben. Tatsächlich waren viele Anrufe dorthin gegangen, was aber nur natürlich war, da das Opfer seine guten Beziehungen dorthin aufrechterhalten hatte. Anrufe waren getätigt worden bei Verwandten, einem Schneider, einem Zahnarzt, beim normalen Kreis alter Freunde und der Boutique der Signora Carla Martelli. Auch am Abend vor dem Mord. Leonardi hatte schon Gelegenheit gehabt, sich zu versichern: Bei Signora Martelli handelte es sich um die Ehefrau jenes Politikers, um den sich der Polizeipräsident so sehr bemüht hatte und der außerdem der Bruder von Speggiorins Frau war. Signora Martelli selbst hatte ihm bestätigt, dass es ein Anruf war, bei dem reine Artigkeiten ausgetauscht wurden: Alles sei in Ordnung, der Junge habe am Strand seinen Spaß, und der Onkel, dieser schwer beschäftigte Mann, könne ganz beruhigt sein.

Vordringlich galt jedenfalls immer noch, den Mörder des Herrn Ingenieurs Speggiorin zu finden, sonst würde über dem Zementwerk eine wahre Staubwolke aufgewirbelt. Staubwolke. Zementwerk. Leonardi amüsierte sich über diese unfreiwillige Komik. Sobald die neuen Analysen über die Emissionen des Zementwerks eingetroffen waren, hatte er sie, sowie einige vertrauliche Informationen der Firma, mehrfach durchgelesen. Zwar hatte er nicht alles verstanden, denn er hatte keine Erfahrung mit Schwermetallen und Dioxin, doch man brauchte keinen Doktortitel in Chemie, um die Luft zu schnuppern. Es waren beruhigende Daten, und die würde er an Inspektor Stucky weiterreichen. Aber mit der gebührenden Vorsicht. Und im richtigen Augenblick. Leonardi hatte das Gefühl, dass er das Zementwerk noch nicht ausreichend gefilzt hatte, und wollte verhindern, dass Stucky über wer weiß was für Namen stolperte. Wenn man Stucky von der Leine lässt, fliegt er davon. Das wusste Leonardi.

Signora Salvatierra wurde von einem Typen angesprochen, der behauptete, die Lage der Ländereien des Grafen Ancillotto, von Cison bis zum Gebiet von Valdobbiadene, bestens zu kennen.

»Im Dorf heißt es, Sie wollten das unbedingt wissen.«

»*¡Claro que sí!*«

»Dann leite ich die Expedition in Ihre überseeischen Besitzungen!«, hatte der Mann ausgerufen, und Celinda fand diesen Satz geradezu pittoresk.

Es sollte eine koloniale Erkundungsreise werden, auch wenn der Führer sich klarzustellen beeilte, dass er sich nicht im Besitz eines Automobils befand und ihr deshalb nur eine Fahrt auf dem Rücksitz eines Motorrollers anbieten könne. Allerdings verfüge er nur über einen einzigen Helm.

So musste Signora Salvatierra ein Taxi bestellen. Sie hätte auch gern einen richtigen Fotoreporter dabeigehabt, einen Freischaffenden, einen abenteuerlustigen Kerl, der die Geschichte ihrer Zukunft verewigen würde. Aber sie musste sich mit einem Typen zufriedengeben, der normalerweise auf der Jagd nach Brautleuten, Schwiegermüttern und Hochzeitstorten war, und nun warteten sie zu dritt vor dem Rathaus auf das Eintreffen des Expeditionsleiters.

Isacco Pitusso kam auf seiner beigen Vespa daher, den Helm auf dem Kopf, und sobald er die fremde Frau mit ihren beiden Assistenten sah, fing er an, mit den Füßen abzubremsen.

»Admiral und Lotse?«, fragte er.

»Taxifahrer und Hochzeitsfotograf«, präzisierte Celinda, während sie überlegte, ob die Aufmachung des Führers, vor allem seine Kletterstiefel, der Aufgabe angemessen sei. Der Fotograf konnte nicht widerstehen und hielt die Abfahrt der Rauch ausstoßenden Vespa mit seiner Kamera fest.

Isacco Pitusso zeichnete sich durch eine besonders entspannte Fahrweise aus. Er hob den Kopf nach rechts und links und verschwand wiederholt in einem der am Wege liegenden Weinlokale. Dann ließ er den Motor der Vespa weiterlaufen, trat ein, als wäre er dort zu Hause, steuerte, ohne ein Wort zu sagen, auf die Theke zu, und schon war sein Sprizz fertig, Wasser und Weißwein. Er nahm zwei schnelle Schlucke und fuhr, ohne zu grüßen, noch langsamer wieder an, während das Taxi weiter hinter ihm her schlich, das jedoch wegen des zunehmenden Schlingerkurses der Vespa inzwischen den Notfallblinker eingeschaltet hatte. Signora Salvatierra rief dem Rücken des armen Pitusso Quechua-Verwünschungen zu, die der Fotograf nur allzu gern auf Zelluloid gebannt hätte.

Die kleine Karawane behinderte sichtlich den Verkehr: Auf diesen gewundenen Straßen, die sich an den Bergen entlangzogen, wäre es nicht einmal einem Traktor gelungen, den Weg auf diese Weise zu blockieren. Wenn den Autofahrern ihr Überholmanöver geglückt war, ließen sie es nicht an beleidigenden Gesten fehlen, die von Signora Salvatierra mit Schreien in der Sprache echter Hidalgos und einem Achselzucken seitens Pitussos erwidert wurden, der diese ganze Eile nicht zu verstehen schien.

Dennoch erwies sich schon nach wenigen Kilometern die Entscheidung für diesen Führer als goldrichtig: Der Mann kannte die Besitzer jedes Grundstücks, selbst die, denen nur kleine Schnipsel der Weinberge gehörten und deren Weinproduktion höchstens zwei Aperitifs ergeben würde. Vorname und Nachname – ganze Hügel voller Weinreben verwandelte er in eine Art Einwohnerregister. Irgendwo dazwischen tauchte dann irgendwann das erste Stück Land des Grafen in den überseeischen Gebieten auf, und zwar in einer wirklich fantastischen Lage. Eine bequeme Landstraße führte auf halber Höhe auf einen offenen Platz, an dem ein Geräteschuppen stand. Von dort erstreckten sich drei Hektar Weinland einen sanften Hang hinauf, über und über bedeckt mit prallvollen goldfarbenen Trauben.

Celinda Salvatierra scheuchte den Fotografen herum: Grenzen des Grundstücks, Details über den Zustand der Pflanzen und die Beschaffenheit des Bodens, und Zoom auf die abgelegenen Landhäuser der Konkurrenz auf den anderen Hügeln.

»Bananen! Bananen!«, murmelte die Frau, während Pitusso der Vespa eine Verschnaufpause gönnte und sich seinerseits mit Trauben vollstopfte.

Celinda Salvatierra sah im Geiste schon zwischen den Prosecco-Reihen da und dort die Köpfe von Quechua-Indios auftauchen.

Agente Spreafico stellte seine Chats mit Marilyn Monroe ein, diesen zu nichts führenden Meinungsaustausch über die Frage, warum sich der Van-Allen-Gürtel um den Planeten Erde herum legte. Spreafico wollte partout nicht einsehen, dass dieser möglicherweise dem Weitblick einer außerirdischen Gottheit zu verdanken war. Widerwillig steuerte er nun das Büro von Kommissar Leonardi an. Der Vormittag hatte sich lang hingezogen, Leonardi war bestimmt gerade beim Essen, da sein Blutzucker schon vor dem Mittag abzusacken pflegte. Er würde ihm die Ergebnisse seiner letzten Recherchen einfach auf den Schreibtisch legen. Spreafico warf einen Blick auf die Unordnung, die in seinem Büro herrschte, und bemerkte zwei offen daliegende Berichte. Mit gespielter Nonchalance drehte er die Blätter hin und her. Daten. Analysen. Viele unterstrichene Zahlen. Zahlen außerhalb des Normbereichs.

Na, das werde ich Inspektor Stucky erzählen, sagte sich Spreafico.

»Dann bist du also doch kein Verräter! Du sitzt nicht wegen der Klimaanlage im Auto des Kommissars! Du bist also nicht unsterblich in Marilyn Monroe verliebt!«

Spreafico strich sich über den Kinnbart.

»Also, Leonardi hat Dokumente auf dem Schreibtisch, die beweisen, dass das Zementwerk nicht gerade für Babypopos geeignetes Puder in die Luft ausstößt?«

»Das glaube ich zumindest, Herr Inspektor.«

»Und Leonardi hat das für sich behalten …«

»Der wollte ein Motiv ausschließen!«

»Schon möglich, Spreafico, durchaus möglich … Es wäre nicht Leonardis Stil. Aber wir alle haben irgendwo einen Knoten, der dafür sorgt, dass der Faden nicht durchs Nadelöhr geht.«

»Was machen Sie jetzt, Herr Inspektor?«

»Ich gebe ihm genau die Zeit für sein Mittagessen, aber ich überfalle ihn, bevor er es ganz verdaut hat. Dann ist er am verwundbarsten.«

Stucky sah den Kommissar schon kommen, die Leinenjacke über die Schultern gehängt, mit dem typischen Gang eines Menschen, dessen rechter Fuß zu sehr nach rechts ausholt, und dessen linker unter derselben Krankheit leidet. Er fing ihn vor seinem Büro ab.

»Neuigkeiten?«, fragte der Kommissar.

»Eigentlich keine. Ich wollte wissen, ob Sie welche haben.«

»Neuigkeiten welcher Art?«

Stucky hörte aus seiner Stimme einen seltsamen Unterton heraus.

»Irgendetwas im Zusammenhang mit der Geliebten von Signor Speggiorin.«

»Schon wieder! Stucky, wenn schon, dann müssten Sie mir einschlägige Informationen besorgen! Das ist doch Ihre These!«

»Und Ihre?«

Leonardi öffnete die Bürotür und bat ihn herein. Stucky nahm Platz. Der Kommissar legte seine Jacke sorgfältig ab. Er setzte sich an den Schreibtisch, tat so, als würde er etwas suchen, und zeigte dann dem Inspektor zwei Ordner.

»Umweltanalysen über die Auswirkungen der Betriebstätigkeit des Zementwerks. In Auftrag gegeben von Speggiorin selbst in der Absicht, entsprechende Gerüchte zu zerstreuen. Zweihunderttausend Euro ...«

»Gerüchte. Wie interessant! Dann muss also diese mit Kalk überstrichene Aufschrift an den Zementwerkmauern eine Verleumdung gewesen sein.«

»Haben Sie sie auch bemerkt?«

»Was hatten die Leute dorthin geschrieben?«

Leonardi verzog das Gesicht zu einem kleinen Lächeln.

»Reinen Unsinn. ›Staub bist du, und zu Staub wirst du zurückkehren‹. Ziemlich ironisch, für ein Zementwerk!«

»Vielleicht nicht.«

»Jedenfalls fielen die Ergebnisse der Analysen beruhigend aus. Sehen Sie selbst.«

Stucky griff nach den Berichten, prägte sich ein, an wen sie gerichtet waren, wer der Auftraggeber war, wer die Niederschrift angefertigt hatte, und begann, darin herumzublättern. Ein bisschen zu viele Eisenionen, ein bisschen Blei, ein paar Arsenspuren. Kaum außerhalb der Norm. Es waren alles empfohlene Werte, die Leonardi selbst markiert hatte. Die, die Spreafico aufgefallen waren. Eine tragbare Belastung, die nur die eine oder andere Anpassung erforderlich machte.

»Sehen Sie? Auch das ist eine Fährte, die nirgendwohin führt.«

»Und was folgt daraus?«

»Ein Mann, der mit dem Fahrrad spazieren fuhr! Der einen Vogelpark unterhielt! Beruhigen Sie diese Dinge etwa nicht?«

»Nur teilweise.«

»Aber was erwarten Sie von ihm? Dass er auf einer mit Körnern gefüllten Matratze schläft und Sojaschnitzel isst?«

»Und was folgt daraus?«

»Ja, was schon? Dass es hier um irgendeine persönliche Sache geht. Einen heimlichen Groll. Ich wühle bereits mithilfe von Agente Spreafico in der Vergangenheit von Signor Speggiorin herum.«

»Gut, dann kramen wir ruhig mal in seiner Vergangenheit. Aber was soll die Pistole? Die von gleicher Bauart ist wie eine Waffe, die sich im Besitz eines Selbstmörders befand?«

»Sicher, zwei Bernardellis auf wenige hundert Quadratmeter wären ein unglaublicher Zufall. Ich persönlich habe Probleme, mir vorzustellen, wie eine Pistole, deren Spur wir verfolgen können bis …«

»Die letzte Eintragung im Register des Schießplatzes stammt vom Oktober 2001.«

»Das ist ganz schön lang her. Verstehen Sie, dass wir keine Anhaltspunkte haben, um ihren weiteren

Verbleib zu rekonstruieren. Sie könnte verkauft, verschenkt ...«

»... oder bis zum Tag des Selbstmords im Hause aufbewahrt worden sein.«

»Und jemand, der von der Pistole wusste, könnte sie an sich genommen und von ihr Gebrauch gemacht haben?«

»Ja.«

»Ich habe auch Informationen über diesen Ancillotto eingeholt. Mir wurde berichtet, dass er alle Möbel verkauft hat – ein weiterer Beweis für seinen Wahnsinn. Nehmen wir mal an, dass die Pistole irgendwo in den Einrichtungsgegenständen versteckt war. Ich möchte Ihnen weiterhelfen: Inzwischen habe ich den Erwerber ausfindig gemacht; es handelt sich um einen Antiquitätenhändler aus Asolo. Also, das ist etwas für Sie, Stucky! Vielleicht liegt die Pistole des Grafen ja noch in einer Schublade.

»Ich und Spreafico«, schob der Kommissar leichthin hinterher, »wir werden eine Begehung im Domizil dieses Ancillotto durchführen. Man weiß ja nie. Und was ist mit den Anarchisten aus Follina?«

»Für die habe ich noch keine Zeit gehabt, Herr Kommissar.«

»Nehmen Sie sich die mal zur Brust. Wir schließen nichts aus.«

Antimama! Das sprach er nicht aus. Und: Jawohl, mein Herr! Und das sagte er auch nicht laut.

»Dann fahre ich also nach Asolo«, sagte Stucky. Es war klar, dass Leonardi ihn aus dem Weg haben wollte, und die Analysen vom Zementwerk hatte er absichtlich auf dem Schreibtisch liegen lassen, um Spreafico Futter und die Chance zu geben, sie ihm als die reine, aber harmlose Wahrheit zu präsentieren.

Spreafico würde er bei der Gelegenheit raten: Lass dich nicht verarschen!

Der Antiquitätenhändler in Asolo, ebenso stinkvornehm wie sein Warenlager, mit orangefarbener, sternchenübersäter Krawatte, beschrieb ihm in aller Ausführlichkeit die guten Seiten des Grafen Ancillotto und seine unvermeidlichen, durch und durch menschlichen Schwächen, darunter seine Extravaganz.

»Extravaganz? Wir sind doch alle irgendwie extravagant! In welchem Sinne war der Graf denn extravagant?« Stucky erwischte sich dabei, dass er, der überzeugte Republikaner, ihn jetzt auch als Grafen betitelt hatte.

»Nun ja, er hatte einen nicht ganz alltäglichen Blick. Ironisch, schneidend. Fast erbarmungslos. Nicht mit böser Absicht. Er war vielmehr einer, der einem anderen, ohne um den heißen Brei herumzureden, sagt, dass ihm noch Brösel auf der Lippe kleben ...«

»Tjaaa ...«, sagte Stucky enttäuscht.

Der Antiquitätenhändler verstand das wiederum nicht, denn der Graf war kein gewöhnlicher Mensch gewesen.

»Was halten Sie von der Hypothese, dass er seine Einrichtung modernisieren wollte?«

»Gar nichts! Der Graf liebte die Objekte und das Mobiliar, das er mit Geduld ausgewählt hatte.«

»Und was dann?«

»Er hat die Dinge in gute Hände gegeben. Einem Kreis passionierter Menschen, die sie schätzen, pflegen und eines Tages wieder auf den Markt bringen können. Der Bruderschaft des Schönen, wenn Sie mich recht verstehen ...«

»Das Testament eines Schöngeistes also.«

»Sicher, das trifft es gut.«

»Sie haben also geglaubt, dass er sich danach umbringen würde?«

»Sie machen wohl Witze! Ich glaube nicht einmal jetzt daran. Ich stelle mir ihn in Patagonien vor. Ich war überzeugt, dass er neue Projekte im Kopf hatte. Zum Beispiel, nach Südamerika zurückzukehren, in die Weltgegenden, die er in seinen jungen Jahren so sehr geliebt hat.«

»Ist bei dem Verkauf viel für ihn herausgesprungen?«

»In aller Sachlichkeit antworte ich Ihnen: ganz eindeutig, ja!«

»Und in Euro?«

»Ja, auch das.«

Stucky fand die Erklärung wirklich wichtig, aber ebenso wichtig war, die Spuren dieser verdammten Pistole nachzuverfolgen. Nein, dem Antiquitätenhändler war nichts dergleichen bekannt, bei den Möbeln war keine Waffe aufgetaucht. Natürlich wusste er über die Leidenschaft des Grafen Bescheid; viele Adlige sind Waffennarren.

»Also ... Sie haben das Mobiliar abgeholt. Und wenn einer von den Speditionsleuten die Pistole gefunden und sie für sich behalten hätte? Ohne böse Absicht, vielleicht nur, um nachts die Füchse zu jagen ...?«

Der Antiquitätenhändler geriet ins Grübeln. Er dachte über die drei Männer nach, die zur Residenz des Grafen geschickt worden waren, und fand keine Bestätigung, keine Hinweise auf Neigungen zu Krieg oder Jagd, keinen Hass auf Füchse, Murmeltiere und andere Säugetiere.

»Nein, undenkbar!«, rief er schließlich aus.

»Sind Sie sicher?«

»Ganz sicher.« Und da er sich seiner Schlussfolgerungen tatsächlich ganz sicher war, lieferte er Stucky alle Angaben, die dieser brauchte, um sich mit den drei in Verbindung zu setzen.

Es war eine weitere Spur, die in eine Sackgasse führte. Die drei Männer waren tüchtige Leute, die dem Antiquitätenhändler nach Fabrikschluss ihre Kräfte zur Verfügung stellten, um ihr Gehalt aufzubessern und ihren Kindern eine Zahnspange bezahlen zu können.

»Habt ihr keine Pistole gesehen, weder an der Wand hängend noch in den Möbeln oder in sonst irgendeiner Ritze versteckt?«

»Nein«, antworteten die drei wie aus einem Munde.

Verärgert fuhr Stucky noch langsamer als sonst, sogar noch langsamer als Landrulli. Warum, fragte er sich, ging Leonardi so vor? Man kann nachvollziehen, dass er zwei Jahre vor seiner Pensionierung keine Scherereien haben will. Aber von woher drohten diese Scherereien? Was wollte er unbedingt verbergen? Was konnte eine durch Verbrechen aller Art abgestumpfte öffentliche Meinung zu irgendwelchen Reaktionen hinreißen?

Sicher, auch Stucky verstand nicht viel von einem Zementwerk. Nicht einmal von den Aufschriften an den Mauern eines Zementwerks.

Er rief Speggiorins Sekretärin an, die sich freute, die Stimme des Inspektors zu hören. Sie löste etwas in ihr aus, die Erinnerung an Bekanntes.

»Sie erinnern mich an die Stimme von ...«

»Das ist doch egal, Signorina!«

»Aber nein, es ist eine Stimme, die man im Fernsehen hört ...«

»Erinnern Sie sich vielleicht auch an die Aufschrift an der Mauer, die dann mit Kalk überstrichen wurde?«

»Natürlich: ›Staub bist du, und zu Staub wirst du zurückkehren.‹ Wir haben alle gelacht.«

»Auch Speggiorin selbst?«

»Hm. Er hat sie gleich von den Arbeitern übermalen lassen.«

»Wissen Sie, wann das war?«
»Ungefähr Anfang Juni.«
»Und die Farbe der Aufschrift …?«
»Gelb.«

Es gab überall in dieser Gegend herausragende und produktive Schlüsselbetriebe: Kiesgruben, Baufirmen, mächtige Immobiliengesellschaften. Oder große Unternehmen mit Produktionsabfällen, Entsorgungsunternehmen, kleine Speditionsfirmen, entgegenkommende Mülldeponien. Netzwerke verflochtener Interessen, die den freien Markt blockierten: Seilschaften, geheime Unterstützer und Verbündeter. Ganz leere Löcher und solche Löcher, die sofort wieder aufgefüllt wurden, unter den Teppich gekehrte Schweinereien jeder Art, Verzahnungen mit der örtlichen Verwaltung bei Infrastrukturprojekten, die nur denjenigen nützen, die sie durchführen. Immer alles völlig legal, wenn auch etwas undurchsichtig. Denn sich immer anständig zu verhalten, mit Respekt gegenüber allem und allen, das bringt nichts. Und die wenigen, die das wagen, werden auch noch verspottet, wenn sie nicht gar darüber verrückt werden.

Und sie werden verrückt. Antimama! Da kam schon wieder Ancillotto ins Spiel. Stucky stöhnte auf. Und zu allem Überfluss hieß der auch noch Desiderio, der Erwünschte, der Ersehnte!

Als er wieder im Polizeipräsidium in Treviso war, bat er Agente Spreafico, ihm im Internet alles herauszusuchen, was über Zement und Zementwerke zu finden war.

»Einschließlich der Liebesromane, Herr Inspektor?«

»Die vor allem!«, antwortete Stucky.

Innerhalb einer halben Stunde hatte Spreafico ihm ein ganzes Konvolut über die besten italienischen Zementwerke und über die Verfahren zur Zementherstellung zusammengetragen.

Stucky begab sich, das Material unter den Arm geklemmt, in den Laden von *daij* Cyrus. Er wollte ihn einbeziehen und von den schlimmen Nachrichten aus dem Iran ablenken.

Er sah seinen Onkel an, der mit einem Glas *chai* in der Hand auf seinen Teppichen saß, erklärte ihm die Sache und wartete, bis er seine große Brille aufgesetzt hatte und las.

»Im Iran gibt es keine solchen Zementwerke«, verkündete er dann.

»Und ob es sie gibt!«

»Der ganze Zement, den der Iran verbraucht, wird importiert.«

»Weißt du, wie ein Zementwerk funktioniert?«, fragte Stucky.

»Ein italienisches Zementwerk, ja.«

»Sehr gut.«

Daij Cyrus streckte Zeige- und Mittelfinger der linken Hand aus und klopfte mit dem Zeigefinger der anderen darauf.

»Zement ist nichts anderes als Mehl aus im Ofen gebackenen Steinen.«

»Richtig, Onkel.«

»Es ist so, wie wenn man einen Kuchen backt. Das Rezept erfordert einen guten Mergel, natürliches Kalkgestein und ein bisschen Eisenfeilspäne.«

Aufgemuntert stoppte ihn Stucky.

»So steht es hier, auf dem Papier!«

»Auch der Prosecco und alle Weine hängen von der geologischen Geschichte einer Gegend ab!«

»Beim Wein handelt es sich also um einen verkorksten Zement?«

»In gewisser Hinsicht, ja. Mir persönlich ist natürlich der Wein lieber.«

»Ich sehe kein Problem mit dem Steinebacken«, verkündete *daij* Cyrus.

»Ich lasse dir diese Unterlagen hier. Sieh nach, ob du etwas Interessantes findest.«

Und ich kratze am Grab von Berto dem Wirt herum, dem berühmten Kneipier dieses Dorfes.

Alle kamen mit einem hundsgemeinen Durst zu Berto, denn wenn man keine offene Bar findet, könnte man glatt einen Priester umbringen, und da der Priester der beste Freund von Berto war, öffnete die Osteria schon beim ersten Morgengrauen. Auch die Sonne ließ sich einen goto *einschenken, bevor sie mit ihrer Arbeit begann, denn wie man weiß, braucht ein Sonnenstrahl mehr als acht Minuten und zwanzig Sekunden, bis er hier unten ankommt, und die Wahrheit ist, dass der Strahl diese Sekunden genutzt und bei Berto vorbeigeschaut hat.*

Nach der ersten Gläschenrunde fühlt man sich sofort wohler, aber man kann nie wissen, vielleicht ist der Magen noch vom Abend vorher voll, oder im ersten Glas hat sich noch ein kleiner Bodensatz Wasser befunden und es wirkt nicht richtig – jedenfalls schenkt Berto sicherheitshalber das zweite ein, und so lässt sich der Tag anscheinend gut an, man beginnt Spaß zu haben, und ein kleines Lächeln bildet sich auf dem Gesicht, so natürlich wie die Haut auf der Milch. Da tritt dieses Arschgesicht von einem Polizisten ein, und du musst feixen, er überreicht dir ein amtliches Schreiben der Gemeinde, und du brichst in Gelächter aus. Dem Polizisten bietest du, gemeinsam mit Berto, einen goto *an, und für dich ist es der dritte, das Wohlbefinden steigt. Aufgepasst, sagt Berto zu dir, von jetzt an übernehme ich keine Verantwortung mehr, und du blickst zum Boden und siehst alles nur in verblassten Farben. Kunststück! Du betrachtest die Welt ja durch den Boden des Glases, das nicht gerade sauber ist. He, Berto! Wie spülst du denn deine Gläser ab? Dass man nichts sieht. Stell dir vor, Galileo hätte den Mond durch deine* goti *betrachtet, was für ein Glück, dass er nicht bei dir vorbeigeschaut hat, und schon ist ein neues da, eines mit einem schön sauberen Boden, durchsichtig wie böhmisches Kristall, aber statt besser zu sehen, merkst du jetzt, dass deine Füße nass werden, nass, aber warm, verdammt! Du bist so früh aufgestanden und zu Berto geeilt, dass du vergessen hast, vorher noch aufs Klo zu gehen. Es war besser, mit dem Pissen zu warten, weil Berto nicht zufrieden ist, überhaupt nicht, und auch die Leute ringsum sind überhaupt nicht zufrieden, und alle möchten, dass du das Glas vom Ohr nimmst, weil du nicht Marconi bist und das Telefon bereits erfunden wurde. Aber ich habe es erfunden!, sagst du, und niemand glaubt dir, dann versuchst du aufzustehen und die Quittung herzuzeigen, die man dir gegeben hat, als du das Telefon erfunden hast, aber die Beine tragen dich nicht, und Berto führt dich zur Toilette, und das ist auch gut so.*

Du siehst ein Gesicht, das dich anschaut, und es sieht aus wie deines, Berto versichert dir, dass es wirklich dein Gesicht ist, das sich da im Wasser des Klos spiegelt, und deshalb riecht es auch nach Scheiße, sagt er, und jetzt hat Berto wirklich die Nase voll, und einen Streich rechts und einen Streich links, dann führt er dich auf die Straße und schubst dich weiter.

Berto, lass mich nicht allein, sagst du, aber Berto muss sich um sein Geschäft kümmern, er kann sich nicht auch noch um jeden Besoffenen kümmern. Du bist gemein!, rufst du ihm hinterher, und steckst den Schlüssel in die erstbeste Tür, die du findest, und es ist nicht deine; mit dem abgebrochenen Schlüssel gehst du zurück zu Berto, und der schenkt dir einen letzten goto *ein, weil man kein größeres Pech haben kann als du. Ja, das glaube ich auch, sagt Berto, und gießt dir einen Weißen ein, nach all den Gläsern mit rotem Wein, und das ist wohl auch der Grund dafür, dass du später aufwachst, und einige Leute im weißen Kittel siehst, Verwandte von Berto, glaubst du, aber der Arzt sagt dir, dass er keinen Berto kennt, und dass du still sein sollst, weil du im Äthylkoma liegst. Stirbt man daran?, hast du gefragt.*

In der Regel nicht.

Dafür aber hat Berto dran glauben müssen. Das hat er nicht verdient.

Aber mach dir keine Sorgen, ich kratze schon an deinem Grab herum.

28. August, Freitag

Stucky schaute auf die Uhr, als das Telefon läutete: Der Tag war gerade erst erwacht. Die ganze Nacht hatte *daij* Cyrus den Packen Papier über den Zement gelesen.

»Das größte Problem sind die Brennmaterialien, mit denen die Zementtorte gebacken wird.«

»Onkel … das Brennmaterial, gewiss doch …«

»Wir reden hier nicht von Eichenholz und auch nicht von Stroh …«

»Wirklich nicht?«

»Nein, auf den Seiten, die du mir gegeben hast, steht: Bitumen aus Erdöl, Heizöl, Petrolkoks, ebenfalls aus Erdöl gewonnen.«

Erdöl!, immer dasselbe. *Daij* Cyrus hatte bestimmt einen Wutanfall bekommen: Erdöl, der Ruin des Irans!

»Sie tun auch Autoreifen und ein wenig Methan in die Öfen, aber nur um sie aufzuheizen.«

»Onkel Cyrus, was redest du denn da?«

»Dr. Mossadegh hätte einem iranischen Zementwerk niemals erlaubt, Gummireifen zu verbrennen.«

»Dr. Mossadegh ist 1953 durch einen Staatsstreich entmachtet worden. Die Zementindustrie war das letzte seiner Probleme!«

»Tatsache ist, dass dann, wenn man etwas verbrennt, Gasartiges ausgestoßen wird. So sind nun mal die Gesetze der Physik.«

»Richtig, Onkel!«

»Auch wir Menschen stoßen gelegentlich etwas Gasartiges aus.«

»Natürlich, aber wahrscheinlich nicht so viel Schadstoffe wie ein Zementwerk. Antimama! Das ist kein Zementwerk, sondern eine Müllverbrennungsanlage!«

»Im Iran hätte Dr. Mossadegh niemals den Bau einer Müllverbrennungsanlage erlaubt.«

Stucky war ins Polizeipräsidium gegangen, um im Korb mit den Fragen herumzustöbern. Von Landrulli hatte er erfahren, dass die Begehung der Villa Ancillotto durch den Kommissar nichts erbracht hatte, keine Spur von der Pistole, und außerdem hatten sie auch mit den Protesten dieses Jaguars namens Salvatierra fertig werden müssen, die sie beschuldigt hatte, vom Geld der Latifundienbesitzer korrumpiert zu sein, und die Durchsuchung einen Akt brutaler Unrechtmäßigkeit genannt hatte.

»Hat sie sie denn hereingelassen?«, erkundigte sich Stucky.

»Am Ende hat sie nachgegeben. Aber die Kollegen haben sich nur der Wand entlang vorwärts bewegen dürfen. Sie hat zugeschaut, wie die Schubladen geöffnet wurden, und weiter herumgebrüllt.«

»Antimama!«

Niemals hatte er so tief in der Klemme gesteckt. Vielleicht hatte er sich einfach nicht die richtigen Fragen gestellt.

»Landrulli, hör zu: Agente Malvestìo ist doch dem Radsport verfallen, oder?«

»Ein Fanatiker!«

»Leihen wir uns von ihm zwei Räder und die dazugehörige Ausrüstung, damit wir sie auch transportieren können.«

»Mit anderen Worten: Wir bräuchten auch sein Auto.«

»Genau.«

»Und wofür?«

»Für eine Landpartie«, sagte Stucky, »Abfahrt am Zementwerk.«

Ohne Radfahreroutfit, aber mit Helmen, die Agente Malvestìo ihnen aufgenötigt hatte, sahen Stucky und Landrulli aus wie zwei derangierte New Yorker Börsenmakler an einem Tag, an dem die motorisierten Verkehrsmittel streiken.

Nachdem sie die Karte aufmerksam studiert und die Route gesucht hatten, die der Ingenieur an jenem verhängnisvollen Abend höchstwahrscheinlich genommen hatte, ließen sie das Zementwerk hinter sich.

Seiner Argumentation entsprechend hatte Stucky einige Möglichkeiten von vornherein ausgeschlossen.

Landrulli hatte wegen seines Hinterns Mühe, sich auf dem Sattel zu halten, und fuhr in Schlangenlinien, so dass der Inspektor ihn auf der Innenseite, neben sich, in die Pedale treten ließ.

»Nebeneinander fahren darf man nicht!«, stellte Landrulli klar.

»Bravo! Dann merken alle gleich, dass wir Polizisten sind. Alle Radsportler fahren nebeneinander, sonst würde es keinen Spaß machen. Man muss auch mal die Autofahrer ärgern.«

Inspektor Stucky trat schneller in die Pedale, Kurven, kleine Kreuzungen, die ersten Steigungen auf die Anhöhen, im Schatten. Er fuhr nicht oft Rad. Als Kind hatte er es öfter getan, vor allem zusammen mit seinem Vater, wenn der Geologe nach Hause zurückkehrte von seinen Missionen, auf denen er an allen Steinen des Planeten lutschte. »Ich werde dafür bezahlt, dass ich die Steine ablutsche, um herauszufinden, ob sie aus Schokolade sind«, hatte er ihm erzählt.

»Gibt es welche aus Schokolade?«

»Ein paar schon«, hatte der Geologe geantwortet, und dann hatten sie sich aufs Rad geschwungen, um zum Lido zu fahren, und sein Vater fuhr so schnell, dass die

Eingeweide des kleinen Stucky protestierten, aber er gab ebenso wenig auf, wie man aufgeben darf, die Steine abzulutschen. Was würde die Menschheit sonst machen, um herauszufinden, wie viele von ihnen aus Schokolade sind?

Zwischen den Kastanienbäumen standen Häuser, und man musste aufpassen, wenn es abwärts ging, Landrulli beugte sich über die Lenkstange, um schneller zu werden. Er schlenkerte gefährlich, während auf der anderen Seite ein Auto näher kam. Bei jeder Weggabelung die Karte studieren, um nicht in die falsche Richtung weiterzufahren.

»Suchen wir nach einem Restaurant?«, fragte Landrulli, nachdem sie einen etwas anstrengenden Aufstieg halbwegs bewältigt hatten.

»Nein.«

»Ein Privé?«

»Nein, zu viel Bewegung.«

»Herr Inspektor, nicht einmal hier darf man sich einen Spaß erlauben«, sagt der Agente, der zu röcheln anfing: So stark hatte sich sein Hinterteil durch die Reibung aufgeheizt.

Am Ende des Aufstiegs ein Augenblick zum Atemholen und dann eine rasche Abfolge von Kurven.

Die Straße mündete in eine wichtigere Verkehrsader, und ein paar Meter hinter der Kreuzung stand eine kleine Kirche mit einem Campanile und einer einladenden Piazza davor. Dort machten sie Rast. Während Landrulli seine Sitzfläche abkühlte, kam Stucky zu dem Schluss, dass dies ein wunderbarer Ort für ein Rendezvous sei.

»Landrulli, siehst du nicht im Geiste zwei hübsche Täubchen im Schatten des Campanile turteln? Und dann vielleicht in irgendeinem nahe gelegenen Haus einen Cognac trinken?«

»Herr Inspektor, wenn ich eines der beiden Täubchen wäre, würde ich mich jetzt ein wenig zu verschwitzt fühlen.«

»Der Herr Ingenieur dagegen war gut trainiert, und die Dame kam wahrscheinlich mit dem Auto angefahren.«

Stucky studierte die Karte: Die Straße rechts führte nach Revine Lago und weiter nach Vittorio Veneto, und links ging es zurück nach Cison di Valmarino.

Vom Zementwerk bis hierher nur sechs Kilometer.

Sie kamen an eine kleine Weggabelung; Stucky bog in eine schmale Straße links ein, und nach ein paar Kilometern befanden sie sich vor dem Haus des Opfers.

»In der Mordnacht ist er von dieser Straße her gekommen. Landrulli, Signora Speggiorin sagt nicht die Wahrheit. Wir sind jetzt an einem Punkt angelangt, an dem wir das passende Futteral für den kleinen Schirm finden müssen, den der Ingenieur in jener Regennacht benutzt hat. Für dich eine ehrenvolle Aufgabe. Aber zuerst bring bitte Malvestìo das Auto zurück.«

»Ich? Warum ich?«

»Weil du es mit dem Fahrrad nicht bis Treviso schaffen würdest.«

»Sie werden doch nicht hierbleiben und ... all diese Kilometer zurückradeln wollen?«

»Alles für die Gesundheit, Landrulli, alles für die Gesundheit!«

Stucky hatte eine Frage an Ancillottos Haushälterin, Signora Adele. Er traf sie auf dem Balkon an. Sie sah ihm lange zu, wie er vom Fahrrad stieg und vor allem, wie er das Vehikel mit der gebührenden Umsicht gegen die Hausmauer lehnte.

»Passen Sie auf, dass Sie ja keine Kratzer auf der Farbe

hinterlassen! Der Anstrich ist erst dieses Jahr neu gemacht worden.«

»Signora Adele, glauben Sie, dass Signor Ancillotto eine Pistole besaß?«

»Und diese Frage soll etwas mit der Erbschaftsangelegenheit zu tun haben, von der Sie neulich gesprochen haben?«

»Offen gestanden hat sie nichts damit zu tun.«

»Warum also wollen Sie das von mir wissen?«

»Es hängt mit dem zusammen, was Ingenieur Speggiorin zugestoßen ist.«

»Und deswegen wollen Sie einen Toten stören?«

»Es geht um Details, Signora Toniut. Ich bitte Sie, mir zu helfen.«

»Inwiefern sollte eine alte Frau Ihnen helfen können? Der Graf war jedenfalls früher einmal ein begeisterter Sportschütze. Allerdings bevor er mich angestellt hat.«

»Und wie lange ist das her?«

»Sieben Jahre.«

»Also in den letzten sieben Jahren war keine Pistole im Haus?«

»Er wird wohl eine gehabt haben, wenn er damit zum Schießen ging.«

»Aber Sie haben sie nie gesehen?«

»Offen herumliegen, nein. Aber ich kann nicht ausschließen, dass er sie im Safe aufbewahrt hat. An den Safe des Grafen ist allerdings niemand herangekommen.«

»Merkwürdig. Wir wissen, dass es sie gab, aber niemand findet sie ...«, bohrte Stucky weiter.

Signora Adele schien einen Moment nachzudenken.

»Haben Sie schon einmal mit Don Ambrosio gesprochen?«

»Natürlich. Sie wissen ja, dass Pfarrer in solchen Fällen immer von unschätzbarem Wert sind. Warum fragen Sie?«

»Vor ein paar Jahren hatte der Graf einen Rappel; da konnte er Gewalt, Kriege und all diese Waffen nicht mehr ertragen. Das war so eine seiner Phasen! Vielleicht hat er sich, wenn er sie im Safe aufbewahrte, dazu durchringen können, sie loszuwerden und Don Ambrosio zu übergeben.«

»Don Ambrosio?«, rief Stucky verblüfft aus.

»Don Ambrosio sammelt die Waffen der Mitbürger, die ihre entsorgen wollen. Er tut das um des Friedens willen.«

»Frieden? Was für einen Frieden denn?«

»Na, den unter den Menschen«, erwiderte Signora Adele pikiert.

Diesen Priester knöpf ich mir jetzt aber vor!, sagte sich Stucky, überquerte wieder die kleine Brücke und ging auf das Pfarrhaus zu. Mit hochgekrempelten Ärmeln schnitt der Pfarrer im Garten gerade die verwelkten Blüten ab. Er lächelte den Polizisten an und setzte seine Arbeit fort, weil er überzeugt war, dass dessen finstere Miene nichts mit ihm zu tun habe.

»Ausgerechnet Sie!«

»Ist was passiert?«

»Warum sind Sie im Besitz der Pistole von Signor Ancillotto?«

Der Priester war bass erstaunt.

»Er hat sie in frommer Überzeugung gebracht, um sein Leben von einem Instrument des Todes zu befreien.«

Verärgert bat der Inspektor, die Waffe sehen zu dürfen. Er verspürte eine gewisse Unruhe.

Keineswegs glücklich über diesen Wunsch, versuchte der Priester, Zeit zu gewinnen, bemerkte aber die Feindseligkeit des Inspektors, öffnete schweren Herzens das

Tor und führte ihn ins Pfarrhaus. Sie gingen hinauf in den ersten Stock. In einem Abstellraum bewahrte Don Ambrosio einen Sarg aus frischem Kiefernholz auf; darin lagen etliche alte Jagd- und Kriegsgewehre, ein paar Handgranaten ohne Zünder sowie einige Pistolen.

»Dies ist der Beichtstuhl für die Instrumente des Todes!«

»Bravo! Sprechen Sie also schnell ein Vaterunser, ein Gegrüßetseistdu und ein Ehresei und zeigen Sie mir dann die Pistole.«

Don Ambrosio rührte einen Augenblick in der Sargtruhe herum und breitete dann bestürzt die Arme aus: Die Waffe des Herrn Grafen war verschwunden!

Stucky hätte ihm am liebsten eine gescheuert. Antimama! Man kann also ein Priester und trotzdem ein Trottel sein. Ein Priester, der ohne Erlaubnis Waffen oder den verrosteten Schrott einsammelt, den niemand ordnungsgemäß archivieren möchte.

Und er fängt an, die ganze Sache lang und breit zu erklären, dass er seit Jahr und Tag Waffen von denen entgegennahm, die es bereuten, Gewehre und Pistolen zu besitzen, von Gläubigen und weniger Gläubigen, und dass er die Waffen in diesen Sarg legte, ein *Memento mori* aus Kiefernbrettern. Dinge, die niemand mehr wollte, die die Leute sonst auf eine Müllkippe geworfen hätten, statt sich mit diesem ganzen Papierkram auseinanderzusetzen und die Waffe einer Amtsperson in die Hand zu drücken. Und dann gab es die im Sterben Liegenden, die früher auf Amseln und Hasen geschossen hatten und nun im Angesicht des Todes von einer Welt aus Brüdern träumten, nur um Petrus zu übertölpeln und mit einem wohlfeilen Lächeln das Paradies betreten zu können.

»Und Ancillotto, wann hat der Ihnen den fraglichen Gegenstand überreicht …?«

»Vor drei oder vielleicht ... vor vier Jahren.«
»Drei oder vier?«
»Hm, mein Gedächtnis ...!«
»Und jetzt ist er verschwunden ...«
»Ich begreife nicht, wie das passieren konnte.«
»Wann haben Sie die Waffe zum letzten Mal gesehen?«
»Vielleicht vor ein, zwei Monaten ...« Der Priester bebte, überwältigt von seinen Erinnerungslücken.
»Denken Sie nach«, sagte Stucky, »denken Sie in den nächsten Tagen gründlich nach.«
Dann fügte er, bevor er ging, noch hinzu: »Ancillotto ist also mit der Pistole in der Hand hierhergekommen und hat gesagt: ›Behalten Sie sie, Hochwürden, ich will, dass die Welt eine bessere wird‹?«
Don Ambrosio schüttelte verwundert den Kopf.
»Wo denken Sie hin? Der war ein Halunke. Er hatte erfahren, dass Giuseppe Mionetto mir nach langer und gefährlicher Altersschwäche seine Doppelflinte übergeben hatte, und da wollte er diesem Herrn in nichts nachstehen.«
»Er wollte einfach nur mit diesem Giuseppe Mionetto mithalten?«
»Genau!«
»Und wann hat Giuseppe Mionetto das Zeitliche gesegnet?«
»Vor vier Jahren.«
»Sehen Sie?«
Stucky wusste schon, wie die Antwort auf seine nächste Frage, nämlich wer zu dem Waffenversteck Zugang hatte, lauten würde.
»Niemand außer mir und der Pfarrhaushälterin«, sagte der Priester, »niemand hatte einen Grund, dort Zugang zu haben.«

Stucky lief Gefahr, vom lückenhaften Gedächtnis eines Priesters auf eine falsche Fährte gelockt zu werden.

Für einen Politiker war der Bürgermeister von Cison ein eleganter Mann. Elegant in der Art, wie er sich bewegte und ausdrückte. Das weiße Einstecktüchlein in der Brusttasche seiner Leinenjacke schien genau abgestimmt auf die weißen Socken und das weiße Hemd.

Der Bürgermeister drückte Stucky kräftig die Hand und sah großzügig über die sportliche Aufmachung des Inspektors hinweg. Ja, er nahm seine Zwanglosigkeit sogar mit wohlwollender Nachsicht auf: In Krisenzeiten werden eben auch polizeiliche Ermittlungen ohne Verschwendung finanzieller Mittel durchgeführt.

»Das, was ich in Bezug auf Herrn Ingenieur Speggiorin wusste, habe ich bereits Ihrem Vorgesetzten mitgeteilt, der, wenn ich mich nicht irre, Kommissar Leonardi ist.« Er sagte tatsächlich: Wenn ich mich nicht irre.

Der Inspektor quittierte das mit Wohlgefallen.

»Ich möchte Sie etwas über Signor Ancillotto fragen.«

Der Bürgermeister stand auf und bewegte sich ein paar Schritte von seinem Schreibtisch weg.

»Sie unterstellen, dass diese beiden schrecklichen Ereignisse in wechselseitiger Beziehung stehen?«

»Einfacher ausgedrückt: Ich möchte mir bloß Klarheit über einige Aspekte der Persönlichkeit von Signor Ancillotto verschaffen.«

»Dass Sie mich mit dem Wörtchen ›bloß‹ zu beruhigen versuchen, empfinde ich bereits als beunruhigend. Es ist ja ganz offensichtlich, dass für Sie ein Zusammenhang zwischen den beiden Vorkommnissen besteht.«

»Diesen Zusammenhang möchte ich ausschließen.«

»Um ihn auszuschließen, schließen Sie ihn ein«, sagte der Bürgermeister mit bitterem Unterton.

»Wie wurde Signor Ancillotto in der Gemeinde betrachtet?«

Der Bürgermeister dachte nach.

»Sie erwarten zweifellos, dass ich sage: als reich und extravagant. Das stimmt natürlich. Dennoch würde das nicht ausreichen. Signor Ancillotto war ein Mann mit Geld *und* Kultur. Ein Genussmensch *und* ein Mensch mit eiserner Moral. Extrovertiert *und* von kosmischen Einsamkeiten heimgesucht.«

»Bitte nennen Sie mir ein paar Beispiele, Herr Bürgermeister, denn die ganze Galaxie wimmelt nur so von kosmischen Einsamkeiten.«

»Nur ein Beispiel: sein Beitrag zum Kulturleben. Es kommt immer seltener vor, dass die Wohlhabenden sich für die Kultur interessieren. Für die Eigenwerbung, das schon. Aber nicht für die Bildung ihrer Mitmenschen. Die öffentlichen Einrichtungen tun in diesen finsteren Zeiten, was sie können. Signor Ancillotto aber leistete einen Beitrag zur Anschaffung von Büchern für die Bibliothek, finanzierte Schreibwettbewerbe für Schüler und stiftete ein kleines Stipendium für die Besten der Mittelschulen. Er lud angesehene Schriftsteller und Wissenschaftler ein, die in unserem Gemeindesaal oder in der Bibliothek Vorträge hielten. Alles auf seine Kosten. Verstehen Sie? Wie soll ich so etwas nennen, wenn nicht Mäzenatentum?«

»Es sieht ganz danach aus.«

»Kommen Sie, ich zeige Ihnen die Fotografien von einigen Veranstaltungen«, sagte der Bürgermeister, während er aus der Schreibtischschublade stolz ein dickes Album mit Ledereinband zog.

Signor Ancillotto zwischen Mittelschülern, Signor Ancillotto beim Überreichen einer Plakette, Signor Ancillotto auf einer Podiumsdiskussion über genetisch veränderte Organismen in der Landwirtschaft. Ein voller Saal, Referenten von renommierten Universitäten, ein lächelnder Bürgermeister. Das Auftreten von Signor Ancillotto war bescheiden; dank taktvoller Zurückhaltung wirkte er nie aufdringlich.

»Und das hier?«, fragte der Inspektor und zeigte auf eines der letzten Fotos.

»Dezember letzten Jahres, Seminar über die Geschichte der Geologie unserer Region. Ein beeindruckender Abend. Es wühlt mich immer noch auf, wenn ich daran zurückdenke.«

»Mir kommt er, verglichen mit den Fotografien aus den vorangegangenen Jahren, sehr abgemagert vor. Und er hält eine Brille in der Hand.«

»Ein bisschen Diät, wahrscheinlich. Die Brille? Er sah nicht sehr gut, schämte sich aber, das zuzugeben. Na ja, das lag auch ein wenig am Alter. Er war fabelhaft in Schuss, aber fünfundsechzig Jahre sind nun mal fünfundsechzig Jahre.«

»Fürwahr!«

»Und warum meinen Sie, dass ein solcher Mann in ein so tragisches Ereignis wie den Tod des Herrn Ingenieur verwickelt sein könnte?«

Unter Isacco Pitussos Führung hatte Celinda Salvatierra mittlerweile fast die Hälfte ihrer ererbten Weingärten inspiziert. Sie war schlichtweg begeistert. Die Grundstücke waren zauberhaft gelegen, manche sogar durch Kirsch- oder Kastanienbäume noch veredelt.

Gestärkt durch die Besichtigung ihrer Landgüter, hatte sie um ein Treffen mit dem Bürgermeister gebeten und einen Termin bekommen, und nachdem sie sich auf seinen Schreibtisch gesetzt hatte – mit der Entschuldigung, dass der Herr Bürgermeister so leise sprach –, schilderte sie ihm ihre Vorhaben. Dem armen Mann war das Gerede, das im Dorf die Runde machte, schon zu Ohren gekommen, und er war besorgt. Trotz seiner sprichwörtlichen Herzlichkeit und seiner ebenso bekannten geistigen Aufgeschlossenheit erforderte das Akzeptieren von Bananen anstelle der Prosecco-Rebreihen eine Anstrengung, die seine menschlichen Möglichkeiten überstieg. Es gelang ihm einfach nicht, sich fröhliche Quechua-Familien vorzustellen, die sich in der Bar vor dem Rathaus einen Sprizz genehmigten.

»Was? Sie wollen keine Quechua-Indios?«

»Lieber nicht.«

»Aus fremdenfeindlichen Motiven?«

»Aus praktischen Gründen: Rebschnitt und Weinlese sind anspruchsvolle Tätigkeiten. Sie setzen viel Erfahrung voraus.«

»Dann hol ich eben die Pailliris her!«

»Balletttänzerinnen?«

»Bolivianische Kaffeebohnenpflückerinnen!«

»Aber unsere Weingärten befinden sich alle auf abschüssigem Gelände. Das ist eine zu anstrengende Arbeit für Damen …«

»Die Pailliris schweben bei ihrer Arbeit sogar über Felsvorsprüngen.«

»Ich entwickle noch einen Immundefekt!«, hatte der Erste Bürger des Ortes ausgerufen, nachdem er sich die neuesten Ideen der Signora Salvatierra angehört hatte. Sie forderte die Hilfe des Einwohnermeldeamtes an, das zweihundert Briefe an ebenso viele Kaffeepflückerinnen verschicken sollte. Sie wollte sie alle hier haben, auf ihrem eigenen Grund und Boden. Keine Indios mehr, jetzt also Frauen. Und zwar für die Prosecco-Ernte. Sie würde die Weinstöcke nun doch nicht zugunsten von Bananen umhauen. Vielmehr würde sie eine Frauenkooperative gründen, die den besten Prosecco der ganzen Gegend produzieren würde.

»Voilà – Prosecco Pailliris!«

»Aber wenn sie doch aufs Kaffeepflücken spezialisiert sind …«, antwortete der Bürgermeister in leichtem Jammerton.

»Kaffeebohnen oder Weintrauben – für den altbewährten Geist einer Pflückerin ist das dasselbe!«, schnitt ihm Signora Salvatierra das Wort ab und, vom Schreibtisch des Bürgermeisters abgestiegen, verlangte sie, dass man ihr den Weg zum Einwohnermeldeamt zeigte.

Der Angestellten, die verwirrt Blickkontakt mit dem Bürgermeister suchte, begann die Salvatierra Namen und Anschriften zu diktieren: Amorosa Blanqueada, Ambrada Morales …

Der Bürgermeister stieß einen Schluchzer aus, beinahe kamen ihm die Tränen, aber dennoch gelang es ihm nicht, diesen Vulkan aus den Anden zu bremsen. Eine Zone übrigens, die für ihre starke tektonische Aktivität berüchtigt ist. Kein Wunder, dass diese Frau mit diesem anderen furiosen Ritter, dem Grafen Ancillotto, einige Gene gemeinsam hatte.

Agente Landrulli hatte das Auto Agente Malvestìo zurückgebracht. Dieser hatte den Fahrradträger betrachtet, den rechten Zeigefinger gehoben, womit er »nur eines?« sagen wollte, und auf eine Erklärung gewartet.

»Das andere Fahrrad ist noch bei Inspektor Stucky.«

»Gehen die beiden zusammen abendessen?«

»Nein, es wird noch dienstlich gebraucht.«

»Stucky isst zu Abend, dienstlich, und braucht dafür mein Fahrrad?«

Landrulli erwiderte, der Inspektor müsse in der Gegend auf dem Quivive bleiben.

»Im Augenblick sitzt er jedenfalls auf meinem Rad«, widersprach Malvestìo ein weiteres Mal, bis es Landrulli schließlich gelang, ihm zu entkommen, indem er sagte, er müsse noch dringend die Sache mit dem Damenschirm klären.

»Mein Fahrrad und der Damenschirm, auch so eine Kombination!«, brüllte Malvestìo ihm hinterher.

Du musst die Sache mit dem Damenschirm klären, hatte ihm der Inspektor befohlen, und Agente Landrulli dachte angestrengt nach, wie er diese heikle Aufgabe am besten anpacken könnte. Er selbst war die eine Hälfte des Problems, weil die andere aus folgendem Befehl bestand: Kein Wort darüber zum Kommissar und zu Spreafico! Er hielt Inspektor Stuckys Ärger über Spreaficos Verhalten und das des Kommissars zwar für übertrieben, jedoch für nicht ganz unbegründet. Die Ermittlungen kamen nicht voran, und das Klima wirkte sich zunehmend belastend aus. Zur Besänftigung der Gemüter hatte Landrulli ins Auge gefasst, ein Pizzaessen in einem neapolitanischen Lokal zu organisieren. Er hatte telefonisch einen Tisch vorbestellt und sich dann mit Nachdruck ausgebeten, dem Espresso und dem süßen Gebäck – vielleicht Babà? – die höchste Aufmerksamkeit zu widmen.

Dem Restaurantbesitzer – dem er vertraute – hatte er erzählt, dass er im Verlauf der Untersuchungen einen neapolitanischen Barista kennengelernt habe und dass dieser angeblich zu seinem Bekanntenkreis gehöre. Im Übrigen sei Neapel außerhalb von Neapel extrem überschaubar. Ein tüchtiger Mensch, dieser Barbesitzer, denn allein schon diese Formulierung wäre eine Verdienstmedaille wert gewesen.

»Sag ihm, dass ich dich schicke«, hatte ihn der Gastwirt ermuntert, und Landrulli war voller Optimismus nach Cison geeilt.

»Salvatore schickt Sie?«, hatte der Barista ausgerufen und ihm am abgelegensten Tischchen einen Platz zugewiesen.

Nein, Signor Speggiorin habe er nicht persönlich gekannt, und über den Ingenieur werde wenig getuschelt, aber seine Frau verbringe die meiste Zeit nicht zu Hause. Der Barbesitzer sehe sie jeden Morgen mit dem Auto wegfahren und zum Mittagessen zurückkommen. Die Frau verlasse jeden Tag um acht Uhr das Haus, selbst an ihrem Geburtstag.

»Kann man sagen, dass eine verheiratete Frau immer irgendwo irgendwas zu tun hat?«, fragte der Barista leise.

»So könnte man es auch sagen.«

»Denn sie hat noch einmal geheiratet, ohne ihrem Mann Bescheid zu geben.«

»Ein Boyfriend?«

»Genauer gesagt, ein Damenfriseur.«

»Oder sie ist einfach nur unzufrieden, und vielleicht ist er es, der eine junge Stute hat, die ihn auf Trab hält.«

Bei dieser Überlegung Landrullis wurde der Barista nachdenklich.

Er könne es nicht ausschließen: Bisweilen habe er tatsächlich den Ingenieur erst zurückkommen sehen, wenn er bereits sein Lokal schloss.

»Ab und zu geht aber auch mal das Klopapier aus«, erläuterte er zu Landrullis Erstaunen.

Der Agente ging zum Auto und fuhr dann in Richtung der Allee, die zur Villa der Eheleute Speggiorin führte.

Dort läutete er, aber niemand öffnete. Er bemerkte, dass sich hinter einem Vorhang etwas bewegte, und wartete. Ein Dienstmädchen erschien auf dem Balkon und teilte ihm mit, dass die Signora zur Kosmetikerin gegangen sei und nicht vor dem Abend zurück erwartet werde.

Landrulli stellte sich vor, was Stucky tun würde. Mit gespielter Nonchalance ließ er den Motor wieder an, legte den Rückwärtsgang ein und blieb sofort wieder stehen.

»Ich habe etwas vergessen«, rief Landrulli hinauf. »Ich bin von der Polizei, und es gibt ein paar Fragen, die ich Ihnen gern stellen würde.«

Die Frau duckte sich ein wenig. Sie war keine Italienerin und fürchtete vielleicht irgendwelche Gefahren.

»Ich habe Aufenthaltserlaubnis!«, rief sie vom Balkon herunter.

»Ich müsste eine Besichtigung vornehmen. Wegen der Sache mit Ihrem Herrn, verstehen Sie?«

»Sie schon hier gewesen.«

Ja, das wisse er, die Witwe habe dem Kommissar sofort das Arbeitszimmer und den Computer ihres Manns zur Verfügung gestellt. Sie habe, wenn auch von einem tüchtigen Anwalt unterstützt, wichtige Informationen über Bankangelegenheiten geliefert. Landrulli begriff, dass das Haus tatsächlich bereits durchstöbert worden war und dass er die Karten aufdecken musste, um seinem Ziel näher zu kommen.

»Ich müsste die Schirme der gnädigen Frau überprüfen.«

Das Dienstmädchen machte große Augen.

»Es ist wichtig.«

Sie kam herunter und ließ ihn herein.

»Hole ich Schirme der Signora oder auch der Familie?«

»Nur die der Signora.«

Die Frau kam mit einem halben Dutzend Schirme zurück, darunter war auch ein Sonnenschirm für den Strand.

Landrulli untersuchte sie genau.
»Sind das alle? Fehlt wirklich keiner?«
Die Frau zählte sie nach.
»Sieben. Alle.«
»Bestimmt?«
»Sieben.«
»Eine letzte Frage: Wir bräuchten ein Fotoalbum der Familie. Wissen Sie, wo Sie eines finden können?«
Die Frau nickte, blieb aber stehen.
»Könnten Sie es holen? Dann muss ich nicht noch einmal herkommen.«
Energisch schüttelte sie den Kopf.
»Wir arbeiten intensiv an der Aufklärung des Mords an Signor Speggiorin. Wir können keine Zeit verlieren, indem wir ständig hin und her fahren …«
»Fragen Signora!«
»Aber wo ist die Kosmetikerin? Hier im Dorf?«
»Nein, Treviso.«
»Sehen Sie? Das bedeutet schon wieder einen Zeitverlust. Es gibt keine Probleme mit der Signora, es wird ihr nichts passieren.«
Sie musterten sich.
Schließlich kam die Frau mit einem dicken Album mit Goldrand zurück. Sie überreichte es ihm mit leichtem Zögern. Landrulli griff beherzt, aber sorgsam nach ihm.
Er bedeutete ihr, Ruhe zu bewahren.
Als er wegfuhr, war er so schweißgebadet wie ein Ameisenbär. Stucky zu spielen war ihm verdammt schwergefallen.

Secondos Osteria würde in Kürze schließen. Der Inspektor setzte sich an die Theke. Der Wirt musste im Lagerraum sein. Von dort kamen Geräusche, die klangen, als würden Gegenstände über den Fußboden gezogen. Vielleicht räumte er große Korbflaschen oder ganze Weinkisten um.

Als Secondo auftauchte, bestellte Stucky einen Prosecco. »Aber keinen aus einer bereits geöffneten Flasche! Ich habe den ganzen Tag in die Pedale getreten, und meine Muskeln brauchen kleine und etwas langlebigere Gasbläschen.«

Secondo war sprachlos. Er nahm einen Lappen und tat, als würde er die bereits klinisch reine Theke weiter säubern.

»Ich stelle mir einen in der Flasche gegorenen Prosecco vor, den mit dem Bodensatz.«

»O Mann, fangen Sie jetzt etwa an, Vorlieben zu entwickeln, nur weil wir so oft vom Wein reden?«

»Secondo, seien Sie froh, dass ich immerhin etwas kapiert habe«, sagte Stucky, während der Wirt zum Kühlschrank ging und eine Flasche suchte. Er wartete den leisen Knall ab, nahm zwei Gläser und schenkte den Prosecco ein.

»Dem Graf ging es alles andere als gut, ja er war im Grunde nur einen Schritt von der Endstation entfernt, und ihm schwirrten allerhand Gedanken im Kopf herum. Kurzum, er wusste, dass er abtreten musste. Die Mitteilung, dass er für immer von Bord gehen müsse, erreichte ihn vor ungefähr elf Monaten. Irgendwie fand er sich damit ab, wollte aber nicht, dass bestimmte Dinge so blieben, wie sie waren. Die Vorstellung, dass sein größter Dorn im Auge ewig weiterbestehen würde, ertrug er nicht.«

»Hör mir mal gut zu, Secondo«, sagte Stucky. »Ancillotto entwickelt also einen Plan: Er wendet sich an seine einzige Nichte und schließt einen Pakt mit ihr, seinen Besitz gegen …«

»Gegen was? Um Himmels willen, gegen was denn?«

»Das weiß ich noch nicht, Secondo, aber diese Irre, die seine Nichte ist, könnte alles Mögliche anstellen. Dann konzentriert er sich auf den verhassten Direktor des Zementwerks, der die Prosecco-Hügel verseucht. Vielleicht wollte er ihn lieber tot als lebendig sehen. Wer weiß, vielleicht hätte er ihn gern selbst ins Jenseits befördern wollen.«

»Und warum hat er es dann nicht getan, hm? Nicht dass es ihm an Mumm gefehlt hätte, dem Grafen. Ganz im Gegenteil! Warum hat er ihn nicht selbst erschossen? Er war ein Cowboy-Typ! Jemand, der, wenn ihm der Sinn danach steht, einen anderen abpasst und umlegt!«

Stucky dachte nach.

»Er hatte die Pistole nicht mehr«, sagte er im Flüsterton. »Als er beschlossen hatte, das zu tun, was er tun musste, hatte er die Pistole schon dem Pfarrer übergeben, und wusste nicht, wo sie gelandet war.«

»Dann kauft der sich eben eine ganze Waffenkammer zusammen! Der Graf hätte sich das leisten können!«

Erstklassiger Einwand, Secondo, dachte Stucky, nahm einen letzten Schluck und drückte ihn gegen den Gaumen.

»Jedenfalls bin ich hierhergekommen, weil ich die Prosecco-Bruderschaft kennenlernen möchte.«

»Sie möchten die Leute von der Bruderschaft treffen und mit denen über den Grafen reden? Warum?«

»Wenn man selbst Prosecco produziert und vor dem großen Sprung dann Champagner trinkt, bedeutet das, dass man jemandem eins auswischen will.«

Secondo starrte Stucky so an, dass ihm die Augen fast aus den Höhlen sprangen.

»Sie haben doch keine Ahnung von Weinen und Schaumweinen! Sie könnten die Gründe für Streitigkeiten, die agronomischen Spitzfindigkeiten, die Tücken des

Weinerzeugungsverfahrens, die Alchemien eines erfahrenen Önologen gar nicht verstehen …«

»Einen Schimmer habe ich aber doch«, verteidigte sich der Inspektor.

»Und wovon, wenn ich fragen darf? Wissen Sie vielleicht etwas über die Herkunft des Prosecco? Dann gehören Sie wohl zu jenen, die etwas über die julischen Ursprünge des *prosek* daherfaseln oder sich auf die DNA-Analyse berufen, um zu beweisen, dass der Prosecco mit dem kroatischen *Teran Bijeli* identisch ist. Sie sind wohl einer dieser anmaßenden Schnösel. Um Prosecco herzustellen, muss man nämlich ein bisschen fies sein und ihm in warmen Jahrgängen Spuren von Chardonnay und Verdiso und in kühleren Jahren etwas Bianchetta Trevigiana beimischen.«

Secondo gönnte Stucky keine Verschnaufpause. Die Stirnadern des Wirts waren jetzt prall wie Luftschläuche.

»Ich bin jemand, dem die Herkunft aus den Hügeln und der autochthone Ursprung des Prosecco am Herzen liegen! Denn worauf es wirklich ankommt, das ist die Kompetenz der Winzer, die Bodenbeschaffenheit, das Licht, der Neigungswinkel der untergehenden Sonne, die Dichte der Regentropfen, die in dieser Gegend einzigartig sind.«

»Secondo, dann klären Sie mich bitte auf. Aber kurz und bündig.«

Mit betrübter Miene breitete der Wirt die Arme aus, ging in den Nebenraum und kehrte mit einigen zerlesenen Büchern zurück.

»Lesen Sie die ganze Nacht, und morgen früh unterhalten wir uns darüber.«

Ich kratze ganz leise am Grab von Bepi Mionetto herum, weil die Gefahr besteht, dass er, wenn er mich hört, die Doppelflinte zückt.

Weil du, Bepi, der hartgesottenste Jäger des Dorfes warst, einer, der vor Hunden Ansprachen hielt wie ein Volkstribun, der bis Mitternacht in den Hundehütten die Lichter brennen ließ, und dann vor dem Morgengrauen aufgestanden ist. Du hast gelogen und behauptet, du hättest die Hunde nicht unter Druck gesetzt; du hättest nur die Karte des Gebiets hergezeigt, und zusammen hättet ihr die Jagdstrategie ausgearbeitet, weil ihr ein Team wart.

Wie auch immer: Wenn du sie von der Leine gelassen hast, durchstreiften sie in einer Viertelstunde das ganze Veneto, so gut hattest du sie abgerichtet. Wer bekommt den Hasen? Wir! Wer den Fasan? Wir!

Du warst immer ein Einzelgänger, als Mensch wie als Jäger, ein Bruder der Hunde, wenn man das so sagen darf, oder ein Hundesohn, wie man dich im Dorf genannt hat, vor allem weil einige vom Schrot getroffene Fasane Perlhühner waren und die Enten, die du in der Osteria herumgezeigt hast, denen der Familie Bizzaro verdächtig ähnlich waren.

Du hattest die Manie zu zwinkern und die Welt aufs Korn zu nehmen, eine Leidenschaft, die mit den Jahren immer schlimmer wurde, und man konnte nicht in die Osteria gehen und sagen, dass die Zeit davonfliegt, ohne dass du in die Luft geschossen hast, und man konnte nicht einmal sagen: Hier fliegen die Fetzen!, weil die Antwort wieder gelautet hätte: Pim! Pum! Tapum! mit dem Repetiergewehr. Denn in deine Doppelflinte warst du verliebt. Aufrichtig geliebt, poliert und verehrt, hing sie an der Wand deines Schlafzimmers, besser behütet als ein heiliger Antonius und immer bereit zum Einsatz gegen Teufel, Diebe und Steuerbeamte, die für dich, wer weiß warum, allesamt unter einer Decke steckten.

Das Alter hat dir ziemlich übel mitgespielt, denn eines Morgens im Herbst hast du mit der Doppelflinte auf den Pelz der Frau des Bürgermeisters gezielt und gesagt, dass endlich der Bär in unsere Berge zurückgekehrt sei, und dann hast du eine Salve auf die Dogge des Bankdirektors abgefeuert, weil du davon überzeugt warst, dass die Umweltschützer die Wildschweine im Dorf losgelassen hätten.

Deine Sehkraft ließ dich, wie jeden Greis, im Stich, leider fehlte es dir aber nicht an Patronen, und bei deiner letzten großen Jagd hast du dich auf die Lauer gelegt, um auf die Rosskastanienblätter zu schießen, die der Wind auf den Boden geweht hatte, weil der Sommer zu Ende war, und du hast starrsinnig behauptet, dass man in der Gegend noch nie so viele Drosseln gesehen habe und dass es noch nie so leicht gewesen sei, sie abzuknallen. Eine Ladung Schrot war sogar im Pfarrhaus gelandet, so dass der Pfarrer zu dir nach Hause kam, um dir die Letzte Ölung zu spenden und zugleich deine Waffe zu beschlagnahmen.

Ich hätte Lust, jedem Grab einen Streich rechts und einen Streich links zu verpassen, um die Hasen, die Fasanen und die Rebhühner aufzuscheuchen, die jeder mit sich ins Jenseits nimmt, und ich bin sicher, dass von deinen Grab endlose Gewehrsalven aufsteigen würden. Aber du würdest niemanden erschrecken, Bepi Mionetto.

Lautlose Schüsse.

Und ich kratze …

29. August, Samstag

Kommissar Leonardi hatte, während er gemütlich in der Badewanne saß und nachdachte, einen privaten Anruf von Signora Speggiorin erhalten. Sie lud ihn herzlich ein, sie wegen einer äußerst dringenden und diskret zu behandelnden Angelegenheit aufzusuchen. Mehr wollte die Frau nicht sagen, und Leonardi merkte schon, wie sich in seinem Kopf ein Donnerwetter zusammenbraute.

Nachdem er in der Villa Speggiorin auf dem Sofa – mit kostbarstem Lederbezug – Platz und die ihm angebotene Tasse Tee mit Milch in Empfang genommen hatte, kreuzte sein Blick den der Witwe, und er spürte, dass die Sache ihm den Schlaf rauben würde.

»Der Polizist, den Sie gestern hergeschickt haben …«

Teilnahmslos und wie in Trance nickte Leonardi.

»… wegen des Damenschirms, der neben dem Leichnam meines Mannes gefunden wurde …«

Sie scheint sich über mich lustig zu machen, ganz bestimmt, dachte der Kommissar, also musste es sich um ein brennendes Problemchen handeln, und die brennenden Problemchen ertrug er nicht, vor allem, wenn sie ein Donnerwetter nach sich zogen.

»Tatsächlich gehört dieser Schirm … er gehört nicht mir. Nicht dass ich wüsste, wer die Besitzerin ist«, fügte die Dame sofort hinzu, »aber ich ahne es, auch im Lichte einiger Fakten, über die ich vor Kurzem unterrichtet wurde.«

Leonardi schluckte.

»Wann war das?«

»Vor drei Tagen.«

»Aber wir haben uns in diesen Tagen oft gesehen und gesprochen.«

»Ich weiß.«

»Das wissen Sie?«
»Mein Fehler.«
»Berichten Sie mir etwas über die Fakten, über die Sie unterrichtet wurden.«
Wäre er ein einfacher Polizist oder wäre der Ruhestand absehbar, würde er jetzt losheulen.
Die Frau musterte ihn peinlich genau; jedes Detail seines Gesichts nahm sie ins Visier, die Runzeln seiner Lippen, den Abstand zwischen den Augen, die Ränder der unteren Zähne, so weit sie zu sehen waren. Dann zog sie aus einer Schublade eine kleine blaue Mappe heraus und überreichte sie ihm kommentarlos.
Ihr zerknirschtes Gebaren machte Leonardi noch mehr Angst.
Dann las er.
Es handelte sich um den Bericht eines Privatdetektivs namens Paolo Cornice, einer dem Polizeipräsidium wohlbekannten Persönlichkeit, der ein Techtelmechtel zwischen Ingenieur Speggiorin und einer gewissen Carla Martelli aufgedeckt hatte.
Kommissar Leonardi fiel der Unterkiefer herunter.
»Das ist die Frau meines Bruders«, sagte die Dame und entzog ihm damit die Krücke, mit deren Hilfe er sich allzu gern aus der Bredouille gezogen hätte.
Die Gemahlin des Politikers, die Gattin des Hauptanteileigners des Zementwerks. Speggiorin, du Dummkopf!, du hast es mit deiner Schwägerin getrieben, mit der Frau des Mannes, dessen Hand dich gefüttert hat. Innerlich fluchte Leonardi.
Lauter Schwachköpfe, samt der Frau, die er vor sich hatte und die mit einer solchen Nachricht erst herausrückte, nachdem einer aus seiner Mannschaft schon hier gewesen war ... Aber wer war es eigentlich gewesen? Er stutzte.

»Der Polizist, der zu Ihnen gekommen ist, war das Inspektor Stucky?«

»Nein, der andere, der Neapolitaner.«

Landrulli! Der Judas, der nur für diesen Trottel arbeitete! Leonardi wurde wütend.

»Wer hat diesen Blödsinn in Auftrag gegeben, den ich gerade gelesen habe?«

»Ich weiß es nicht! Davon steht nichts da!«

»Und haben Sie diesen Schmarotzer von Cornice nicht danach gefragt?«

Die Frau schwieg.

»Warum hat er Ihnen dieses Zeug geschickt?«

»Damit ich es der Polizei zeige ..., um Licht in die Mordsache zu bringen ...«

»Ein schönes Licht haben Sie da eingeschaltet, Signora! Ein trübes Funzelchen!«

»Sie wissen genau, wie heikel die Angelegenheit ist. Ich konnte mich nicht leichten Herzens entscheiden. Ich brauchte ein paar Tage zum Nachdenken.«

Allmählich bekam die Frau die Lage wieder in den Griff.

»Unsere Familien müssen aus dieser Geschichte herausgehalten werden. Ich habe noch nicht mit meinem Bruder gesprochen und weiß nicht, ob ich es überhaupt tun werde. Die Ermordung meines Mannes hat nichts mit dieser Schweinerei zu tun ...«

»Schweinerei ...«

»Ja, Schweinerei.«

»Sie wussten schon seit Längerem davon?«

Die Frau warf ihm einen herausfordernden Blick zu.

»Es handelte sich nur um eine saisonbedingte Krankheit. Das sind Dinge, die von selbst wieder vergehen.«

»Damit wollen Sie mir also sagen, dass Sie es nicht gewesen sein können?«

»Das ist doch klar! Wie kommen Sie bloß auf so dumme Ideen?«

»Dann also Signora Martelli?«

Olga Speggiorin rieb sich einen imaginären Fremdkörper aus dem linken Auge.

»Die ist nichts wert. Eine so komplizierte Sache hätte die niemals aushecken können.«

»Kompliziert?«

»Ja, kompliziert. Sonst hätten Sie sie doch schon lösen können – oder, Signor Kommissar?«

Secondo hatte seine Osteria schon sehr früh geöffnet, zwei Stühle einander gegenüber gestellt und ordentlich zurechtgerückt. Sein Schüler Stucky hatte ihn um Instruktionen gebeten, bevor er der Bruderschaft entgegentreten würde. Um festzustellen, ob Signor Ancillotto wirklich dieses glückliche Fabelwesen war, wie behauptet wurde. Vor allem in Sachen Weinberge und Weine.

Mit fiebrigem Blick setzte sich Secondo dem Inspektor gegenüber.

Der Graf erntete seine Reben niemals völlig ab, im Juli entfernte er die unbrauchbaren Trauben: Besser weniger, aber besser, lautete sein Motto. Er produzierte nicht mehr als achtzig Zentner Trauben pro Hektar. Die Weinlese musste einer Gruppe Seidenbüglerinnen anvertraut werden, deren Hände zart waren wie Schmetterlinge. Jede einzelne Traube musste in die Kisten gelegt werden wie ein Muranoglas, so vorsichtig, damit die Weinbeeren nicht beschädigt wurden. Der Graf trat während der Weinlese auf wie ein Orchesterdirigent, und wenn die Kisten auf die Wagen geladen wurden, damit sie in seine Stammkellerei gebracht werden konnten, hatte er den Blick eines besitzerstolzen Kaufmanns, der seine von Banditen seines Vertrauens eskortierte Gewürz-Karawane beobachtet.

Doch der Graf ließ seine Trauben nie allein. Er überwachte das Pressen der Weintrauben und wiederholte dabei mit lauter Stimme alle Vorgaben wie eine Litanei: Temperaturen und Gärungszeiten, die Namen der verwendeten Gärmittel, die ausschließlich aus dem Anbaugebiet stammen durften. In den Kellereien ging niemand nachlässig mit den Trauben des Grafen um. Ancillotto war wie ein Grenzstein, der Wächter der Zehn Gebote des Alkohols.

»Warum hat er nicht, wie viele Winzer, seinen Wein selbst hergestellt?«

»Weil er ein Tyrann war und in der Welt des Weines auch als solcher Einfluss haben wollte. Er wollte die Nase in diese Welt hineinstecken: Er wollte sich einmischen, kontrollieren, Druck ausüben.«

»Gab es Spannungen mit der Bruderschaft?«

Secondo wog seine Worte sehr sorgfältig ab.

»Sie haben ihn nicht immer verstanden. Der Graf war ein Purist.«

Als Secondo die Verblüffung des Inspektors bemerkte, fühlte er sich verpflichtet, ihn einer Prüfung zu unterziehen für den Fall, dass er bei der Bruderschaft über Wein reden müsse.

»Ich gehe davon aus, dass Sie alles über *Assemblage* und Verfeinerung wissen.«

Stucky nickte.

»Gut. Was erzählen Sie mir also zum Thema *Bouquet?*«

»Es gibt ein Primär-, ein Sekundär- und ein Tertiär-Bouquet.«

»Ausgezeichnet! Und was ist die *Cuvée?*«

»Ist das Ergebnis der Assemblage stiller Weine, die von verschiedenen Rebsorten stammen.«

»Das kann man so durchgehen lassen. Wie steht es mit *Cru* und *Terroir?*«

»Antimama! Dieser ganze französische Kram!«

»Ach Quatsch! Für meine Wenigkeit ist die Tankgärungsmethode Martinotti die beste Methode, und Martinotti, ein Önologe der Spitzenklasse, war doch Piemontese! Eugène Charmat hat ja nur Druckkessel gebaut!«

»*Cru* und *Terroir,* diese Begriffe sind mir leider gerade entfallen ...«

»Das habe ich mir schon gedacht. *Cru* steht für eine besondere Produktion von hervorragender Qualität, den besten Wein, den man im jeweiligen Gebiet herstellen kann; *Terroir* entspricht dem *Genius loci*: Es schließt alles ein, was einen Weinberg im physischen und magischen Sinne einzigartig macht. Einschließlich des Winzers.«

»Verstanden und abgespeichert.«

»*Brut?*«

»Ein Wein, der keinen Schönheitswettbewerb gewonnen hat.«

»Was behaupten Sie da? Und was ist dann bitte schön der *brut nature?*«

»Eine biologische oder biodynamische Küchenschabe.«

»Sie sind ja vollkommen verrückt! *Extra dry?*«

»Ein Wein, der in den Oasen produziert wird, um die Tuareg zu erquicken.«

»*Demi sec?*«

»Ein Wein gegen miese Laune.«

»Sie wissen ja überhaupt nichts über Weine! Was bedeutet *millesimato?*«

Inspektor Stuckys Kehle war schon ganz ausgetrocknet.

»Ein Weinberg mit vielen Eigentümern, von denen jeder die Steuern auf der Grundlage der Tausendstel Anteile zahlt ...«

»Ist Ihnen klar, dass Sie absolut keinen Schimmer haben? Der *Millesimato* ist ein Prosecco von hoher Qualität dank hervorragender Bedingungen. Der jeweilige Jahrgang steht auf der Flasche! Und lassen Sie sich nicht von Ausdrücken einlullen wie: ›exotische Fruchtnote‹, ›duftet nach Feldblumen, wie Glyzinie und Akazie‹.«

»Das sind doch alles Lügenmärchen, oder?«

»Aber nein!« Der Wirt war nun endgültig überzeugt, dass der Inspektor überhaupt nichts vom Wein verstand.

»Secondo, ich gestehe es Ihnen: Ich bin immer davon ausgegangen, dass es sich bei bestimmten Wein-Aromen, wie dem Geschmack nach weißer Schokolade und Vanille, um rein erfundene oder synthetische Aromen handelt, die bei der Abfüllung zugesetzt werden. Vor allem großartige Wortschöpfungen, wie sie in Fernsehprogrammen vorkommen und den gerade angesagten Sommeliers in den Mund gelegt werden. Ehrlich gesagt, ich rieche sie nicht. Vielleicht habe ich dafür nicht die richtige Nase.«

»Das würde ich nicht ausschließen! Dennoch, das menschliche Gehirn ist labil, Qualitätsweine wecken Eindrücke, die sich im Gedächtnis verlieren. Was wir wahrnehmen, wird aus tiefer liegenden Erinnerungen geschöpft. So, als wäre die Welt noch voller bestäubender Elfen, die die wunderbaren Aromen der Natur unter den Reben verteilen. Als wäre der Wein, und nur der Wein, eine gewaltige Bibliothek von lauter Geruchseindrücken. In diesem Sinne sind gute Weine Kultur: Wie gute Bücher regen sie unsere Fantasie an.«

Stucky verweilte noch etwas bei den Aromen von Vanille und Waldfrüchten, die durch seine Gedanken waberten.

»Ins Polizeipräsidium!«, rüttelte ihn Landrulli am Telefon auf. Er klang ein bisschen erschrocken, weil Kommissar Leonardi sich nicht wohlfühlte und alle an seinem Krankenlager haben wollte, das heißt vor seinem Schreibtisch, und zwar dalli.

Der bejahrte Kommissar trug alle Anzeichen eines Notfalls zur Schau: Er hatte die Stühle für seine Untergebenen vor dem Schreibtisch vorbereitet, akkurat aufgereiht, auf dem Schreibtisch selbst eine Flasche Wasser und, unübersehbar, ein Exemplar jener elektronischen Teufelswerkzeuge, mit denen man den Blutdruck misst.

Es gehe ihm nicht gut, er habe Schwindelgefühle. Die Schwindel des Kommissars waren berüchtigt. Er sagte, er sehe Al Capone, seinen ersten und letzten Sprung ins Leere als Fallschirmspringer, als er versucht hatte, stark mit den Armen zu rudern, um sich vom Boden zu entfernen, der ihm entgegenkam, und zwischen den Schwindelattacken gelang es ihm nicht, sich zu konzentrieren, die Kriminellen paradierten einfach an ihm vorbei, ohne dass er sie wiedererkannte. Normalerweise nahm er sie wahr, er war ja wachsam, aber wenn er unter Schwindel litt, dann war er wie benebelt.

»Benebelt?«

»Genau, Stucky. Versuchen Sie einmal, als unteren Wert hundertzwanzig zu haben, dann sehen Sie, ob Sie benebelt sind oder nicht. Wenn Sie nicht gar Ihre geliebten Pandas Polo spielen sehen!«

»Setzen Sie sich, bitte!« Darauf hatten sich alle verdattert angeschaut. Leonardi bricht gleich vor Erschöpfung zusammen, dachten sie.

Stattdessen erzählte er haarklein, was ihm Olga Speggiorin ausgeplaudert hatte: über die Martelli, den Seitensprung ihres Mannes, den Detektiv Paolo Cornice und die Tatsache, dass er, der Kommissar, sich bei der Sache nicht ganz wohlfühlte. Mit einem Mut und einer Ehrlichkeit, die man ihm nicht zugetraut hätte, gab er zu, dass er keine Mühe gescheut hatte, um einem Politiker, einem tüchtigen Menschen, einem geachteten Mann, Unannehmlichkeiten zu ersparen. Jetzt riskierte die ganze Familie im Morast zu versinken, und er, Leonardi, habe keine Lust, in diesem Dreck herumzurühren.

»Ich gebe die Sache weiter.«

»An wen?«

»An Inspektor Stucky. Ich bleibe hier im Polizeipräsidium und messe meinen Blutdruck.«

Alle wandten sich dem Inspektor zu. Der verzog das Gesicht. Die Worte des Kommissars schienen seine anfänglichen Vermutungen in Bezug auf den Damenschirm sowie die erogene Ausstrahlung und den Ehebruch begünstigenden Einsatz des Umberto-Dei-Rads zu bestätigen. Aber statt sich erleichtert zu fühlen, empfand Stucky einen Verdruss, ein leises Kribbeln am Kehlkopfdeckel, das drohte, sich gleich ziemlich weit nach unten auszubreiten. Denn wie immer wehrte er sich hartnäckig gegen den Trugschluss, dass man sich wegen eines einfachen Treuebruchs, wegen ein paar Sprüngen zwischen den Matratzen, den Tod einhandeln kann und dass das ganze Gerede über die menschliche Evolution durch einen so seichten Blödsinn konterkariert wird.

»Und jetzt, Stucky?«

»Antimama! Jetzt, jetzt ...«

»Ich bleibe im Polizeipräsidium«, wiederholte Leonardi.

»Nein, Sie geben jetzt nicht einfach auf! Zum Teufel mit Ihrem Blutdruck! Aber bitte sorgen Sie dafür, dass wir mehr Handlungsfreiheit bekommen.«

»Einverstanden.«

»Ach, noch was, Herr Kommissar. Wie ist das jetzt mit den Anarchisten von Follina? Müssen wir uns die trotzdem noch vorknöpfen?«

»Lassen Sie es gut sein, Stucky. Ist schon in Ordnung.« Und er überreichte ihm die Berichte des Detektivs, die ihm Signora Speggiorin ausgehändigt hatte. Der Inspektor klemmte sie sich unter den Arm, zusammen mit dem Fotoalbum, das Landrulli dem Dienstmädchen abgeschwatzt hatte.

Auf der Straße konnte er nicht mehr widerstehen und fing an, darin herumzublättern. Er war baff. Eine wahre Großtat, die Landrulli da vollbracht hatte. Und in diesem Moment war eine Großtat wirklich vonnöten.

Floriano Marangon, Roberto Botter, Enrico Vigner und Mario Rame hatten wie ein Trupp Tempelritter vor dem Domizil der Prosecco-Bruderschaft Aufstellung genommen. Sie waren die höchsten Repräsentanten der Bruderschaft und der lebende Beweis dafür, dass es in ihrem eigenen Interesse lag, über Ancillotto zu diskutieren. Um jede üble Nachrede und jeden Zweifel zu zerstreuen – das hatte Signor Marangon, der Großmeister der Bruderschaft, sofort klargestellt.

Sie hatten den Polizisten in jenem Weinkeller der besonderen Art Platz nehmen lassen, der zugleich ihr Sitz war, verziert mit ganzen Regalen voller Proseccoflaschen.

Es war, als würde man in die meteorologische Vergangenheit des Terroirs eintauchen und sämtliche Fässer und Bottiche des letzten halben Jahrhunderts auf einmal sehen.

Stucky hörte sich die Aufgabenstellung der Bruderschaft aufmerksam an, die Aufzählung der Kellereien, denen sie gestattete, Flaschen des Prosecco Conegliano-Valdobbiadene auf den Markt zu bringen. Sie sprachen von den Prosecco-Rittern, von den Versen des Dichters Onorio Clemenziano Venanzio Fortunato, über Poitiers, über Frankreich, über die Vorhersagen für die nächste Weinlese und über die Preise des Jahrgangs.

»Ja, aber ... Signor Ancillotto, was für eine Rolle hat er in der Bruderschaft gespielt?«

Schweigen im Walde. Der Großmeister, ein Mann mit weißen, buschigen Augenbrauen, seufzte.

»Er war der Schatzmeister«, sagte er.

»Aha! Die Kasse.«

»Alle Aktivitäten in den Bereichen Forschung, Entwicklung und Werbung des Prosecco-Terroirs«, beeilte sich Signor Rame, der gegenwärtige Schatzmeister, zu präzisieren.

»Keine faulen Kompromisse mit den Betrieben, keine Begünstigungen, keine Schläge unter die Gürtellinie, kein unlauterer Wettbewerb ...«

Alle erhoben sich, wie Garibaldiner.

»Qualität und Professionalität!«, riefen sie.

»Hören Sie«, sagte Stucky, »bei einem intelligenten Mann, einem, der ein umsichtiger Schatzmeister war, wie es Signor Ancillotto meiner Einschätzung nach war – wie konnte ein solcher Mann nicht verhindern, dass seine Landgüter, die für die Prosecco-Produktion wie für die Prosecco-Bruderschaft von großer Bedeutung sind, am Ende eine Dame erbte, die beabsichtigt, auf Ihren Hügeln hier Bananen anzubauen?«

Irritiert brummelten sie vor sich hin.

»Ausgerechnet Bananen!«, wiederholte Stucky, obwohl er selbst genau wusste, dass in diesen Breiten niemals auch nur ein einziger Bananensamen aufkeimen würde.

Signor Botter, der Erste Meister, ließ sich zu der Bemerkung hinreißen, dass das mit den Bananen nicht funktionieren würde. Man könne sich die Hügel unmöglich mit den langen, zausigen Blättern von Bananenstauden bedeckt vorstellen; diese Büschel, diese kurzen Stämme würden das ganze Erscheinungsbild der Landschaft tiefgreifend verändern, ihr ein ziemlich afrikanisches Gepräge geben. Zugegeben, auch Bananen reifen in Büscheln, aber man kann die Früchte nicht auspressen. Zudem bestehe das Risiko, dass die Pflücker, wenn sie große Mengen davon aßen, die Schalen unachtsam wegwürfen und so die sanften Abhänge rutschig machten und Arbeitsunfälle aller Art mit schwerwiegenden ökonomischen Konsequenzen verursachten. Die Bananen würden ferner den Boden mit geheimnisvollen Pilzen und Viren verseuchen, und, was noch schlimmer wäre, die Jugend würde anfangen, sich die Schalen unter die Nägel zu reißen, um sie heimlich zu trocknen und zu rauchen, denn bekanntlich besitzen Bananenschalen halluzinogene Eigenschaften. Zwischen den Reihen dieser verflixten Bananen würden dann unzählige verkommene Gestalten umherstreifen, und die Prosecco-Hügel würden sich in Schauplätze nicht akzeptabler dionysischer Rituale verwandeln. »Man muss unsere Jugend schützen!«, riefen sie im Chor.

»Das mit den halluzinogenen Eigenschaften der Bananenschale ist natürlich dummes Zeug«, sagte Stucky.

»Das werden unsere Leute nicht akzeptieren«, antwortete der Erste Meister pikiert.

»Die Jungs machen Krawall«, sagte Vigner.

»Wer macht Krawall?«, fragte Stucky.

»Einige Jungs. Es gibt Heißsporne, auch hier bei uns. Wenn diese Frau die Absicht hat, unsere Gegend zu verschandeln, wird sie bald schön in der Tinte sitzen.«

»Prosecco«, entgegnete Stucky.

»Wie bitte?«, fragte der Großmeister.

»Ich sagte, dass sie dann im Prosecco sitzen wird.«

Die vier brachen in Gelächter aus.

»Haben Sie denn nichts über Ancillottos Absichten gewusst?«

»Nichts.«

»Gab es nicht einmal eine Andeutung, etwa beim Anstoßen …?«

»Nein.«

»Über seinen Gesundheitszustand wussten Sie Bescheid?«

»Im letzten Jahr hat er selten an den Versammlungen der Bruderschaft teilgenommen.«

»Stand er nicht mit jemandem auf vertrautem Fuß? Auch nicht mit Ihnen, Signor Rame, der Sie doch der Schatzmeister sind?«

Rame war ein gut aussehender Mann mit klugem Blick und schalkhaftem Lächeln. Er besaß ein Reisebüro, das sich auf Pauschalangebote für Genießerreisen in dem Dreieck Veneto, Friaul und Slowenien spezialisiert hatte.

»In letzter Zeit war er ein bisschen sauer auf die Bruderschaft. Er hat polemisiert, auch ab und zu etwas auf einer gewissen Webseite, dem ›Zirkel der weisen Trinker‹, geschrieben. Wenn etwas unter dem Nutzernamen ›proseccoblues‹ erschien, dann stammte das vom Grafen. Hauptsächlich Klagen. Kleine Spitzen, aber auch richtige Hammerschläge. Der Graf wollte mehr Qualität und weniger Quantität. Da geht es um komplizierte Sachen. Die Vorwürfe gingen dahin, dass das Terroir nicht so geschützt werde, wie es sollte …«

Er beendete den Satz nicht, sondern fixierte demonstrativ den Großmeister.

»Wir kümmern uns um den Wein!«, sagte der Großmeister.

»Aber den Prosecco produziert man ab unserer Gemarkung!«

»Ausgerechnet du musst groß reden, Rame! Du, der du im Stadtrat sitzt und für die Ansiedlung eines neuen Gewerbegebiets gestimmt hast!«

Rame lief rot an.

Ihr habt ihn also auf die Palme getrieben, flüsterte Stucky vor sich hin, während er auf eine Flasche aus dem Jahr 1961 schielte. Ihr habt ihn enttäuscht, ihr, seine Kampfgenossen, mit denen er sein Credo und seine Ideale geteilt hatte. Er hat euch nicht mehr mit der Vision in Einklang gebracht, die euch aus der Eintönigkeit der Supermarktregale hätte herausheben sollen. Er hat sich euch als Verkäufer von Plastikkorken, Gläser-Sets und Dekantierer und als Händler vorgestellt, aber nicht mehr als Poeten des Bodens, der Schätze, der Trauben.

Er hat sich allein gefühlt, alleingelassen mit seinen einhundertfünfzigtausend kleinen eingewurzelten und in Reihen aufgestellten Fußsoldaten.

»Denn er hatte nicht mehr als dreitausend Rebstöcke pro Hektar. Oder irre ich mich?«, fragte Stucky, der blitzschnell im Kopf nachgerechnet hatte.

Sie nickten, schweigend.

Als Stucky den Sitz der Bruderschaft verließ, wurde ihm bewusst, dass er die Herren ein wenig gefoltert hatte. Überflüssigerweise. Traf sie irgendeine Schuld? Für die Liebhaber weißer Weine leisteten sie hervorragende Arbeit. Einige Weinexperten, die viel mehr Erfahrung hatten als Stucky, behaupteten, dass der Prosecco positive Seiten habe: einen unbestimmbaren Geschmack und jenes Gefühl prickelnder Frische, das zur unverbindlichen Geselligkeit passt, wenn man an der Theke steht oder auf eine Trauung oder einen Geschäftsabschluss wartet. Andere widersprachen dem und meinten, er sei ein Wein für gesellschaftliche Anlässe, für einen oberflächlichen Lebensstil, für Leute, die sich aufspielen, die modisch sind, ihren Spaß haben, klatschen und tratschen, ein Wein für Narzissten.

Doch all das konnte man nicht dem Wein anlasten, sondern den Menschen und diesem Bedürfnis, Gasbläschen am Gaumen zu spüren, die so prickelnd, flüchtig und vergänglich waren.

Stucky fand den Prosecco einen sympathischen Wein, sympathischer als Malzbier. Natürlich, Wein flößte ihm mehr Respekt ein als Bier, das musste er zugeben. Die Natur brauchte keine Feuerwerke, um aus einem Getreidefeld eine Maß Bier entstehen zu lassen. Die einjährigen Pflanzen, wie Gerste oder Weizen, sprechen die schnelle Sprache der Gegenwart. Der Weinstock dagegen wirft seinen Schatten immer schon auf die Zukunft.

Stucky musste sich unbedingt die subversiven Elemente der Umwelt-Initiative anhören, die gegen das Zementwerk opponierten. Leonardis und Spreaficos Erkundungen hatten nichts ergeben: ein paar Rentner, ein paar Hausfrauen, ein paar chronisch Kranke, allesamt eingefleischte Fortschrittsgegner, wie der Kommissar bemerkt hatte. Spreafico hatte ihm eine Telefonnummer besorgt, und Stucky sagte sich, dass ein Vieraugengespräch mit einem der Verantwortlichen die Situation auf jeden Fall nicht verschlimmern könne.

Er fand sich einem jungen Haus- und Familienarzt gegenüber, einem Basisarzt, wie er genannt wurde, oder einer Mischbatterie, wie sich ihm Dr. Silvestri lachend selbst vorstellte, ein Mann mit der Statur eines Rugbyspielers. Tatsächlich hatte er sich während seines langen Studiums an der Universität Padua im Gedränge dieses Spiels entspannt. Am Samstagvormittag hielt er sich in seiner Praxis auf und versuchte, zwischen Rezepten und Karteien Ordnung zu schaffen. Er drückte dem Inspektor die Hand und schaufelte ihm zwischen der Patientenliege und einem mit Medikamenten beladenen Stuhl ein Plätzchen frei.

»Gerade haben zwei Pharmavertreter vorbeigeschaut«, sagte er, »aber kommen wir gleich zum Punkt, denn die Viren warten nicht, bis wir unsere Artigkeiten ausgetauscht haben.«

»Ich bin hier wegen Signor Speggiorin ...«

»Und angesichts der schlichten Tatsache, dass die Unschuldigen immer die ersten Verdächtigen sind.«

»Stehen Sie an der Spitze der Initiative?«

»Was soll diese Frage? Drücken Sie sich bitte klar aus, Herr Inspektor. Ich halte meine Diagnose ja auch nie vor meinen Patienten geheim.«

»Auch dann nicht, wenn es sich um etwas Gravierendes handelt?«

»Dann verschicke ich einen anonymen Brief. Aber einen sehr präzisen.«

»Machen Sie Witze?«

»Natürlich!«

»Hören Sie, Herr Doktor. Was macht denn diese Initiative so Schönes?«

Der Arzt versuchte, sein zu enges Hemd zurechtzuziehen.

»Wir sind hier in Contea, einem Dorf. Die Bürger sind sehr sensibel, wenn es um den Schutz ihrer Gesundheit geht. Wir haben Geld gesammelt, um eine unabhängige Analyse der Emissionen des Zementwerks durchführen zu lassen, das sich nur zwei Kilometer von hier befindet. Wir wollen verstehen, wie groß das Risiko für die Umwelt tatsächlich ist. Wir haben eine Spezialfirma beauftragt, und die Stichprobenentnahmen sind schon angelaufen ...«

»Aber … Sie … Warum?«

»Weil in bestimmten Ecken dieser Gegend zu viel gestorben wird, und auf zu schlimme Weise gestorben wird. Es kann sein, dass es zufällige Ausreißer, statistische Fluktuationen gibt, aber …«

»Sie selbst glauben nicht daran.«

»Nein. Vielleicht werden wir in zweihundert Jahren den Mut haben, zuzugeben, dass der Krebs eine gesellschaftliche Krankheit und kein individuelles Pech ist. In der Zwischenzeit muss man sich verteidigen und schützen. Ich will genaue Daten haben.«

»Daten wozu? Worüber?«

»Über Schwermetalle, vor allem über Quecksilber. Polyzyklische aromatische Kohlenwasserstoffe. Dioxin. Alles Zusatzbelastungen, die auf die Verbrennungsprozesse während der Zementherstellung zurückzuführen sind.«

»Aber entschuldigen Sie bitte, das Zementwerk ist, wenn ich mich nicht irre, seit fast zwanzig Jahren hier in Betrieb. Früher hat man bestimmte Dinge gar nicht verbrannt.«

»In den letzten Jahren haben sich die Zementwerke in Müllverbrennungsanlagen verwandelt.«

»Und die Daten, die die offiziellen Stellen geliefert haben?«

»Diese Stellen verfügen über Instrumente, die auf Deeskalation geeicht sind.«

»Oder es besteht tatsächlich kein Risiko. Es könnte doch auch sein, dass die Substanzen, die in den letzten Jahren aus den Schornsteinen ausgestoßen wurden, zwar einen Schaden hervorrufen, aber erst in der Zukunft. Es kann sein, dass wir noch keine Auswirkungen zu spüren bekommen haben …«

»Herr Inspektor, Sie sind die reinste Beruhigungspille für mich! Jetzt warten wir mal ab und sehen, wie die Ernte der Dinge ausfällt, die die Umweltverschmutzer ausgesät haben!«

»Vielleicht werden Sie von den Fällen beeinflusst, mit denen Sie es zu tun haben. Und Sie möchten gern ein definitives Heilmittel finden.«

»Schon möglich«, antwortete der Arzt, und seine Miene verfinsterte sich.

»Wer ist denn alles in Ihrer Initiative?«

»Vor allem Leute, die in der Haupteinfallsrichtung der Winde wohnen, die vom Zementwerk herwehen. Nicht zufällig hat sich die Initiative den Namen ›Windschatten‹ gegeben.«

»Noch so ein Witz?«

»Die Winde verbreiten die Stäube in Richtung Peripherie und streichen an den Prosecco-Hügeln entlang. Tatsächlich aber kommen die Mitglieder der Initiative ›Windschatten‹ aus dem gesamten Gebiet, entweder weil sie sensibilisiert sind, oder weil sie große Angst haben.«

»Gibt es unter Ihren Patienten auch einige Familien, die besonders von nicht unbedingt natürlichen Krankheiten betroffen wurden?«

Dr. Silvestri schien sich geradezu aufzublähen.

»Haben Sie bitte Verständnis dafür, dass ich meine Schweigepflicht nicht verletze!«

»Und haben Sie bitte Verständnis dafür, dass ich nicht bloß mit einem Stück Papier zurückkehren will.«

»Ein Stück Papier mehr oder weniger …«

»Wissen Sie etwas über die Aufschrift: ›Staub bist du, und zu Staub wirst du zurückkehren‹?«

»Sollte ich?«

»Das stand auf der Mauer des Zementwerks. Waren das Ihre Leute? Leute von der Initiative?«

»Wir fordern nur Respekt. Wir sind keine Leute, die andere umbringen. Viel eher ist das Gegenteil der Fall.«

Stucky wurde nachdenklich. Er hätte insistieren können. Aber er hatte begriffen und verabschiedete sich von dem Arzt.

Und ich kratze am Grab von Rebele Possamai, das an allen vier Ecken von üblen Flechten überkrustet ist, Flechten, die tückischer pflanzlicher Rost sind, denn von der Pflanzenwelt warst du während der ganzen Zeit deiner Berufstätigkeit abhängig, die mit der fristlosen Kündigung endete, einem Trauma, unter dem die ganze Gemeinde zu leiden hatte, ohne ein Mittel dagegen zu finden.

Rebele, du warst der erste Arbeitslose im Ort, als die kleine Grappa-Destillerie dichtmachte, wo du dein bedächtiges Werk verrichtet hast, am Abend hast du es allen Gästen der Osteria verkündet, und alle haben dich berührt, weil man seit Jahren keinen Arbeitslosen mehr gesehen hatte, du warst eine Rarität, wie ein Hund mit zwei verschiedenfarbigen Augen oder ein Esel mit drei Hoden; sie haben dich berührt, weil das Glück bringt für die Firmung des Sohnes, den Kropf der Großmutter, die Maisernte. Einige Wochen haben dich alle angefasst: Hast du auch Rebele Possamai angefasst, bevor der Lehrer dich in Erdkunde prüft?

Dann hat es mit den Problemen angefangen, weil niemand im Dorf es akzeptieren konnte, dass es einen Arbeitslosen gab, und alle eine Arbeit für dich finden wollten, du warst eine Anomalie, die störte, ein nicht zu verbergender Makel. Man hat dich aufgefordert, Lastwagen zu fahren, aber dir wurde schlecht, wenn es in die Kurven ging, und in den Hügeln gibt es schließlich nichts anderes als Kurven; man hat dich aufgefordert, als Bäcker zu arbeiten, aber du warst allergisch gegen Mehl; man hat dich aufgefordert, als Maurer zu arbeiten, aber du hattest Angst, auf dem Gerüst zu stehen und Wein zu trinken und Steine zu verlegen. Aha, da sieht man's, haben sie im Dorf gesagt: Possamai ziert sich, der möchte lieber im Büro sitzen, und du bist zur

Herausforderung geworden, und so hat dich die Bank gerufen, aber du hast Nein gesagt, hinter einem Schalter zu stehen war unter deiner Würde; dann hat der Direktor geglaubt, dass du auf seinen Posten spekulierst, und gesagt: Signor Possamai, meine Stellung habe ich mir selbst verdient! Dann hat dich die Schule gerufen und dir die Stelle des Hausmeisters angeboten, aber du konntest die Kolleginnen nicht ausstehen, und denen konnte man nicht kündigen, weil sie fest im Staatsdienst verwurzelt waren; dich hat der Pfarrer gerufen, der dich zum Glöckner machen wollte, aber die Morgenmesse war dir zu früh, und der Priester wollte sie nicht auf eine dir genehmere Zeit verschieben. Tja, er war eben kein besonders entgegenkommender Typ. Der Bürgermeister dagegen hat sich entschuldigt, konnte dir aber sein Amt nicht abtreten.

Du hast alle herausgefordert und alle besiegt.

Allerhöchstens, hast du einmal gesagt, könnte ich Bertos Arbeit machen.

Berto?, haben wir alle in der Osteria gerufen. Damit wir alle verdursten, bis du sein Metier richtig erlernt hast? Ich hätte dir gern einen Streich rechts und einen Streich links mit dem Robinienstock verpasst, ja, mir scheint, dass ich ihn dir tatsächlich auch verpasst habe, einmal, als der Bürgersteig tanzte, und damals war es kein Erdbeben gewesen.

Bertos Stelle einnehmen? Nicht einmal mein Vater, der auf dem Griechenlandfeldzug Wein an die Soldaten verkauft hat, hätte sich so viel herausgenommen!

Nein. Hände weg von Berto, lieber Rebele!

Aber die Flechten, die kratze ich dir trotzdem weg …

30. August, Sonntag

Er war nicht aufgewacht, ums Verrecken nicht. Schließlich war es der Weckerklingel zu dumm geworden und sie verstummte, da riss Stucky plötzlich die Augen auf.

Er tastete nach dem Fotoalbum der Familie Speggiorin, das unter dem Bett gelandet war.

Das Ehepaar Speggiorin war sehr ansehnlich. Die Fotos, die vielleicht zehn Jahre alt waren, zeigten zwei lächelnde Vierziger, immer im Einklang mit dem Objektiv. Lächeln, Blicke, Posen. Lächeln, Blicke, Posen: Stucky konzentrierte sich und versetzte sich in jedes Bild hinein.

Auf den Fotos war kein Tier zu sehen. Weder eine Katze noch ein Hamster noch ein Papagei noch ein Hund … Was ist eigentlich aus Ancillottos Hund geworden? Wo war der Labrador? Wo war Libera?

»Möchten Sie mich treffen, um sich mit mir über den Hund des Grafen Ancillotto zu unterhalten?«

»Darüber auch, ja.«

Francesca Del Santo hatte ihm eine Adresse genannt. Herr Inspektor, läuten Sie an der und der Klingel.

Piazza, Arkaden, Säulen, ein schönes majestätisches Tor mit imposanten Klingelschildern aus Messing. Treppen aus hellem Stein, hinauf in den zweiten Stock. Seine Schritte hallten, so still war es hier. Francesca erwartete ihn am Eingang, Schuhe mit hohen Absätzen, runde Knie, schwarzes, eng anliegendes Poloshirt mit feinem Kragen.

Ihr Blick bedurfte keiner Worte. Er besagte: Hier arbeite ich. Ohne Hinterlist.

Sie ließ ihn in der Küche Platz nehmen. Eine elegante Wohnung, mit Leben erfüllt, voller Details, mit Geschmack, diese Wohnung wirkte tatsächlich bewohnt. Sie hatte eine Flasche Schaumwein aus dem Kühlschrank genommen und entkorkt, wie sie es, vermutlich, immer machte. Sie wusste, wo die Gläser waren, das Salzgebäck, die blauen Servietten. Die langen Flûtes wirkten wie zwei durchsichtige Reiher. Der Inspektor fühlte sich unbehaglich. Und dennoch war er sich nicht sicher, wann er derartige Lokalitäten zum ersten Mal betreten hatte, dienstlich und aus sonstigen Anlässen. Kein Vergleich zu den fantastischen Geschichten, die *daij* Cyrus über die Teheraner Luxusbordelle zu erzählen wusste. Dort kam man den Frauen nicht wirklich nahe und hoffte, sie damit auf Distanz zu halten. Wenn sie dann doch Nähe, Kontakt, Intimität forderten, bewiesen sie ohne jeden Zweifel, dass Sex und Fortpflanzung in getrennten Welten existieren konnten, ja, dass Sex und Liebe sogar auf zwei unterschiedlichen Punkten der Galaxie existieren konnten. Und dass man, wenn man alle diese komplizierten menschlichen Sphären geschickt auseinanderhalten wollte, entweder etwas Besonderes oder überhaupt nichts brauchte – entweder Intelligenz in allen Spielarten oder absolute Stumpfheit.

Francesca sah ihn an.

»Mögen Sie Prosecco?«

Stucky wiegte den Kopf hin und her.

Francesca schenkte vorsichtig ein und erhob dann ihr Glas: »Auf das Leben!«

Wie hätte wohl Secondo die Art, wie Francesca trinkt, charakterisiert? Trinkt sie wie ein Storch? Wie ein Phönix?

»Sie wollen also wissen, was aus dem Hund des Grafen geworden ist?«

»Erinnern Sie sich an ihn?«

»Eine Labrador-Hündin, sehr lieb. Ich erinnere mich sehr gut an sie. Aber nein, ich wüsste nicht, wo der Graf sie gelassen hat. Wahrscheinlich in einem Tierheim.«

»Er hätte sie also im Stich gelassen?«

»Ach, verstehe! Sie haben sich gefragt, ob das Tier in guten Händen gelandet ist, und haben an mich gedacht! Sie irren sich.«

»Warum?«

»Ich kann nicht gut mit Tieren umgehen.«

»Das kann ich mir kaum vorstellen.«

»Sagen wir, dass ein Hund mir das Leben kompliziert hätte; er wäre nicht unbedingt ein Geschenk gewesen.«

»Und was hätte Ihnen dann Freude bereitet? Erzählen Sie mir nicht, dass der Graf Ihnen nie Geschenke gemacht hat.«

»Natürlich hat er mir mal etwas geschenkt, vor sechs oder sieben Monaten. Sein *yellow cab*, eine Art New Yorker Taxi, mit dem er mir seine Hochachtung zum Ausdruck bringen wollte. ›Weil du so international bist‹, hat er gesagt, ›du bist in der Welt geboren‹.«

»Ach so! Das also war das gelbe Auto, das ich bei Ancillottos Beerdigung gesehen habe! Dann haben Sie auch daran teilgenommen …?«

»Nur aus der Ferne. Es hätte sich nicht gehört, ausgerechnet bei dieser Gelegenheit unangenehm aufzufallen.«

»Und wo ist das Taxi geblieben?«

»Ich muss aufrichtig sein: Ich habe es verkauft. Es war eine Nummer zu groß für mich. Wirklich zu groß.«

»Sie haben es also versilbert …«

Francesca drückte durch eine Geste ihren Abscheu aus.

»Was ist denn das für ein Stil, Signor Inspektor?«

Sie schüttelte den Kopf und legte die schlanken Finger über den Mund.

»Wie kommen Sie nur auf solche Sachen?«

Funkelnde Augen, bebende Lippen, kaum hörbare Stimme.

Stucky war verwirrt.

»Für den Grafen war ich nur eine Nutte. Vielleicht eine von der etwas besonderen Art. Ich habe genommen, was er mir gegeben hat. Ich habe gegeben, worum er mich gebeten hat. Ohne mich je verpflichtet oder unter Druck gesetzt zu fühlen. Es war ein sehr freies Verhältnis. Er überhäufte mich mit kleinen Aufmerksamkeiten. Wir gingen oft in Shops, in Boutiquen, auch hier in Bassano, in Treviso, in Conegliano und in Padua. Das ist alles. Ich weiß nicht, was dem Grafen durch den Kopf ging. Über einige seiner Ideen redete er nicht mit mir ...«

»Was für Ideen denn?«

Francesca schwieg.

»Ach, übrigens ... Ancillottos wirkliches Problem hatte nichts mit der Erektion zu tun, sondern mit der Zeit, die für ihn ablief.«

Sie sah ihn nicht nur verstört an, sondern er beobachtete, dass sie regelrecht zitterte.

»Erzählen Sie mir bitte nicht, dass Sie das nicht wussten!«, protestierte Stucky. »Diese ganze Magerkeit! Haben Sie das denn nicht bemerkt?«

»Eine Diät, hat er mir gesagt. Um noch besser auszusehen ...«

Ein paar Tränchen erschienen auf ihren Wangen.

Stucky machte große Augen. Diese Tränen stellte er sich heiß und duftend vor.

Sie stand auf, um ihr Glas ins Spülbecken zu stellen. Der Inspektor tat es ihr nach. Francesca sah ihn an, und nur die infinitesimale Ausdehnung der Planck-Zeit hätte genügt, und Stucky hätte dem Impuls, sie zu küssen, nachgegeben.

Ich kratze. Ich kratze am Grab des Grundschullehrers Libero Sasso herum, der weniger ein Einmaleinspauker war als ein Professor für die Philosophie des Trinkens. Ein sanftmütig veranlagter Mensch, der sich, sobald er in Bertos Osteria anlangte, in einen alkoholisch geprägten Denker verwandelte.

Von sich selbst behauptete er, er würde wie Sokrates trinken, nämlich so viel er wollte und ohne je die Kontrolle zu verlieren. Er saß am Tisch und fragte, ob einer der Anwesenden jemals Sokrates betrunken gesehen habe. Und alle schüttelten den Kopf: Hast du schon mal Sokrates gesehen? Ich nicht, lautete die Antwort der ganzen Gästeschar. Niemand hatte jemals Sokrates in Bertos Osteria gesehen, auch wenn Berto sich damit brüstete, berühmte Stammgäste gehabt zu haben, und gern auf die Fotogalerie hinter seinem Rücken zeigte mit all den lächelnden Bürgermeistern, den lächelnden Gemeinderäten und ein paar lächelnden Fußballtrainern sowie dem lächelnden Bischof, der einmal wegen einer Segnung hier vorbeigekommen war.

Alle zählten seine Rotweingläser, denn beim vierten Glas verwandelte sich Libero Sasso. Die Gäste waren gespannt: Wie wirkt der Wein?

Er macht den Mund weniger fett. Er entfettet den Mund.

Entspannt die Nerven und lockert die Eingeweide. Löst die Nerven und den Darm.

Bleckt die Birne. Weckt die Hirne.

Bitte weiter, Herr Lehrer! Was macht der Wein sonst noch?

Lupft den Schnupfen. Schnupft den Lupfen.

Ausgezeichnet!

Entkropft den Sprals.

Niemand wusste, was das bedeuten sollte. Schulmeister Sasso verwendete Begriffe, die den meisten unbekannt waren, und aus diesem Grund kamen sie auch aus den nahe gelegenen Dörfern her, um ihm zuzuhören, während er sich im freien Fall befand. Denn da niemand sonst die Dinge, die aus diesem Mund sprudelten, kannte und aussprach, war es besser, als vor dem Fernseher zu sitzen. Herr Lehrer Sasso hatte in Gesellschaft von Hegel und Schelling, Baudelaire und einem gewissen Freud, von Sartre und vielen anderen Namensträgern getrunken, und alle stießen sich gegenseitig in die Rippen, dachten an eine Fußballmannschaft, an diese ersten ausländischen Fußballer, die auf dem Markt zu kaufen waren, auch wenn es sich in diesem Fall nicht um berühmte Fußballer handeln konnte, denn es hatte ja noch keiner je von ihnen gehört. Doch man verzieh ihm diesen Mangel an fußballerischer Kompetenz, weil der Lehrer so herrliche Dinge sagte, Wörter wie: Trunkenheit, Titanenblut, dionysisch, Café de Flore. Und wer wäre jemals auf solche Wörter gekommen? Es gab Leute, die sich bemühten, sie auswendig zu lernen, um nach Hause zurückkehren und seinem Schatz sagen zu können: Ich schenke dir einen Strauß Cafédeflore, oder sich aufspielen und behaupten zu können, sie hätten Titanenblut getrunken. Andere meinten, sie würden der Frau Gemahlin gegenüber prahlen, wenn sie zu ihr sagten: Mein Liebling, ich fühle mich ganz trunken und dionysisch, in der Hoffnung, dass sie sich sogleich auf etwas ganz Einzigartiges stürzen werde.

Dass er bald am Tiefpunkt anlangen würde, merkte man daran, dass er erzählte, er habe mit Coppi, Bartali und Cicciolina getrunken, alle zusammen aus einem Glas und dazu ein Gläschen Baccalà.

Doch mir, Herr Lehrer, hast du keinen Bären aufgebunden mit all diesen Geschichten, du hast sie erzählt, um dir Glanz zu verleihen und ähnliches Zeug, und das ist auch nicht weiter schlimm, wenn man in der Osteria ist. Aber uns mit Hegel zu kommen, der ein Philosoph war, das brachte den Robinienstock zum Zittern, und gern hätte ich dir einen Streich rechts und einen links versetzt, ja, ich muss ihn dir tatsächlich versetzt haben, denn man lässt die Philosophen in Ruhe, auch mein Vater hat sie in Ruhe gelassen und gesagt, dass er, hätte er Philosophie studiert, gar nicht erst in den Krieg gezogen wäre.

Doch in deiner Eigenschaft als Schulmeister hast du Respekt verdient, und deshalb kratze ich jetzt …

31. August, Montag

»Schon wieder auf Achse!«, brummte Spreafico vor sich hin.

Inspektor Stucky wollte ihn jetzt nach Conegliano schicken, damit er der Signora Martelli mal Marmelade auf den Toast strich.

»Oho, was für eine Marmelade denn, Herr Inspektor? Rhabarbermarmelade?«

»Spreafico, das heißt, dass du sie aus nächster Nähe beobachten sollst. Ach, und wenn du schon mal hier bist, geh doch bitte auf die Webseite des ›Zirkels der weisen Trinker‹ und druck mir alles aus, was du unter dem Namen des Nutzers ›proseccoblues‹ findest.«

Als Stucky an der Tür des Kommissars vorbeikam, sah er aus den Augenwinkeln, dass dieser am Schreibtisch saß und sein elektronisches Blutdruckmessgerät liebevoll betrachtete.

Würde er auch so werden? Wirkt so das Virus, das man sich durch langjährige Arbeit zuzieht? Warum bleiben wir nicht davon verschont und gehen in Pension, solange die Neuronen noch aktiv sind?

Und wenn man sich vorstellte, dass Leonardi ja auch nicht einfach nur aufgrund der Anzahl seiner Dienstjahre Kommissar geworden war! Er hatte schließlich wichtige Aufgaben in der Abteilung Spurensicherung übernommen und die schlimmsten Anblicke überlebt.

Sein Gefährte am Mikroskop, Agente Persichetti, hatte kurz vor der Pensionierung aufgegeben, wegen einer abgetrennten Hand, und auch für Leonardi war es eine harte Prüfung gewesen, damals, als man sie zu dieser Toten gerufen hatte. Die beiden, er und Persichetti, hatten das Badezimmer der Frau betreten, das von bereits geronnenem Blut überschwemmt war, und es gab keine Spuren, es gab nichts weiter als diese Leiche, die zwischen der Badewanne und dem WC lag. Sie hatten das bleiche und ätherisch zarte Gesicht fotografiert. Dann mussten sie ein wenig in dem Blut herumwaten, und während er näher an den Körper herantrat, bemerkte Persichetti, dass der Frau die linke Hand fehlte. Ein Sägemesser lag auf dem Boden, und Persichetti hatte, wie benommen, den Blick umherschweifen lassen, bis er hinter dem WC die Hand entdeckte. Die Arme hatte dies alles allein bewerkstelligt.

Zugegeben, auch Leonardi hatte einen Stich in der Magengrube verspürt, aber sein Kollege Persichetti hatte den Verstand verloren. »Wie kann man bloß?!«, hatte er ausgerufen. »Ist es möglich, dass Menschen so wahnsinnig sein können?« Diese Hand war der Abschiedsgruß des Verstandes, der im Begriff war, die Menschheit zu verlassen. Daraufhin hatte er sich selbst aus dem Weg geräumt und sich in die Berge geflüchtet, um Bienen zu züchten und Kastanienblütenhonig gegen Grappa alla vipera einzutauschen.

Leonardi dagegen hatte unbeirrt weitergemacht. Es gibt Leute, die sich nach einem Verbrechen besaufen, und andere, die cool bleiben. Um die abgesägte Hand aus dem Kopf zu drängen, hatte Leonardi drei Päckchen Zigaretten geraucht und dann mit dem Rauchen aufgehört. Die Gesundheit hat Vorrang. Seinen Kollegen hatte er gesagt: Ich pass auf mich selbst auf.

Schöne Worte, Herr Kommissar.

»Donde hay ilusión, allí está el mundo«, stand auf dem Spruchband, das Signora Salvatierra an der Fassade des Rathauses anbringen wollte. Es sollte ihr helfen, Druck auf den Bürgermeister und die gesamte Verwaltung

auszuüben, damit sie sich im Hinblick auf ihre Projekte flexibler zeigten. Sie hatte begriffen, dass die andere Seite Zeit gewinnen wollte. Die Leute hofften auf die Weinlese, sie wussten, dass die Saison früher beginnen würde und die Frau sich unversehens dem großen Geschäft dieser fünfzig Hektar voll goldener Trauben gegenübersehen würde. Das würde bedeuten: Suche nach Arbeitskräften für die Ernte, Übergabe des Produkts an die Kellereien, Überwachung von Kelterung und Gärung. Sie würde dann zwangsläufig so viele Dinge im Kopf haben, dass sie ihre verrückten Vorhaben vergessen würde. Denn verrückt war sie ja nun wirklich.

Celinda Salvatierra war jedoch in Eile. Sie spürte, dass sie noch mehr Chaos schaffen musste. Das hatte sie ihrem Onkel geschworen, als sie ihn an der chilenischen Universität Talca getroffen hatte. Dort hatte Mitte Mai ein Symposium über die Perspektiven des Weinbaus in Lateinamerika stattgefunden, organisiert von den großen Produktionsbetrieben, in Zusammenarbeit mit der Universität. Ihr Onkel ließ sich keine dieser internationalen Tagungen über den Geist der Weintrauben entgehen und hatte ihr vorgeschlagen, sich dort einmal zusammenzusetzen. Sie hatte ihre Geschäfte in Cochabamba, Bolivien, und ihre Botanikkurse an der Universidad Mayor de San Simón ruhen lassen, um einen der wenigen Verwandten wiederzusehen, die ihr noch geblieben waren, und um mit dem Weingut Casa Silva, das den Kongress ausgerichtet hatte, Verkaufsverhandlungen zu führen.

Am zweiten Abend, am Ende der inhaltsreichen Referate, hatte sie ihren Onkel in ein Restaurant begleitet. Signor Ancillotto hatte wohl dem chilenischen Merlot zu sehr zugesprochen und sie auf dem Rückweg, als sie an der Kathedrale vorbeikamen, gebeten, alleine weiterzugehen, weil er in der Kirche eine Kerze anzünden wolle.

Verdutzt war Celinda ungefähr hundert Meter weitergegangen und dann, aus Neugierde, umgekehrt und hatte ihn auf den Stufen der Kirche sitzend angetroffen. Er weinte. Gewiss, die Kathedrale war kein Meisterwerk, dachte sie. Aber deswegen gleich in Tränen auszubrechen ...!

Nie hatte sie einen erwachsenen Mann so verzweifelt weinen sehen. Sie hatte ihn angeschaut und begriffen, dass es sich um eine todernste Angelegenheit handelte. In diesem Moment hatte Ancillotto sein Testament gemacht, und sie hatte ihm die Hände so fest gedrückt, wie nur ein tief berührter Mensch es fertigbringt, und geschworen, dass sie alles in ihrer Macht Stehende tun werde, um den Letzten Willen ihres Onkels durchzusetzen.

Irgendjemand musste im Rathaus angerufen und mitgeteilt haben, dass an der Fassade des Gebäudes ein Spruchband hing, in einer fremden Sprache und ein bisschen schief.

Gemeinsam waren sie hinausgegangen: die Oberpolizistin, der Gemeindesekretär, die Angestellte des Einwohnermeldeamts, der Bürgermeister und der Dezernent für öffentliche Arbeiten, der gerade durch die Büros gebummelt war.

Auch aus der Bar Roma und von der übrigen Piazza waren die Leute zusammengeströmt. Alle starrten mit offenem Mund bald auf das Spruchband, bald auf die Frau.

Der Gemeindesekretär ereiferte sich am meisten und drohte, die Ordnungskräfte herbeizukommandieren.

»*¡Hombre tonto!*«, antwortete die Frau.

Der Herr Bürgermeister versuchte, seine Leute zurückzuhalten. Instinktiv war ihm die Frau nicht ganz unsympathisch.

»Was wünschen Sie, Signora? Wir werden versuchen, Sie rundum zufriedenzustellen.«

»Sie sind daran schuld, dass ich Zeit verliere! Noch immer sind die Briefe nicht abgeschickt, die Sie meinen Mitarbeiterinnen hätten schicken sollen; darum hatte ich Sie gebeten. Ja, ich will noch weitere Namen anfügen«, sagte sie, und begann zu diktieren: »Claudia, María, Eloisa, Arsenja, Alcides …«

»Alcides ist ein Mann!«, protestierte die Zuständige aus dem Einwohnermeldeamt.

»Alcides ist meine rechte Hand! Er wird die Arbeit der Kaffeepflückerinnen koordinieren.«

»Unmöglich, Signora«, versuchte der Bürgermeister mit gelassener Miene zu erwidern, »in einer Woche, vielleicht schon früher, findet die Weinlese statt. Unsere Arbeitskräfte haben sich bereits in Bewegung gesetzt, die Familien bereiten sich darauf vor, in den Betrieben werden die Gerätschaften geputzt, die Scheren geölt und die Mengen geschätzt. Diese Maschinerie kann niemand stoppen! Jetzt hängt alles nur noch von Sonne und Regen ab.«

»Ich werde mit meinen Kaffeepflückerinnen ernten! Und in meiner Eigenschaft als Erbin des Grafen Ancillotto habe ich das Recht, zur Prosecco-Bruderschaft zugelassen zu werden!«

Schweigen.

Nachdem der Gemeindesekretär sich von seinem Schock erholt hatte, rief er laut nach den Ordnungskräften.

Inspektor Stucky wurde der Menschenansammlung um das Rathaus herum erst gewahr, als er in der vollkommen leeren Bar Roma Platz nehmen wollte.

Im Näherkommen wurde er vom Barbesitzer erkannt, und dieser sagte zum Gemeindesekretär: »Hier ist ein Polizist!«

»Sie stört die öffentliche Ruhe!«, rief der Mann aus, deutete auf die wutschnaubende Salvatierra und setzte sich gleichzeitig die Brille auf, um das Gesicht des Inspektors besser studieren zu können.

»¡Pingüino y camello!«, brüllte die Frau dem Sekretär ins Gesicht.

»Antimama! Ruhe.«

»¡Pingüino y camello!« Dieses Mal war das auch an Stucky gerichtet. In dem Moment jedoch, als sich die Frau dem Inspektor zuwandte, verlor sie das Bewusstsein und sank ihm mit verdrehten Augen in die Arme. Die Anwesenden wisperten, teils überrascht, teils erleichtert, weil der Furie endlich der Strom abgedreht war.

Stucky gab ihr ein paar leichte Klapse auf die Wangen, während der Gemeindesekretär die Pause nutzte und versuchte, die Schnur samt Spruchband abzunehmen. Da schnellte Celinda Salvatierra wie ein hyperkinetischer Kolibri in die Höhe und warf sich auf ihn. Der arme Sekretär heulte auf, und nur weil der Bürgermeister dazwischentrat, wurde ein Handgemenge vermieden.

Der Spruch auf dem Transparent war schließlich nicht beleidigend gewesen. Der Bürgermeister hatte ihn im Geiste übersetzt. Er besagte ungefähr, dass die Welt nur da existiert, wo es eine Illusion oder zumindest einen Traum gibt. Ein Satz, der zu Graf Ancillotto gepasst hätte, dachte der Bürgermeister.

Stucky gelang es, die Frau bis zur Bar Roma zu schleppen. Bevor er sie ansprach, musterte er sie genau: eine Vierzigerin mit dunklen Augen, Augen von einem schwindelerregenden Schwarz. Sie hatte schwielige Hände; bestimmt gab sie in dem Land, aus dem sie kam, keine Zuschneide- und Nähkurse.

»Fallen Sie öfter so in Ohnmacht?«

»Nur wenn ich vergessen habe, meine übliche Dosis Kokablätter zu kauen.«

»Aha!«

»*¡Hombre tonto!* Es ist lediglich ein kleines Unwohlsein, das auftritt, wenn ich es mit Riesenblödmännern zu tun habe. Zum Glück gibt es Tabletten dagegen.«

»Tabletten …«

»Richtig.«

»Wie zum Beispiel Luminal?«

Celinda Salvatierra riss die Augen auf.

Stucky fuhr fort: »Luminal. Ein Barbiturat. Tabletten wie die, die Ihr Onkel eingenommen hat, bevor er loszog, um sich im Paradies einen Film anzuschauen?«

Das prallte an ihr ab.

»Man hat mir gesagt, dass Sie aus Bolivien sind. Dürfte ich wissen, aus welcher Stadt?«

»Aus Cochabamba, der Stadt des ewigen Frühlings.«

»Mmmmm.«

Sie musterten sich gegenseitig.

Stucky überlegte sich den nächsten Zug sehr gut, denn die Dame hatte bereits einen Plan im Kopf und ärgerte sich jetzt darüber, dass dieser Polizist ihren Plan gewaltig durcheinanderbringen könnte.

»Ich ermittele im Fall Ihres verstorbenen Onkels.«

»Es war ein natürlicher Tod.«

»Ein Selbstmord ist kein natürlicher Tod.«

»Und ohne Hoffnung dahinzusiechen?«

»Mmmmm.«

Celinda Salvatierras Augen funkelten noch schwärzer, während sie Blickkontakt mit dem Inspektor suchte.

»Ich muss mich an eine Abmachung halten.«

»Die Sie mit Ihrem Onkel getroffen haben, natürlich. Und darüber wollen Sie mir nichts verraten?«

»Das geht Sie nichts an.«

»Antimama! Ich entscheide, was mich etwas ...« Ein falscher Zug. Er hatte sich zu leicht provozieren lassen.

»Kann ich etwas für Sie tun, Signora?«, fragte er, um einen Strategiewechsel einzuleiten.

Sie überlegte lange.

»Vielleicht ... Signor ...«

»Stucky. Inspektor Stucky.«

»Ein Comandante ...«

»Und Sie? Womit beschäftigen Sie sich, Signora?«

»Mit Weinbergen und Weinen. Selten mit Menschen.«

Eine Kennerin, dachte Stucky.

»Comandante, arrangieren Sie für mich ein Gespräch mit der Prosecco-Bruderschaft.«

»Ich weiß nicht, ob das in meiner Macht steht ...«

»Sie scheinen ein tüchtiger Comandante zu sein; Sie schaffen das.«

Eine Schmeichlerin.

»Ich gebe Ihnen Bescheid.«

Der Inspektor begab sich nach Cison, um im Einwohnermeldeamt Angaben zu den Todesfällen im Bereich der Gemeinde zu erhalten. Er hatte erfahren, dass es ein besonderes, seit 1971 geführtes Register gab, das auch die Namen der jeweiligen Ärzte, die den Tod festgestellt hatten, enthielt. Unter der unschätzbaren Mitwirkung der Angestellten, die sich als bestens informiert erwies, stellte er eine Liste zusammen. Diese Namen wollte er Dr. Silvestri vorlegen und ihn fragen, ob er etwas über diesen oder jenen wusste, ob sie zu seinen Patienten gehört hatten und ob ihre Hinterbliebenen an den Aktivitäten der gegen das Zementwerk gerichteten Bürgerinitiative beteiligt waren.

Stucky wartete geduldig im Wartezimmer der Praxis. Die Anwesenden beäugten ihn mit einem gewissen Argwohn. Vielleicht hielten sie ihn für einen Pharmavertreter, der höchstens Salben gegen Hämorrhoiden hätte loswerden können, denn er hatte nicht die klassische Riesentasche voller fantastischer Heilmittel bei sich; er trug weder Sakko noch Krawatte, sondern nur ein Hemd, das auch nicht gerade frisch gebügelt aussah.

Nachdem Silvestri mit lauter Stimme »Herein!« gerufen hatte, sah er den Inspektor ins Sprechzimmer kommen. Über diesen Besuch war er nicht glücklich, aber auch nicht verwundert.

»Legen Sie sich hin!«, befahl der hünenhafte Arzt. »Dann taste ich Ihnen, während wir uns unterhalten, gleich ein bisschen die Leber und die Milz ab.«

»Wenn Sie unbedingt möchten.«

»Den Blutdruck, wollen wir den auch kontrollieren?«

»Der ist in Ordnung.«

»Das behaupten alle, allen voran Hypertoniker.«

»Ich habe über die Analysen nachgedacht, die Sie wegen der Emissionen des Zementwerks durchführen lassen, diese unabhängigen Untersuchungen ...«

Schon als der Arzt ihm gegen den linken Arm drückte, fuhr Stucky zusammen. Er legte ihm die elastische Manschette um den Oberarm, steckte sich die Stethoskopbügel in die Ohren und nahm das Sphygmomanometer in die Hand.

»Diese Analysen kosten einen Haufen Geld, stimmt's?«

Der Arzt pumpte Luft in die Druckmanschette an Stuckys Arm, bis dieser schmerzte.

»Soviel ich weiß, kosten sie ein paar tausend Euro. Wie haben Sie das Geld aufgetrieben? Mit einer netten kleinen Lotterie hier in der Gegend?«

»Schöner Maximalwert«, sagte der Arzt.

»Hat Ihnen nicht vielmehr ein Wohltäter geholfen? Ein edler Herr aus diesem Ort? Nennen wir ihn ruhig beim Namen: Graf Ancillotto?«

»Das ist keineswegs illegal!«, protestierte der Arzt.

»Wann hat er damit begonnen, Ihre Initiative zu unterstützen?«

Silvestri maß den systolischen Wert und wartete, bis er nicht mehr zu hören war, und damit der Minimalwert feststand.

»Begonnen … das war Mitte März, nach dem Tod von Simone Dalt, dem Neffen der Bibliothekarin. Er war erst zwölf Jahre alt und hat sich im Laufe von ein paar Monaten wie eine Kerze verzehrt. Deshalb kam Graf Ancillotto eines Abends in meine Praxis und fragte mich, was in dieser Gegend eigentlich vor sich gehe. Ich merkte, dass er sehr aufgebracht war. Wir sprachen über Gesundheit im Allgemeinen, und ich legte ihm meine Überzeugungen im Zusammenhang mit dem Zementwerk dar. Ich sagte ihm, dass mich die offiziellen Analysen vom letzten Jahr nicht überzeugt hätten, dass man eine unabhängige Untersuchung bräuchte, dass ich gern einen Spezialisten für Nanopartikel konsultieren würde. Kurzum, dass irgendwas nicht stimme und ich wissen wolle, ob wir sterben, weil wir sterben müssen, oder ob da vielleicht jemand nachhilft, heimlich, still und leise, und damit vielleicht sogar Profit macht …«

»Und er?«

»Er rief: ›Das bezahle ich! Auch den Fachmann, und

zwar den besten. Alles auf meine Rechnung.‹ Und kaum haben wir losgelegt, hat sich auch das Zementwerk bewegt und neue Analysen vorgelegt. Verstehen Sie, wie die Welt funktioniert?«

»Dank einem aufgeklärten Fortschrittsgläubigen.«

»Ancillotto? Machen Sie Witze? Der war stockkonservativ, bis in die Knochen! Ich bin geneigt zu glauben, dass er auch ein bisschen fremden- und frauenfeindlich war und andere Charakterschwächen hatte, die er aufgrund seiner Geschichtskenntnisse für Tugenden gehalten hätte ...«

»Das verstehe ich nicht.«

»Wissen Sie, was er gesagt hat? Die Demokratie sei der Tummelplatz, an dem alle meinen, früher oder später unter Umgehung des Gesetzes stehlen zu können, wohingegen die Diktatur der Ort sei, an dem diese Hoffnung nur wenigen vorbehalten ist. Daher seien Diktaturen grauer, kosteten aber auch weniger. Verstehen Sie, aus welchem Holz dieser aufgeklärte Mann geschnitzt war?«

»Warum hat so jemand solche Unannehmlichkeiten auf sich genommen?«

»Dazu fehlt Ihnen die Fantasie? Die schlimmsten Feinde des Systems sind immer diejenigen, die es einmal wahnsinnig geliebt haben! Wenn sie sich betrogen fühlen, sind sie bitter wie Galle ...«

»Hat er sich eine Gegenleistung ausbedungen?«

»Nur, dass ich ihn auf dem Laufenden halten sollte.«

»Und das haben Sie getan?«

»Ich habe ihn angerufen.«

»Aber ... was meinen Sie, Herr Doktor? Hatte Signor Ancillotto einen Hass auf Speggiorin?«

»Ach ja, darauf wollen Sie hinaus! Ancillotto *gegen* Speggiorin, mit verhängnisvollen Folgen für Letzteren.

Wie dem auch sei – der Graf hat das Zeitliche schließlich klar vor diesem Verbrechen gesegnet.«

Das sieht aus wie die Vollstreckung eines Testaments, sagte sich Stucky. »War Signor Ancillotto Ihr Patient?«

»Nein! Der ging nicht zu Basisärzten. Er bezahlte alles aus eigener Tasche. Soweit ich weiß, wandte er sich an eine Privatpraxis in Padua und auch an Ärzte in Bologna.«

»Sie wissen also nicht, wie es um seine Gesundheit bestellt war?«

»Seine Haushälterin, Signora Adele, hat Andeutungen über Erschöpfungszustände gemacht. Aber der Graf hat sich auch nicht geschont!«

»Richtig. Er hat sich nicht geschont. Herr Doktor, nehmen wir einmal an, Signor Ancillotto sei nicht gesund gewesen … nehmen wir an, dass … es ihm sehr schlecht ging: Hätten Sie ihm Schlafmittel verschrieben?«

»Um ihm auf seiner letzten Wanderung behilflich zu sein?«

»Genau.«

»Wenn ich sein Arzt gewesen und ein guter Arzt wäre, wahrscheinlich ja.«

»Aber Sie sind kein guter Arzt, schätze ich. Sagten Sie nicht, dass Signora Adele bei der Bürgerinitiative mitmacht?«

»Wie viele andere auch. Herr Inspektor, wie wär's mit einem kleinen Prostata-Test?«

»Lieber nicht, Herr Doktor.«

»Ab fünfundvierzig wird er empfohlen.«

»Nach Abschluss der Ermittlungen, vielleicht.«

»Ich verlasse mich darauf. Kommen Sie, wann Sie wollen.«

»Landrulli, dieser Detektiv, dieser ehemalige Kung-Fu-Lehrer namens Paolo Cornice, überzeugt mich nicht.«

Landrulli, am anderen Ende der Leitung, war ganz Ohr.

»Der spielt ein doppeltes Spiel: Er hat von jemandem das Geld genommen, um Speggiorin auszuforschen, und dann hat er das Material seiner Witwe verkauft.«

»Ich werde ihn bald selbst dazu befragen.«

»Und die Daten der Berichte, die ich dir gegeben habe?«

»Der erste stammt vom 6. April.«

»April ...«

»Ja, genau.«

Ungefähr dieselbe Zeit, in der Ancillotto zu Dr. Silvestri gegangen ist, um die Aufdeckung der Wahrheit zu finanzieren, überlegte Stucky.

»Landrulli, hör zu: Wenn du Cornice triffst, sag ihm auf den Kopf zu, dass er die Privatsphäre seines Klienten verletzt hat und dass er die Informationen, die er für Signor Ancillotto zusammengetragen hatte, nicht an Signora Speggiorin hätte verkaufen dürfen. Gib ihm zu verstehen, dass wir ihn in der ganzen Marca Trevigiana diskreditieren werden.«

»Und wie soll das gehen?«

»Das lass ruhig meine Sorge sein.«

Paolo Cornice ließ sich in einem seiner Lieblingslokale aufspüren, einem kleinen Restaurant mit wenigen Gedecken, aber vielen sündteuren Weinen. Gerade strich er hochgestimmt Butter auf eine Brotschnitte, das Ohr an einem jener Mikrohandys, wie sie Chefs von galaktischen Raumschiffen benutzen, um sich Klatschgeschichten über Jupiters neueste Eroberungen zu erzählen. Er redete ohne Pause, und obwohl er Landrulli bemerkt hatte, würdigte er ihn nicht der geringsten Aufmerksamkeit.

Agente Landrulli beschloss, auf den geheimen Knopf »Stucky« zu drücken, und ohne auf Cornice zu achten, setzte er sich an den Tisch neben ihm, zog sein abgenutztes Diensthandy hervor und begann mit durchdringender Stimme einen imaginären Dialog.

»Nein, ich empfehle Ihnen nicht, sich an einen Privatdetektiv zu wenden. Die sind nicht vertrauenswürdig. Stellen Sie sich vor, hier in Treviso gibt es sogar einen, der Aufträge übernimmt und dann die Informationen an andere verkauft, auch an die Parteien, um die es geht, kurzum, einer, der ein doppeltes Spiel treibt.«

Landrulli spürte Cornices Blick auf sich ruhen.

»Den Namen? Sie wollen den Namen dieses Halunken wissen?«

Er drehte sich zu Cornice.

»Soll ich ihm den Namen nennen?«

Paolo Cornice hatte inzwischen das Brot auf den Teller gelegt und sein Mikrohandy weggesteckt.

»Nun?«, fragte Landrulli.

Alle beide wussten, worum es ging. Landrulli nahm das Mobiltelefon herunter.

»Das war so«, begann Cornice. »Es war wohl in der letzten Märzwoche, so um den Dreh, da ruft mich Graf Ancillotto an und fragt, ob ich Lust hätte, einen Spaziergang in das Leben des Herrn Ingenieurs Speggiorin zu unternehmen. Er liefert mir einige Hinweise, ich checke dies und das, und tatsächlich, es handelt sich um eine interessante Type. Also rufe ich den Grafen zurück, setze ein fettes Honorar fest, der andere zuckt nicht mit der Wimper, und ich lege los.«

»Sie beginnen also mit Ihren Ermittlungen. Wann war das?«

»Am 26. März. Ich mache alles, was man in solchen Fällen machen muss. Ich rekonstruiere seinen persönlichen und beruflichen Werdegang: Er war gut vernetzt, Auslandsaufenthalte in Frankreich und in Portugal, immer in Sachen Verbrennung, dann sieben Jahre an der Spitze eines Zementwerks in der Umgebung von Ferrara. Verheiratet mit der Schwester eines einflussreichen Politikers. Ich hole einige Informationen an den richtigen Stellen ein, und vor allem folge ich ihm wie ein Schutzengel. Fast auf Anhieb stelle ich fest, dass er ein Verhältnis hat. Eines Abends hefte ich mich ihm vom Ausgang des Zementwerks bis Revine Lago an die Fersen, wo, zwischen Bäumen versteckt, ein sehr abgeschiedenes Häuschen steht. Ich lege mich auf die Lauer, und als das Auto des Ingenieurs später herausfährt, folgt ihm ein anderes, und an dessen Steuer sitzt eine Frau. Ich fahre ihr hinterher, und zack! Wissen Sie, wo die Dame zum Zähneputzen hingegangen ist?«

»Das war die Martelli!«

»Ich kann mir vorstellen, dass Sie, die Leute von der Polizei, meine Berichte gelesen haben! Carla Martelli, die untreue Ehefrau eines bedeutenden Politikers, der seinerseits der Schwager des Ingenieurs ist. Eine brisante Angelegenheit! Ich denke, dass mein Klient aus dieser Neuigkeit einen Knüller machen wird, und bündele meine Aktivitäten. Informiere mich über die Martelli, über den Politiker.«

»Bravo.«

»Ich bin eben ein Profi. Die beiden lassen angesichts der delikaten Situation die größte Vorsicht walten. Sie müssen sich ganz präzise miteinander abgestimmt haben, denn die Rendezvous, die nicht sehr oft stattfanden, erfolgten praktisch automatisch. Sie benutzten nie das Telefon. Sie trafen sich niemals in der Öffentlichkeit. Nur in dem Häuschen, das einem Bruder der Martelli gehört, der sich geschäftehalber in Santo Domingo aufhält. Ein ideales Nest. Wenn der Ingenieur mit dem Fahrrad unterwegs war, trafen sie sich an einer Kreuzung, in der Nähe einer kleinen Kirche, wo er das Fahrrad zwischen den Bäumen versteckte.«

Landrulli dachte, dass das Opfer, das sein Hinterteil gebracht hatte, nicht umsonst gewesen war.

»Und Ancillotto?«

»Den ersten Bericht habe ich am 7. oder 8. April an den Grafen geschickt.«

»Am 6. April«, korrigierte ihn Landrulli.

»Richtig. Der Graf sagt nichts, kein Sterbenswörtchen. Ich fahre fort, wie vereinbart, wühle weiter, und was finde ich heraus?«

»Was denn, Cornice?«

»Dass der Herr Ingenieur Speggiorin, als er sich in Ferrara aufhielt, wo er bis 2001 im Zementwerk Steine gebacken hat, unermüdlich in Kontakt stand mit Firmen, die Krankenhausabfälle entsorgten, sowie mit Leuten aus der oberen Etage von Krankenhäusern und Privatkliniken.«

»Und weiter?«

»Er hatte ja überhaupt keine gesundheitlichen Probleme! Entweder nahm er Unterricht in vergleichender Anatomie, oder er hatte einen Weg gefunden, wie sich das Problem des Krankenhausmülls lösen ließ.«

»Da komme ich nicht mit. Drücken Sie sich bitte etwas klarer aus.«

»Beweise habe ich keine, natürlich nicht. Ich beschränke mich nur darauf, logische Schlüsse zu ziehen. Das ist alles: Sie haben das Feuer, und ich habe den Brennstoff. Ist das jetzt klarer?«

»Ja.«

»Die Beseitigung von Krankenhausabfällen ist kostspielig. Sicher, wenn es um die Gesundheit geht ... Da kann man keine Haarspalterei betreiben.«

»Und wie hat Ancillotto auf diese Mitteilung reagiert?«

»Gut. Sehr gut. Nachdem er die Berichte gelesen hatte, rief er mich an und sagte: ›Man lernt nie aus und wundert sich, wie weit die Infamie der Menschen gehen kann.‹«

»Infamie?«

»Jedenfalls etwas Negatives. Und hören Sie weiter: Möchten Sie wissen, wofür Ingenieur Speggiorin ausersehen war, wenn ihn der liebe Gott nicht vorher in seine Glorie aufgenommen hätte?«

»Na, sagen Sie's schon!«

»Er sollte die Leitung einer riesigen Müllverbrennungsanlage übernehmen, die vor den Toren von Treviso errichtet werden soll. Er war *die* Koryphäe auf diesem Gebiet! Und für bestimmte Karrieren sind politische Beziehungen nun mal unerlässlich.«

»Auch das haben Sie Signor Ancillotto berichtet?«

»Bis ins letzte Detail.«

»Und er?«

»Keinen Muckser dazu! Vielmehr teilt er mir Ende Juni mit, dass ich die Untersuchung abbrechen soll. Er entlohnt mich großzügig und schickt mir das ganze Material, das sich auf diesen Liebesknatsch mit der Martelli bezieht, zurück.«

»Warum?«

»Aufrichtig gesagt, habe ich das nicht verstanden. Als ob es ihn nichts anginge!«

»Und dann haben Sie es der Frau des Verstorbenen verkauft?«

»Gleich nach Speggiorins Tod dachte ich, dass diese kompromittierenden Fakten die Ermittlungen befördern könnten. Weil die Sache so delikat war, habe ich mich an die Ehefrau gewandt; wenn sie es für angebracht gehalten hätte, hätte sie das Material ja persönlich der Polizei übergeben können.«

»Wie edel von Ihnen! Doch die Witwe hat sich wohl davor gehütet, eine Staubwolke aufzuwirbeln, in die nicht nur ihre Familie, sondern auch die ihres Bruders hineingezogen worden wäre. Die Witwe wird das Geld von sich aus herausgerückt haben, oder hatten Sie wirklich eine Anwandlung von Menschlichkeit?«

Cornice plusterte sich auf wie ein Auerhahn.

»Ich kann Ihnen nur sagen, dass wir einen interessanten Abend verbracht haben.«

»Sie und die Witwe?«

»Diese Frau war schon seit Jahren Witwe, mein Lieber.«

Im Polizeipräsidium erhielt Stucky den Anruf von Landrulli, der ihm über sein Gespräch mit Cornice berichtete. Er konnte sich nicht erklären, warum Ancillotto sich die Informationen über Speggiorins außereheliche Affäre nicht zunutze gemacht hatte, um den Ingenieur an den Pranger zu stellen. »Und was hätte ihm das genützt?«, fragte Stucky. »In Italien reichen Seitensprünge bestimmt nicht aus, um jemanden von seinem Sessel herunterzustoßen. Nein, Ancillotto hatte etwas ganz anderes im Sinn.«

Spreafico rief ihn an, um ihm am Bildschirm seines Computers die Fotografien zu zeigen, die er aufgenommen hatte, während er in der Nähe von Signora Martellis Laden auf der Lauer lag. Sie begutachteten sie gemeinsam. Ganz normale Fotos von einer Boutique.

Der Agente überreichte ihm einen Stapel ausgedruckter Blätter. Von der Webseite des »Zirkels der weisen

Trinker« hatte er sämtliche Einträge mit dem Nutzernamen »proseccoblues« heruntergeladen und ausgedruckt.

»Was ist dieses ›proseccoblues‹, Herr Inspektor?«

»Das ist ein Er, ein Verrückter, Spreafico.«

»Einer, der gern pichelt, Herr Inspektor. Er weiß über Wein bestens Bescheid, so gut, dass man gar nichts mehr versteht.«

Und ich kratze an dem mit dicker Rostkruste überzogenen Grabmal von Maria Assunta Biz, von Beruf alte Jungfer im Ruhestand, mit hoher Brüstung und niedriger Statur. Maria Assunta, die auch meine Wenigkeit gern zum Traualtar geführt hätte, hatte das beneidenswerte Glück, niemals eine verwandte Seele, ihre »Zwillingsseele«, zu finden, in einer Zeit, in der Zwillinge noch eine Rarität waren, während heute manche Leute schon im Dreierpack geboren werden, und sich deshalb vielleicht auch für Maria Assunta die Möglichkeit eröffnet hätte, das passende Pendant zu finden. Wäre sie nur in Geschmacksfragen nicht so heikel gewesen! Der eine Typ nicht, weil er zu klein war, und der andere nicht, weil er zu groß war. Nicht einmal Marlon Brando und Cary Grant wären bei ihr zum Zug gekommen! Niemals hatte einer die richtige Passform. Der eine nicht, weil er mit offenem Mund aß, der andere nicht, weil er zu viel trank. Du selige Seele, wenn du alle aussortierst, die wie Krokodile kauen und wie Pottwale saufen, bleibt wirklich keiner für dich übrig. Dieser nicht, weil er in der Kirche singt, und jener nicht, weil er nichts liest, nicht einmal seinen Personalausweis. Jetzt sag es doch! Sag, dass du nur die Männerwelt des Dorfes demütigen wolltest, dass es dir Spaß gemacht hat, unsere menschlichen Mängel aufzulisten. Dass sich hinter deinen Zurückweisungen die Rache aller Frauen des Ortes verbarg, die sich mit einem durchreisenden Zweibeiner zufriedengegeben hatten, weil sie vor lauter Angst, allein zu bleiben, ihre Sinne ausgeschaltet und Schmerbäuche, Achselhöhlen und Verdauungsstörungen ignoriert hatten.

Maria Assunta Biz war die letzte eines nunmehr ausgestorbenen Geschlechts wahrer Prinzessinnen, Frauen, die es sich leisten konnten, wählerisch zu sein und eine eigene Meinung zu haben. Ich erinnere mich, wie sie uns Männer nach der Messe, während der Prozessionen und auf dem Dorffest taxierte. Hätte sie gekonnt, hätte sie alle abgetastet und gewogen, sie hätte uns in den Mund geschaut, uns Gesanges- und Rezitationsprüfungen unterzogen, hätte uns den Blutdruck gemessen und unseren Atem geschnuppert.

Doch du bist ledig geblieben, Maria Assunta Biz. Du mit all deinen Ansprüchen, deinem Hochmut, deinem spöttischen Lächeln, deinen gnadenlosen Scherzen und deiner etwas schrillen Stimme. Dir hätte ich gern einen Streich rechts und einen links mit einem schönen, eigens für dich angefertigten Robinienstock verpasst.

Du bist ledig geblieben, aber als Hebamme konnte dir niemand das Wasser reichen. So wie du die Kinder auf die Welt gezerrt hast, das konnte keine Zweite. Du warst so tüchtig, dass man dich von überall her zu sich rief. Sogar in die abgelegensten Bergdörfer und auf einige winzige Inselchen in der Lagune bist du gegangen. Es gibt Frauen, die groß sind im Kinderkriegen, und Frauen, die niemals Kinder bekommen dürften, weil sie dafür geboren sind, andere große Dinge zu vollbringen. Das hast du gesagt, die du geboren wurdest, um die Kinder anderer Leute mit deinen sicheren Händen auf die Welt zu holen, und mit jener Ermunterung, die aus jedem Geborenen einen Geborgenen macht. Denn beim Geborenwerden geht es nicht um Wehen, Pressen und Nabelschnüre, von denen du ganze Kilometer entwirrt hast, sondern um das Willkommen. Ja, wir alle brauchen nicht nur Milch, sondern auch ein freundliches Gesicht, das uns willkommen heißt.

Aus diesem Grund hast du keinen Streich verdient. Weil die Ungeborgenen später der Allgemeinheit zur Last fallen. Auch mein Vater, den man im Gefangenenlager allein gelassen hatte, war nach seiner Rückkehr nicht mehr so wie vor-

her. Weniger fröhlich. Immer nachdenklich. Doch die Gedanken kann man leider nicht abkratzen.

Der Rost ist leichter als die Gedanken.

Deshalb kratze ich …

1. September, Dienstag

Der Kaffeeduft muss durch die weit geöffneten Fenster bis zum Tor geweht sein.

Landrulli hatte ihn schon von Weitem gewittert, denn Neapolitaner haben für den Espresso bekanntlich mehr olfaktorische Rezeptoren als alle anderen Bewohner der Halbinsel.

Punkt sechs, wie der Inspektor ihm befohlen hatte. Stucky winkte den Agente herein, bevor dieser die Klingel betätigen konnte und die Schwingungen sich womöglich bis in die Wohnung der Schwestern fortgepflanzt hätten. Sie waren in der Nacht aus dem Urlaub zurückgekehrt und schliefen jetzt. Da konnte man natürlich nicht vorsichtig genug sein!

»Wo ist Spreafico?«

»Gestern ist die Pistole aufgetaucht ...«

»Die Bernardelli? Antimama! Und niemand hat mich verständigt?«

»Herr Inspektor, das Polizeipräsidium wurde von Cison aus angerufen. Unsere Zentrale hat das Gespräch an den Kommissar weitergeleitet, und als Leonardi gehört hat, worum es ging, ist er richtig aufgeblüht. Sein Minimalwert lag plötzlich wieder bei siebzig und der Maximalwert bei hundertzwanzig. Er hat sich sofort Spreafico geschnappt, und dann sind sie losgebraust, um die Tatwaffe sicherzustellen.«

»Antimama! Wo hat man sie denn gefunden, diese legendäre Bernadelli?«

»Im Rujo-Bach, aber nicht im Dorf selbst, sondern weiter talabwärts ... Es gibt einen Pfad, der am Bach entlangführt, und dort sind Teiche, in denen man Forellen fangen kann. Offensichtlich hat ein Junge sie gefunden, und seine Verwandten haben dann das Polizeipräsidium benachrichtigt.«

»Donnerwetter!«, murmelte Stucky.

»Um Punkt elf wird es im Polizeipräsidium eine schöne Debatte geben. Ich weiß, dass Spreafico schon bei Tagesanbruch auf eine Mission geschickt wurde, nämlich zum Sitz der Firma Bernardelli, in der Nähe von Brescia.«

Landrulli hielt die Tasse auf halber Höhe in der Luft, während er auf Stuckys Reaktion wartete.

»Und wir, Herr Inspektor?«

Stucky brauste auf.

»Und wir! Und wir!«

Dann beruhigte er sich wieder.

»Wissen wir, wer dieser Junge ist?«

»Ich nicht, Herr Inspektor. Ich habe Ihnen nur das berichtet, was ich von Spreafico weiß.«

»Was sagt der denn zu dem, was da gerade vor sich geht?«

»Dass Leonardi es Ihnen jedenfalls nicht sagen wird.«

»Gut, sehr gut.«

»Und wir?«

»Noch ein paar Details, Landrulli. Hab etwas Geduld.«

»Ich bin gespannt wie ein Flitzebogen, Herr Inspektor! Geben Sie mir bitte einen Tipp.«

»Dieser Ancillotto …«, murmelte Stucky.

Kommissar Leonardi strahlte übers ganze Gesicht, er schien vom Wasser des Jungbrunnens getrunken zu haben, so weich und rosig war seine Haut, fast wie die der Kellnerin von der Bar an der Piazza dei Signori. Er hatte auch den Polizeipräsidenten zu sich gerufen, der vormittägliche Versammlungen überhaupt nicht schätzte. Die fragliche Pistole war auf dem Bildschirm des Computers, mitten auf seinem Schreibtisch, zu sehen. In Brescia hatten sich die Angestellten der Firma Bernardelli Spreafico gegenüber sehr hilfsbereit gezeigt und ihm die Lieferverzeichnisse zur Verfügung gestellt. Die Waffe selbst war bereits untersucht worden.

Aus der Seriennummer ging hervor, dass die Pistole sich 1978 in Venezuela befunden hatte; sie war Teil einer Sendung Gewehre und Pistolen gewesen, darunter etwa zwanzig Sportwaffen des Standardmodells 69, die die Firma Bernardelli an ein Waffengeschäft in Maracaibo geschickt hatte, das von einem Italiener betrieben wurde. Über den weiteren Verbleib und den Käufer der Pistole gab es keine Aufzeichnungen. Allerdings, und hier sandte Leonardi ein höfliches Lächeln in Richtung Stucky, hat sich Signor Desiderio Ancillotto bis 1979 in Maracaibo aufgehalten und sich dann erst nach Buenos Aires begeben, wo er bis 1982 lebte. Schließlich kehrte er anlässlich des Todes seines Vaters mit dem Schiff nach Italien zurück. Auf irgendeine Weise ist ihm die Pistole nach Italien gefolgt, wahrscheinlich im Gepäck versteckt, und tauchte in Ancillottos Händen wieder auf, und zwar im Jahr 2001 auf einem privaten Sportschießplatz. Leonardi schenkte Stucky ein weiteres höfliches Lächeln.

Die Ermittlungen waren an einem entscheidenden Wendepunkt angelangt: Damit kehrte das Verbrechen ins Dorf zurück, und der Bürgermeister, den der Kommissar beim ersten Tageslicht und nachdem ihm alle Fakten zur Kenntnis gelangt waren, zurate gezogen hatte, hatte ihn endlich auf einen möglichen Verdächtigen hingewiesen. Zwar sprach sein Tod Ancillotto von der Tat selbst frei, aber es war nicht auszuschließen, dass er, wenn auch mit postumer Wirkung, der Auftraggeber des Mordes war. Tatsächlich ausgeführt hatte ihn wahrscheinlich ein gewisser Isacco Pitusso, ein Penner mit psychischen Problemen, die aber nicht so weit gingen, dass sie im Fall eines Tötungsdelikts seine Steuerungsfähigkeit beeinträchtigt hätten.

Es handelte sich um einen sechsundfünfzigjährigen Mann, den jüngsten Sohn des ersten Nachkriegsbürgermeisters, der seine Karriere nicht fortsetzen und nicht in Philosophie promovieren konnte, weil seine Vorliebe den Geschäftsinteressen seiner Familie entgegenstand, und der infolge seines freiwilligen Abstiegs den größten Teil seines Lebens als Tagelöhner in der Landwirtschaft verbrachte und als Saisonarbeiter diverse Tätigkeiten in den Weinbergen ausübte; vor allem widmete er sich dem Rebschnitt und der Weinlese. Die Person war vorbestraft: Er war bei den Carabinieri wiederholt wegen Schlägereien in der Osteria von Signor Roberto Possamai angezeigt worden, und vor etwa fünfzehn Jahren hatte eine Signorina Maria Assunta Biz wegen Belästigung Anzeige gegen ihn erstattet.

Aus Gründen, die alle noch zu klären waren, hatte Pitusso Ancillottos Gunst erlangt. Sie pflegten einen regen Austausch, zeigten sich gemeinsam auf der Piazza des Dorfes, und es war nachvollziehbar, dass sich Neidgefühle, die der adelige Herr gegenüber dem verstorbenen Ingenieur empfand, wohl auf den Arbeiter übertragen haben, der aufgrund geistiger Schwächen die Folgen bestimmter Gedankengänge nicht hatte abschätzen können.

»Haben wir eine Ahnung, ob es ein Motiv gab?« Stucky sprach die Frage so überdeutlich aus, dass auch der Polizeipräsident sie richtig verstand.

Leonardi ließ sich einen Moment Zeit, ehe er antwortete.

»Ich glaube, es waren persönliche Rivalitäten im Spiel.«

»Beruhten diese Rivalitäten auf einem bestimmten Konflikt?« Der Inspektor streute Salz auf die Wunde, und der Kommissar geriet ins Schwitzen.

»Ich schließe nicht aus, dass der Streit etwas mit den Aktivitäten des Zementwerks zu tun hatte.«

»Oho, das Zementwerk!«

»Seien Sie nicht so sarkastisch, Stucky! Wahrscheinlich hat sich Signor Ancillotto eher über das Vorurteil bezüglich der Aktivitäten des Zementwerks ereifert als über deren Gefährlichkeit.«

»Und der Junge, der die Waffe gefunden hat?«, mischte sich Stucky erneut ein. Der Polizeipräsident wurde unruhig, und Leonardi stöhnte, sichtlich verärgert.

»Ein Vierzehnjähriger, ebenfalls mit einigen psychischen Problemen. Aber was spielt das hier jetzt für eine Rolle, Stucky?«

»Ich frage nur aus Neugierde.«

»Wie beabsichtigen Sie, weiter vorzugehen?«, wandte sich der Polizeipräsident an den Kommissar.

Leonardi war auf der Hut.

»Was Pitusso anbelangt, so haben wir bloß Indizien …«

»Und weiter?«, drängte der Polizeipräsident.

»Wir werden Pitusso und alle, die ihn kennen, unter Druck setzen.«

»Bei einem Typen wie Pitusso«, dachte der Polizeipräsident laut nach, »muss man auf besondere Weise vorgehen. Liegen denn irgendwelche medizinischen Befunde zu seinem Geisteszustand vor?«

»Danach werden wir gleich suchen«, sagte der Kommissar.

»Auch im Dorf mit viel Fingerspitzengefühl vorgehen,

wenn ich bitten darf! Die Pitusso-Fährte ist plausibel, aber wir dürfen nichts ausschließen.«

»Selbstverständlich nicht, Herr Polizeipräsident.«

Nachdem der Polizeipräsident die Sitzung verlassen hatte, herrschte erst einmal Schweigen.

»Hören Sie, Stucky, Ihnen liegt der Junge am Herzen? Dann nehmen Sie sich ihn doch gleich mal vor! Ihn haben wir nämlich gestern in der ganzen Aufregung ein wenig vernachlässigt. Übrigens ist die Kommunikation mit ihm nicht gerade einfach. Lassen Sie sich genauer erklären, wie die Dinge gelaufen sind, nehmen Sie eine detaillierte Aussage zu Protokoll und besichtigen Sie den Fundort. Der Rest der Mannschaft kommt mit mir ins Dorf!«

Stucky bekam Lust auf ein zweites Frühstück. Leonardi drängte ihm schon wieder etwas auf, und das ärgerte ihn, und während er sich ärgerte, verbrannte er Zucker, der Blutzucker sank, weil das Insulin seine Arbeit gut machte, und unterwegs ertappte sich der Inspektor dabei, dass er mit unerwarteter Gier ins Fenster einer Dorfbäckerei starrte.

Während Stucky einen trockenen Keks mit Schokoladenüberzug in seinen Milchkaffee tunkte, las er in den Blättern, die Spreafico ihm von der Webseite des »Zirkels der weisen Trinker« heruntergeladen und ausgedruckt hatte.

Der Name »proseccoblues« war genial gewählt. Jemand wie Ancillotto hätte eigentlich den Namen »proseccobrahms« verwenden müssen. Doch das wäre zu sehr aufgefallen; vielleicht wollte er unerkannt bleiben und auch ein bisschen herumspielen. Die Botschaft übermitteln, ohne für sich selbst Werbung zu machen. Es waren kurze, bissige Einträge, voller Ironie, die mit Blick auf die Welt des Prosecco eine große Kompetenz verrieten. Ständige Appelle, Qualität anzustreben und das Terroir zu schätzen: Liebe und Respekt statt Ausbeutung.

Stucky bestellte sich einen weiteren trockenen Keks. Er grübelte über die Texte nach und kam zu dem Schluss, dass die Pitusso-Fährte ihn nicht überzeugte. Pitusso war ein kleiner, korpulenter Mann, der sich langsam bewegte; die Vorstellung, er könnte den Schützen gespielt und drei Schüsse aus der Hecke heraus abgefeuert haben und dann wie der Blitz in der Nacht verschwunden sein, noch dazu in einem sagenhaften Unwetter, weckte eher Assoziationen mit einem Frettchen, mit Tarzan oder einem Musketier des Königs. Aber nicht mit Pitusso. Und dann wäre noch zu klären, wie er unbemerkt an die von Don Ambrosio aufbewahrte Pistole hätte herankommen sollen.

Das allerdings war ein Detail, das im Moment nur ihm bekannt war. Und natürlich Landrulli. Aber der war verschwiegen wie ein Grab.

Vielleicht wusste ja Dr. Silvestri etwas über Isacco Pitusso.

Der Arzt brach in ein sonores Gelächter aus, als der Inspektor, der den wartenden Patienten gegenüber dieses Mal den Fachmann für Hygieneartikel gegeben hatte, ihm diese Frage stellte.

»Der tolle Isacco!«

»Toll inwiefern?«

»Ein Spinner.«

»Ein Verrückter?«

»Nicht ganz von dieser Welt. Er ist der Sohn eines Bürgermeisters und schämte sich deswegen, denn er akzeptierte es nicht, der Sohn eines Menschen zu sein, der nur amtliche Bekanntmachungen absonderte.«

Stucky fragte sich, ob es angebracht sei, dem Arzt zu erklären, in welch heikler Lage sich Pitusso befand. Aber Dr. Silvestri kam ihm zuvor.

»Sitzt er in der Patsche? Wegen Speggiorin?«

»Schon möglich.«

»Das ist so simpel, wie wenn man 7 mal 7 nimmt und dann bis 90 zählt: Er ist unschuldig. Natürlich, er hat so seine Marotten. Wie zum Beispiel die, dass er auf dem Friedhof die Grabstellen säubert. Nicht die von irgendwelchen beliebigen Toten, nein, nur die, die vom Rost verzehrt worden sind. So nennt er es, wenn jemand eine unheilbare Krankheit hatte.«

»Rost?«

»Genau. Das, was im Inneren der Leute wächst. Stellen Sie sich vor, Herr Inspektor, dass er hin und wieder zu den Versammlungen der Bürgerinitiative kommt und wie ein artiges Kind dasitzt und zuhört.«

»Das schließt nicht aus ...«

»Isacco will der Initiative die Richtung vorgeben, denn er behauptet, nur er habe die Krankheiten aus den Schornsteinen des Zementwerks aufsteigen und Kopfschmerzen, Leberschmerzen und alle sonstigen Krankheiten durch die Luft fliegen sehen ... Die Krankheiten würden punktförmige Wolken bilden, in denen er die Gesichter derjenigen erkennt, die demnächst das Zeitliche segnen würden.«

»Faszinierend.«

»Und wie! Als Pitusso einmal mit seiner Vespa durch die Gegend gondelte, hatte er vor dem Zementwerk einen Rettungswagen gesehen; es hatte einen kleinen Arbeitsunfall gegeben. Aber er war sofort überzeugt, dass sie da drinnen Krankenhausmüll verbrannten und dass durch die Schornsteine Dämpfe von Därmen und Fett entwichen oder dass im Feuer der Öfen Gallenblasen und Knorpel wie Frühstücksspeck knackten. Auf die Leute machten diese Geschichten Eindruck, doch als ich ihnen auf rationale Weise erklärte, wie es sich mit dem Risiko, dem Gefährdungsgrad der Bevölkerung und mit der Gefährlichkeit gewisser Substanzen verhält, beruhigte auch er sich wieder und hielt den Mund.«

»Werden dort wirklich Krankenhausabfälle verbrannt?«

»Hoffentlich nicht!«

»Pitusso war mit Signor Ancillotto befreundet?«

»Der Graf war sein Beschützer und hat ihm ab und zu einen Fünfzigeuroschein zugesteckt. Mit anderen Worten: Er behandelte ihn mit wohlwollender Nachsicht, wie ein Vater. Ich glaube aber nicht, dass zwischen ihnen ein echtes Freundschaftsverhältnis bestand.«

»Und Pitussos Familie?«

»Denen ist er egal! Er hat noch zwei verheiratete Brüder, die Eltern leben nicht mehr, den Vater, den früheren Bürgermeister, hat eine schlimme Krankheit dahingerafft, und er ist unter Qualen gestorben. Man weiß ja, wie es so geht ...«

»Also ein Mörder wie aus dem Bilderbuch«, murmelte Stucky.

Als Stucky sich wieder auf die Piazza zubewegte, sah er an der Rathausecke Spreafico stehen und schloss messerscharf, dass der Kommissar und Landrulli beim Bürgermeister waren, um Weiteres zu klären. In der Bar Roma stellte er der Kellnerin ein paar Fragen über Leonida Saba, den Jungen, der die Pistole gefunden hatte. Sie verriet ihm, dass Leonida der Sohn der Bibliothekarin und eines Piloten war, der eigentlich schon über alle Berge war, dann aber zurückkam und den Jungen sogar als seinen Sohn anerkannt und ihm seinen Nachnamen übertragen hatte. »Manche Männer präsentieren sich als kühne Frontkämpfer, um eine Frau herumzukriegen«, kommentierte die Kellnerin, »und erklären dann beim ersten Hindernis, dass ihr wahrer Platz doch in der Etappe ist.«

»Aber der Junge … ist er ganz richtig im Kopf?«, flüsterte Stucky.

»Wenn man nur seinen Kopf in Betracht zieht, könnte er direkt Pitussos Bruder sein!«

»Das heißt also, dass er ein Wirrkopf ist?«

»Manchmal ja, manchmal nein. Gelegentlich redet man mit ihm, und er antwortet, und ein andermal ist nichts zu machen, er bringt kein Wort heraus. Aus diesem Grund hat der Graf sich wohl auch um die beiden gekümmert, um Leonida und um Pitusso.«

»Er hat ihnen geholfen?«

»Dem Älteren mit ein paar Groschen, weil er sich so abgerackert hat, auch wenn er von Haus aus nicht wirklich arm war. Seine Brüder haben geerbt. Aber von ihnen wollte Pitusso nichts wissen. Dem Jungen gegenüber hat der Graf es an nichts fehlen lassen, und wenn er konnte, hat er ihn mit zu sich nach Hause genommen und ihm Nachhilfeunterricht gegeben. So hat Leonida sogar die Versetzung in die dritte Klasse bestanden, gerade erst vor ein paar Monaten.«

»Und wissen Sie, wo ich ihn jetzt antreffen kann?«

»Er wird zu Hause sein. Sehen Sie diese Straße am Ende der Piazza? Hinter dem Rathaus? Folgen Sie der Mauer, die sich am Bach entlangzieht bis zur Brücke oben; das Haus auf der anderen Seite der Brücke, links, das ist das Haus der Bibliothekarin.«

Auf sein Läuten reagierte niemand. Warum sollte ein Junge im Sommer um drei Uhr nachmittags auch zu Hause sein? Stucky hätte zur Bibliothek gehen können, aber er zog es vor, in den unteren Teil des Dorfes hinunterzuspazieren, die Brücke vor der Straße, die zur Villa Speggiorin führte, zu überqueren und rechts weiterzugehen, bis zu dem Weg, der am Bach entlangführt. Der Pfad war ordentlich befestigt, nicht sehr breit, doch man kam problemlos voran; der Bach tauchte immer mal auf und verschwand wieder. Nach einer Viertelstunde gelangte der Inspektor zu den drei Teichen, die mit dem Wasserlauf verbunden waren. Es war wohl ein frequentierter Ort: Die Erde rundum war festgestampft, ein paar leere Flaschen lagen herum, einige alte Klamotten, ein kaputter Stuhl steckte hinter einem Busch. Einige Pfosten, an die man Angelruten anlehnen konnte. An die Pfosten wurden auch die Netze mit dem Fang angebunden; dort hingen abgeschnittene Schnüre und eine lange, dicke Nylonschnur, die man für die stattlicheren Fische benutzte. Stucky zog sie ein wenig zu sich heran und fragte sich, ob sich unter dieser Wasseroberfläche ein Flusswels oder einer der Riesenkarpfen tummeln könnte, der die Geheimnisse der Welt kennt. Stattdessen hatte dort die Bernardelli 69 aus dem Jahr 1976 gelegen.

Speggiorins Mörder hätte also drei Schüsse abfeuern, mitten im Gewitter den ganzen Weg hinunter zurücklegen und sich bis zu den Tümpeln durch den Morast kämpfen müssen, um die Pistole dort zu versenken.

Oder der Mörder hatte die Tage nach der Tat in aller Ruhe zugebracht. Natürlich bei erhöhtem Risiko: Jemand kommt zum Angeln, sieht ihn und beobachtet, wie er etwas ins Wasser wirft.

Er musste diesen Jungen finden, diesen Saba, diesen Spinner mit dem Namen eines griechischen Helden.

Don Ambrosio befand sich in der Sakristei, wo er gerade die Gewänder der Ministranten in Ordnung bringen wollte: Der Sakristan war auch nicht mehr so wie früher. Stucky klopfte mit der gebührenden Ehrerbietung an und wartete, bis der Priester kontrolliert hatte, ob alles am richtigen Platz war.

»Don Ambrosio, die Sache mit der Pistole ist jetzt akut geworden. Haben Sie gehört, dass man sie unten im Bach gefunden hat?«

Er nickte. Die Sache mit Leonida Saba war ihm schon zu Ohren gekommen.

»Kramen Sie bitte in Ihrem Gedächtnis. Wer kann die Waffe aus dem Sarg entwendet haben, und wann?«

Der Priester zog ein langes Gesicht, überrascht vom Drängen des Polizisten.

»Dann sind Sie es also gewesen«, sagte Stucky entnervt, »Sie haben die Pistole genommen und in einer biblischen Nacht drei Vaterunser auf Speggiorin abgefeuert.«

Don Ambrosio war zusammengefahren und blau angelaufen.

Stucky hatte einen kaum merklichen Schritt auf ihn zugetan.

»Ihr Gedächtnis ist in diesem Augenblick von größter Wichtigkeit. Ich bitte Sie, strengen Sie sich an!«

Der Pfarrer schien sein Gedächtnis zu einer Höchstleistung zu zwingen.

»Wir haben Ende Juli im Pfarrhaus einen Großputz veranstaltet.«

»Sehr schön. Und was weiter?«

»Signora Bertilla, die Pfarrhaushälterin, hat unter meiner Aufsicht am Freitag angefangen. Oder am Donnerstag …«

»Schon gut. Und was hat sie gemacht?«

»Die Böden. Die Fußböden. Und die Gardinen hat sie abgehängt.«

»Die Gardinen.«

»Ach ja, jetzt erinnere ich mich: Wie Signora Bertilla die Gardinen abnahm, hat sie sich verrenkt wie ein Christus am Kreuz. Ich musste Signora Adele rufen, damit sie mir half, sie zu Bett zu bringen.«

»Moment mal, Don Ambrosio! Signora Adele ... Sie meinen die Haushälterin von Signor Ancillotto?«

»Sie ist immer bereit zu helfen, wenn es um größere Probleme in der Kirche und im Pfarrhaus geht ...«

»Signora Adele hat dann die Arbeiten zu Ende gebracht?«

»Ja, alles, was noch zu tun blieb. Sie hat auch die Waffen abgestaubt, ja, wir haben noch festgestellt, dass es im Hause des Herrn mehr Gewehre gibt als in einer Kaserne der Carabinieri und dass das ein Zeichen für göttlich garantierte Sicherheit ist. Die Pistole war, und daran erinnere ich mich ganz genau, zusammen mit all den anderen Waffen hier, und ...«

»Verstehe. Aber ... Ende Juli ... können Sie nicht präzisere Angaben machen?«

»Es war der 30. Juli oder so um den Dreh, denke ich. Leider kam es einige Tage später zu dem tragischen Akt des Grafen ...«

Keuchend erreichte Stucky das Haus von Signora Adele. Auf der Treppe hatte er immer zwei Stufen auf einmal genommen, ohne die Kosovaren zu grüßen, die beim Tischfußball gegeneinander antraten, trotz der Krise im Wohnungsbau, trotz des Krieges in Afghanistan und trotz all der Qualen, die diese Ermittlungen mit sich brachten.

Dort waren sie, der Längste von ihnen über den Kickertisch gebeugt, die anderen erhitzt, und alle miteinander umwabert von der unverständlichen Sprache, in der sie die Bewegungen des Balls über das Holz kommentierten. Aus den Augenwinkeln folgten Sie dem Inspektor, bis er an der Tür der Signora Adele läutete.

Sie stand wieder auf dem Balkon, kerzengerade.

»Ich wollte Sie eine Kleinigkeit fragen, Signora.«

»Bitte sehr.«

»Hat Signor Ancillotto Ihnen jemals etwas über Signor Speggiorin anvertraut?«

»Nein.«

»Sie haben nie über ihn gesprochen?«

»Nie. Wieso denn auch?«

»Was weiß ich, vielleicht weil über sein Privatleben getuschelt wurde, über seine Ehe.«

»Niemals.«

»Irgendeine Andeutung im Zusammenhang mit dem Zementwerk ...?«

Die Frau musterte den Polizisten schweigend.

»Sie haben mit Signor Ancillotto nie über das Zementwerk gesprochen?«

»Über das Zementwerk hat er das gesagt, was zu sagen ist.«

»Und das wäre?«

Die Frau geriet etwas in Fahrt.

»Dass man es besser anderswo gebaut hätte.«

»Wo?«

»Weit weg von hier. Hinter den Bergen. Irgendwo versteckt.«

»Deshalb hat er die Versammlungen der Initiative ›Windschatten‹ besucht?«

»Ist das vielleicht verboten?«

Jetzt hatte die Frau einen sehr scharfen Ton angeschlagen. Eine Friaulerin, wie sie im Buche steht, dachte Stucky. Und so zugeknöpft.

»Ach, Signora Toniut, die Waffen, die im Pfarrhaus, bei Don Ambrosio lagern, stauben Sie die nur ab oder ölen Sie sie auch manchmal?«

Der Mund wie zugenäht. Außerordentlich zugeknöpft, die Dame.

Als der Inspektor zum Haus der Bibliothekarin zurückkehrte, traf er sie und ihren Sohn, Leonida Saba, dort an, der trotz seines Alters und seines sardischen Nachnamens ein Lulatsch mit Kraushaarschopf und irrsinnig langen Armen war. Stucky fixierte seine schlanken Hände, während seine Mutter ihn aufforderte, den Polizisten zu begrüßen.

Der Junge machte einen Satz nach vorn und drückte Stucky kräftig die Hand.

»Bist du einer aus ›CSI‹?«

»Nein. Ich würde sagen: nein.«

»Kannst du mit dem Mikroskop umgehen?«

»Nur an der Universität.«

»Hast du ein Kit?«

»Ein Kit wofür?«

»Für Blut.«

»Das gibt man uns mit der Pipette.«

»Ich weiß, was *genetic fingerprinting* ist!«

»Bravo!«

Das Gesicht der Mutter war zu einem kleinen Lächeln verzogen, aber man merkte ihr an, dass ihr der Schreck noch in den Gliedern saß. Am Abend zuvor war Leonida nach Hause gekommen, in der einen Hand die Angelrute, in der anderen eine Pistole. Eine geladene Pistole. Sie wäre fast in Ohnmacht gefallen. Der Junge hatte das halbe Dorf mit einer geladenen Waffe durchquert!

»Ist Ihnen klar, was hätte passieren können, wenn Leonida so neugierig gewesen wäre und den Abzug gedrückt hätte? Und dabei hineingeschaut hätte?«, fragte die Frau mit beinahe tränenerstickter Stimme.

»Zum Glück ist ja alles gut gegangen«, murmelte Stucky.

»Leonida, was für einen künstlichen Köder benutzt du zum Angeln?«

»Ich benutze keine künstlichen Köder. Ich angele mit echten Würmern.«

»Du spießt sie selbst auf den Angelhaken?«

»Ja, aber mit geschlossenen Augen.«

»Du gehst also nicht mit einem künstlichen Köder zum Angeln, wirfst ihn nicht ins Wasser und holst ihn dann ganz langsam wieder heraus ...«

»Nein, mir gefällt der Wurm besser.«

»Sehr gut. Und dann hat die Pistole angebissen, oder wie war das?«

»Nein, Pistolen reagieren nicht auf Würmer.«

»Du willst mir doch nicht erzählen, dass sie von allein aus dem Wasser gesprungen ist?«

»Nein. Sie hing an einer Schnur.«

»An einer Schnur?«

»Ja.«

»Und du wolltest nur sehen, was an dieser Schnur hing.«

»Die Pistole.«

»Ja, aber die Schnur: Wie hast du gemerkt, dass sie da war?«

»Weil ich sie an den Pfosten gebunden und mit einem Stein in die Luft geworfen habe. Gewöhnlich stört Wasser die Steine nicht. Aber man kann ja nie wissen.«

Seine Mutter fuhr zusammen und blickte den Inspektor an.

»Hat dich jemand aufgefordert, diese Schnur ins Wasser zu werfen?«

»Das ist ein Geheimnis.«

»Und du verrätst keine Geheimnisse. Oder, Leonida?«

»Natürlich nicht. Sonst wären es doch keine Geheimnisse!«

»Alles klar. Und warum hast du diese Schnur wieder heausgeholt?«

»Um nachzusehen, ob der Stein sich bewegt hat. Man kann nie sicher sein, bei Steinen.«

»So ist es. Steine sind merkwürdige Lebewesen.«

»Besorgst du mir ein Kit, damit ich das Blut der Würmer analysieren kann?«

»Ich sehe zu, was sich machen lässt. Aber heutzutage wird überall gespart.«

Stucky öffnete eine Flasche Malzbier. Er setzte sich neben das Telefon und fixierte es. Dann rief er sämtliche Tierheime der Gegend an. Nirgendwo hatte es einen Neuzugang in Gestalt eines ungefähr zehn Jahre alten Labradorweibchens gegeben.

Stucky trank die Flasche aus.

Dann rief er auch die Tierarztpraxen an. Zuerst die in Bassano. Dann die in Conegliano. Dann die in Treviso. In Treviso war am Montag ein Labradorweibchen mit schweren Nierenproblemen eingeliefert worden. Das Tier war vor der Klinik abgeliefert worden. An seinem Halsband war ein Umschlag mit tausend Euro befestigt gewesen.

Der Hund hatte einen Chip. Ja, selbstverständlich.

»Sie hat Signor Ancillotto gehört. Richtig?«, fragte der Inspektor.

»Woher wissen Sie das?«, erkundigte sich der Tierarzt.

»Ist sie sehr krank?«

»Sie ist in Behandlung.«
»Aber …«
»Wir sind optimistisch.«
»Gut so«, seufzte Stucky, »gut so.«

Hier kratze ich mit Genuss, auch wenn das Grabmal noch wie ein Spiegel glänzt, denn hier ruht der Herr Graf Desiderio Ancillotto, ein Mensch von edler Gesinnung, der großzügig war im Umgang mit Geld.

Erinnern Sie sich, Herr Graf, wie Sie mich als heruntergekommenen Sohn adoptierten? Ich saß damals auf der Brücke von Cison und schaute in das unten fließende Wasser des Rujo, das mir immer gleich vorkam, und da haben Sie mir gesagt, nein, es sei immer verschieden. Deshalb habe ich Sie gefragt: Schauen Sie genau hin, Herr Graf, hier vor Ihren Augen: Könnten Sie mir zwei unterschiedliche Wasser zeigen? Da brachen Sie in Gelächter aus und haben mir in der Bar gegenüber ein Glas Weißen spendiert und gesagt: Du bist ein kluger Mann. Verrückt, aber klug.

Nicht dass ich immer verrückt gewesen wäre, habe ich Ihnen erklärt, und außerdem wird man nicht zufällig verrückt; verrückt zu sein ist eine Kunst, die Engagement und Professionalität erfordert, man muss sich jeden Tag darin üben, sonst wird man wieder vernünftig, wie die, die über die Piazza schlendern, in den Bars hocken, die Messe besuchen, ihre Autos waschen, wie all die Leute, die diese harmlosen Krankheiten haben, die sie gesund erscheinen lassen, und ich habe es Ihnen gesagt – erinnern Sie sich, Herr Graf? –, dass auch Sie an Gesundheit erkranken würden, weil Sie immer der Arbeit, dem Markt, den Sorgen, dem Hagel und dem Falschen Mehltau, den Sulfiten und den Sulfaten hinterherjagen mussten, aber was für ein Leben ist das – immer im Hamsterrad gefangen sein? Ich brach beinahe in Tränen aus an dem Tag, als Sie mir gestanden, dass die Gesundheit ein weiteres Opfer forden würde, und dass das Opfer ausgerechnet Sie seien. Es würde für Sie in Zukunft weder Rebschnitt noch Weinlese geben, Sie würden nicht mehr die Etiketten Ihres Prosecco sehen, der der Initiative und allen Ihren Schuldnern aus der Klemme heraushelfen würde, aber aus einer Schuld – nein, aus dieser einen Schuld würden Sie niemanden entlassen: Ich meine die Schuld, die ein Mensch gegenüber der Gemeinschaft hat, und ich habe gedacht, dass so viele, die Schulden gegenüber der Gemeinschaft hatten, bereits dahingeschieden waren. Ich habe Sie gefragt, wen Sie meinten, wer Ihre Verachtung verdiente, aber da haben Sie das Thema gewechselt, erinnern Sie sich, Herr Graf? Und Sie haben davon erzählt, wie Sie nach Maracaibo und nach Argentinien zogen, um dort die Weinberge zu bepflanzen, um die magischen Kräfte der Weinberge zu lehren und zu lernen, die Wirkung der Mengen, der Windrichtungen, der Salzhaltigkeit der Böden, und Sie haben mir erzählt, wie viele junge Bräute Sie verführt haben mit einem Kelch voller Gasbläschen und wie viele Geheimnisse Sie sich angehört haben, wenn die Bläschen den Ausplauderern zu Kopf gestiegen waren. Besser, Sie wären in Maracaibo geblieben, Herr Graf, denn hier mussten Sie harte Kämpfe auf sich nehmen, um guten Wein zu produzieren, und diese ganze Bürokratie und die Gesetze, die Betrügereien, so dass ich gern den Robinienstock genommen und einen Streich rechts und einen Streich links ausgeteilt hätte, weil hier wirklich niemand die Leute unterstützt, die Gutes herstellen wollen.

Erinnern Sie sich, Herr Graf? Als man noch während der Arbeiten im Weinberg unter dem Zürgelbaum pinkelte, weil gemeinsames Pinkeln gute Stimmung schafft, und man über die gute Erde und den guten Wein sinnierte. Sie mochten auch die roten Weine, aber auf diesen Böden gedeiht nun mal der Prosecco gut, und Sie haben gesagt: »Und ich mache den besten, so dass der Gaumen die ganze Liebe schmeckt, die ich hineinlege, denn die Tatsache, dass man eine Traube heranreifen sieht und dann beobachtet, wie sie sich in Alko-

hol verwandelt, veranlasst einen zu klotzen, nicht zu kleckern. Der Wein bringt Duft ins Leben; er hat, wie Sie zu sagen pflegten, nichts mit Philosophie zu tun, sondern mit Arbeit, und die Philosophie braucht einen guten Wein, weil das Gehirn dann weniger vom Lärm der Gegenwart und vom Getöse unnützer Gedanken mitbekommt.«

Alles, was ich über die Weinreben gelernt habe, habe ich von Ihnen gelernt, erinnern Sie sich? Den Rebschnitt im Herbst, wenn die Blätter schon gelb sind, und den im Frühjahr, noch bevor die Erde nach Leben riecht. Das Beschneiden der Weinreben lehrt dich, die wesentlichen Dinge zu begreifen, dich selbst in die Zukunft zu versetzen, weil du die Pflanzen kennen musst, jede einzelne, wissen musst, wie sie im laufenden Jahr gearbeitet haben, um sie auf das kommende vorzubereiten; du musst wissen, wie jede Pflanze keimen wird, musst bereits den zarten Duft der Blüte erschnuppern und, wie in der Glaskugel der Wahrsagerin, schon die goldenen Trauben sehen, nicht zu viele und nicht zu wenige, genau so viele, wie man braucht, um echte Qualität zu erzeugen.

Erinnern Sie sich? Beute niemals eine Pflanze aus! Bleib mit den Wurzeln in unserer Erde, die ihr, der Pflanze, leicht sein muss; die Erde darf sich nicht anstrengen, nur um einen minderwertigen Essig oder einen Kochwein hervorzubringen, sondern sie muss einen Wein für Hostien, ein Glas für die Firmung und eines für die Hundertjahrfeier wachsen lassen.

Wenn du mit dem Schnitt fertig bist, ist es, als würde sich der Nebel lichten, der Weinberg nimmt seine Elementargestalt an, er ist so gespannt wie ein Gummiband, und, während er wartet, greifen die Wurzeln hinunter in die Tiefe, gehen die Lichter früher aus, werden die Profile der kahlen Hügel dunkler, wird alles Erde und Ruhe. Auch wenn die abgeschnittenen Reblinge verbrannt wurden, ha-

ben wir Banausen in das blaue Licht gestarrt, das dieses besondere Holz ausstrahlt, ein alkoholhaltiges Feuer, das Freude erzeugt, eine schöne weiße Asche zurücklässt, die zwischen die Erdschollen einsinkt und im Frühjahr neu geboren wird.

Im Moment des Rebschnitts durften Sie nicht sterben, ein Herr wie Sie in Stiefeln und mit Scheren, der sich abrackerte. Ich habe immer geglaubt, dass Sie dann, wenn Sie die Pflanzen so zärtlich berührten, die Narben der vergangenen Jahre wiedererkannten, vielleicht an ihre Kraft dachten, dass Sie ewig weiterleben würden, trotz unserer Eingriffe, unserer Irrtümer, unserer Fehler. Erinnern Sie sich, Graf? Wenn wir nach Feierabend am Ende der Rebzeilen saßen und zusammen ein Glas tranken und die Flasche leeren wollten, hatte man, geistig schon ein wenig weggetreten und ein bisschen bitter, Mühe, das Glas in der Hand zu halten, die überanstrengt war vom Schneiden mit der Schere und weil man die Reblinge mit den Korbweidenzweigen angebunden hatte. Und dann sagten Sie mir, jedes Jahr wiederholten Sie das, dass ein schönes Leben wie eine Korbweide sei, eine Weidenrute, spontan, biegsam und von kurzer Haltbarkeit.

Einmal jedoch haben Sie mir gesagt, dass die Welt von den Verrückten regiert werden müsste, leider würde es davon nicht genug geben. Dann müsste man das Ruder eben den Rebentrimmern überlassen. Weil nur die Rebentrimmer die Vergangenheit kennen, die Gegenwart erzeugen und sich eine Zukunft vorstellen können.

Und Sie haben zu mir gesagt: Isacco, und was für eine Zukunft haben wir Leonidas Cousin überlassen? Schneidet man so die Menschen ab? Schneidet man ihnen die Zukunft ab, wenn sie zwölf Jahre alt sind?

Ich erhoffte mir mehr. Ich hoffte, dass Sie zu meiner Beerdigung kämen und nicht ich zu Ihrer gehen müsste, was nicht schön war. Auch Sie in jener Nacht zu begleiten, zum

Friedhof, fiel schwer. Ich weiß nicht, ob ich es ein zweites Mal tun würde.

Erinnern Sie sich, Graf? Nicht dass die Methusalem sehr viel gewogen hätte, ich habe sie geschultert wie nichts, wie einen Sack Kartoffeln, und auch der Flasche mit dem Schwert den Hals abzuschlagen war nicht schwer, ich hatte eine solche Wut im Leib, dass ich den Anker eines Schiffs hätte zertrümmern können. Aber zuvor hatten Sie, Graf, zu mir gesagt: Isacco, immer mit der Ruhe, zieh die Handschuhe an, besser, man ist auf der Hut, besser, du hinterlässt der Nachwelt nicht deine Spuren, und dann haben Sie dem Champagner applaudiert, der wie ein Vulkan spuckte, ich habe Sie angeschaut und mich wieder beruhigt. Es war Ihr Leben, und Sie machten aus ihm, was Sie wollten. Wie immer.

Der Herr Graf Desiderio Ancillotto hat mir ein Glas eingeschenkt. Ich habe es ausgetrunken. Dann hat er, ohne eine Umarmung, ohne einen Abschiedsgruß, gesagt: Danke, Isacco, und ich habe verstanden, dass unsere Zeit, das heißt meine gemeinsam mit dem Grafen verbrachte Zeit, nun abgelaufen war. Ich begriff, dass es so sein musste: Das Leben besteht aus ineinander verflochtenen Zeitfäden, einige Fäden fallen weg, andere kommen hinzu. Hätte ich gekonnt, hätte ich ihm einen Streich rechts und einen links gegeben, stattdessen bin ich geflüchtet, in größter Eile, nur das Glas habe ich mitgenommen und meine Handschuhe zurückgelassen, ich hoffe, sie haben keine Probleme verursacht. Und während ich davonlief, sagte der Graf: Vergiss nicht, deine Rolle zu spielen, ein Gebet für dieses Aas von Speggiorin aufzusagen und dann die Flasche auszutrinken, die ich dir gegeben habe.

Die mit der Aufschrift: »ad maiora«.

Ad maiora, Graf!

2. September, Mittwoch

Die Prosecco-Bruderschaft war von der Bitte der Signora Salvatierra um einen Termin nicht gerade begeistert. Inspektor Stucky hatte, wie versprochen, die höheren Chargen der Bruderschaft angerufen und nur halbherzige Unterstützung erfahren. Sicher, als Erbin des hochverdienten Grafen Ancillotto könnte der Dame in der Welt der Prosecco-Produzenten ein erhebliches Gewicht zukommen, allerdings habe sie sich in gesetzeswidriger Weise präsentiert und provozierende Signale ausgesandt, die die Mitglieder der Bruderschaft sehr befremdet hätten.

Sie hatten geahnt, dass hinter der Idee, ein paar hundert Frauen, gelernte Kaffeepflückerinnen, zwischen den Prosecco-Rebzeilen einzusetzen, noch andere Überspanntheiten lauerten; sie fürchteten Anfragen, Erpressungen, kurzum, dass in der stillen und goldenen Welt jener Hügel etwas in Unruhe geraten würde. Und sie machten Ausflüchte.

Aus diesem Grund hatte Celinda Salvatierra Isacco Pitusso angewiesen, einen alten Bagger in Betrieb zu setzen, der in einem zu ihren neuen Besitzungen gehörenden Gehöft untergestellt gewesen war. Unter Mühen hatte der Mann den alten Dinosaurier wiederbelebt, der Rauch in allen Farben spuckte, und es schließlich geschafft, die mechanische Schaufel unter schauderhaftem Geknarze zu heben und zu senken.

Dann hatte er sich, wie auf höheren Befehl, auf die äußerste Rebreihe eines Grundstücks zubewegt und ungefähr zwanzig Rebstöcke dem Erdboden gleichgemacht. Eine Staubwolke wurde aufgewirbelt, die sich mit dem Abgasqualm des Baggers vermischte, und das anwesende Publikum hatte einen Schrei ungläubigen Grauens ausgestoßen. Die Kommentatoren der Lokalzeitungen schrieben wie die Besessenen. Die Salvatierra hatte sie vorweg informiert: Kommt her und seht, wie ich die Prosecco-Hügel plattmachen werde! Ein paar betagte Weinleserinnen waren nach Hause gelaufen, um sich die nächstbeste Waffe zu schnappen, mit der sie den Fahrer des Baggers, also Pitusso den Verrückten, umlegen konnten, und waren mit Mistgabeln zurückgekommen. Die Fotografen verewigten die Apokalypse: die ausgeweideten Rebstöcke, die ausgerissenen Stützpfähle, die abgeschnittenen Drähte, die dalagen wie gekappte Nervenstränge. Manchen kam es so vor, als zitterten sie in der Luft wie lebendige Wesen. Die Eigentümer der Nachbargrundstücke starrten den Irren mit offenem Mund an, als wäre soeben ein fürchterliches Raumschiff gelandet, um hier eine auf Cognac gegründete Kolonie Außerirdischer zu errichten.

Die höheren Würdenträger der Bruderschaft waren vorweg informiert worden und mit quietschenden Reifen vorgefahren, selbst die ältesten. Sie hatten sich der Salvatierra zu Füßen geworfen und sie angefleht, die Weinstöcke zu verschonen.

»Nein«, hatte die Frau erwidert. »Ich werde alles abtragen und mit dem Anbau herrlicher chilenischer Weinreben beginnen.«

»Nein, bitte keine chilenischen!«, heulten die Herren von der Bruderschaft. »Dies hier ist das Land des Prosecco!«

»Rotweine!«, ereiferte sich die Pasionaria und machte Pitusso ein Zeichen, weil der Augenblick gekommen war, die mechanische Schaufel wieder in Bewegung zu setzen.

Pitusso hatte den Motor laufen lassen. Erneutes Knarzen. Die Journalisten fotografierten und bastelten in Gedanken schon an den Schlagzeilen der morgigen Ausgabe herum.

Die Leute von der Bruderschaft schlotterten und tuschelten.

»In Ordnung«, sagten sie, »wir werden die Dame offiziell in unsere Zentrale einladen. Bei unserer Ehre«, und alle legten die Hand aufs Herz.

Nicht einmal die Runde Halma mit Agente Teresa Brunetti hatte sich, während die Glocken Venedigs Melodien verbreiteten, beruhigend auf Inspektor Stucky ausgewirkt. Er war nach Dienstschluss mit dem Zug eingetroffen, und nachdem alle Bars am Campo Santa Margherita abgeklappert waren, wo er etwas Watte zwischen seine Neuronen stopfen wollte, war er noch vor vier Uhr morgens aufgewacht. Vom Balkon aus hatte er versucht, die hundertjährigen Pflanzen, die den Garten zwischen den Gebäuden füllten, aufgrund ihrer Umrisse zu identifizieren, und sich bemüht herauszufinden, ob das schwache Licht, das er aus dem Dachfenster im Haus gegenüber dringen sah, ein anderer Schlafwandler eingeschaltet hatte oder ob es nur ein in der Stille der Stadt angezündetes Streichholz war.

Das ist das Haus des Tierarztes, hatte ihm Teresa erklärt, als sie nach dem kurzen Abendessen die Umrisse der Mauern, den Campanile dei Carmini und, weiter hinten, weiche Lichtwolken beobachteten. Der Tierarzt, der Katzen und Möwen sterilisiert, wie Teresa behauptete, aber möglicherweise stimmte das nicht, vielleicht behandelte er Krabben und Venusmuscheln, womöglich war er sogar schon im Ruhestand und behandelte nur noch sich selbst mit Medikamenten, die für Pferde und Hamster gedacht waren.

Stucky hatte ihr von den Ermittlungen erzählt und davon, dass sie an einem entscheidenden Punkt angelangt waren und dass er mittlerweile hochgradig verärgert war.

Sie hatte ihn angelächelt. Verärgert, ich sehe, dass du schrecklich verärgert bist.

Es war fast fünf Uhr, als er auf das Sofa zurückgekehrt war, um sich dort, regungslos wie ein Altarsockel, auszuschlafen. Teresa Brunetti war wegen ihrer morgendlichen Arbeitsschicht schon draußen unterwegs, hatte aber alles für den Espresso bereitgestellt samt einer kleinen Notiz: »Du schläfst nicht gerade wie ein Unschuldslamm.«

Antimama.

Als Landrulli ihn mit seinem Anruf vom Sofa herunterwarf, war es schon nach neun Uhr.

»Er hat gestanden!«, schrie er ins Telefon.

Stucky verstand nur Bahnhof.

»Pitusso! Er hat gestanden!«

»Pitusso???!«

»Er hat im Polizeipräsidium angerufen, vor einer Viertelstunde, wollte mit einem Vorgesetzten sprechen, und ich habe ihn mit Leonardi verbunden: Er hat gestanden, Speggiorin erschossen zu haben.«

»Nehmt ihr ihn fest?«

»Ich, Spreafico und Leonardi.«

»Zu dritt? Aber was macht er denn? Erwartet er euch bei sich zu Hause?«

»So hat er es gesagt: Ich erwarte Sie, Herr Kommissar. Und wo stecken Sie eigentlich gerade?«

Antimama.

»Ich bin nicht in der Nähe, so viel steht fest. Ich sollte erst heute Mittag im Polizeipräsidium sein.«

»Dann treffen Sie uns dort an, zusammen mit diesem Pitusso.«

»Einen Moment noch, Landrulli! Was hältst denn du von diesem Geständnis?«

»Was soll ich sagen, Herr Inspektor? Gestern Nachmittag haben wir Pitussos Aussage aufgenommen, ob er das Opfer kannte, wo er am Abend des 23. August war – kurzum, alles was man in solchen Fällen zu fragen pflegt …«

»Und jetzt?«

»Nichts Besonderes. Kein Hauch von Reue.«

»Alles klar.«

Stucky fuhr so schnell in seine Kleider, dass er vergaß, eine Nachricht für die Brunetti zu hinterlassen. Doch er hatte ihr geschworen, nächsten Winter mit ihr in einer Vollmondnacht im Schnee spazieren zu gehen. Auf dem Monte Grappa, denn von dort oben sieht man mit einem Auge die Sterne und mit dem anderen die ganze Lagune. Genau so hatte er es ihr versprochen.

Die Strecke bis zum Bahnhof Santa Lucia legte er mit Riesenschritten zurück, überzeugt, dass Pitusso die Schuld eines anderen auf sich nahm. Er deckte jemanden, da gab es gar keinen Zweifel, aber man sollte selbst herausfinden, wen er deckt und warum.

Beim Laufen versuchte er, sich einen Überblick zu verschaffen, unternahm sozusagen ein Brainstorming mit sich selbst: Nachdenken, Stucky, nachdenken!

Am Anfang stand der plötzliche Tod eines kleinen Jungen.

Eines Jungen, den der Graf Ancillotto sehr gut kannte, der Cousin jenes Leonida, der sein Schützling war. Er wird wohl jene armen Familien im Hinterkopf gehabt haben – mit einem sonderbaren Kind und einem Typen ohne Zukunft.

Ancillotto hat das nicht ertragen: Dass zähe Naturen wie er abtreten müssen, die im Leben Höhen und Tiefen erlebt haben, nun ja. Aber der Tod eines kleinen Jungen, der noch nicht einmal die Anweisungen für den Gebrauch dieses Lebens ausgepackt hatte – dies schien ihm denn doch ein zu hoher Tribut an die Götter des Zements zu sein.

»Fahrkarte?«

»Wie bitte?«

»Wohin?«

»Treviso«, sagte Stucky gedankenverloren.

Sie sausten durch den Bahnhof von Magliano, durch Preganziol, vorbei an den Villen des Terraglio und an dem, was von ihren Parks noch übrig war.

Mehrere Leute wussten über die Einstellung des Grafen zum Zementwerk und zur Person Speggiorin Bescheid, mit Sicherheit jemand von der Initiative, Signora Adele und Isacco Pitusso. Und Francesca Del Santo? Die Frau, die auch Seelen massierte?

Die Waffe aus dem Pfarrhaus entwendet hatte Signora Adele, da war sich Stucky sicher. Um sie dann Pitusso zu geben? Der mitten in einer Gewitternacht Schüsse abgibt, dann bis zu den Teichen läuft, die Pistole an die Schnur bindet, und dort stellt sie dann – Tage später – Leonida Saba sicher? Und warum?

Der Zug drosselte das Tempo.

Die Patronen! Antimama! Wie konnte er sie nur vergessen? Er musste mit Don Ambrosio reden, das hatte höchste Priorität.

Im Laufschritt begab sich Stucky nach Hause, in den Vicolo Dotti. Dort schwang er sich auf seine alte Moto Morini und legte die Strecke zwischen Treviso und den Prosecco-Hügeln wie ein wahrhaft verantwortungsloser Mensch zurück.

Don Ambrosio sah ihn verdutzt an.

»Was für Patronen?«

»Die Waffen Ihrer Möchtegernpazifisten, haben Sie die mit oder ohne Patronen aufbewahrt?«

»Soll das ein Witz sein? Glauben Sie, dass ich im Pfarrhaus auch die Patronen aufbewahre? Die Waffen sind vollkommen unschädlich.«

»Aber die Verrückten, die Ihnen Gewehre und Pistolen anvertrauen, übergeben Sie sie Ihnen mit oder ohne Patronen?«

»Die meisten ohne. Einige haben sie mir in eine Tüte getan oder in eine Schachtel, und die habe ich dann entsorgt.«

»Und der Graf?«

»Er hat sie mir ungeladen gebracht. Wo denken Sie hin!«

»Tja ...«

Stucky dachte weiter nach. Außerhalb des Pfarrhauses. Auf dem Sitz seines Motorrads, der Morini.

Wer könnte die Patronen Kaliber .22 der Bernardelli gekauft haben? Ob Signora Adele so sachkundig und entschlossen vorgehen würde? Einen Waffenladen betreten und sich die Patronen für eine Sportpistole besorgen?

Spontan ging er zurück zum Pfarrhaus. Don Ambrosio breitete die Arme aus.

»Schon wieder?«

»Was meinen Sie: Kann es sein, dass Signora Adele einen Hass auf den Ingenieur Speggiorin hatte?«

Der Priester trat einen Schritt zurück.

»Was sagen Sie da?«

»Dass es sich bei der Tatwaffe um die Pistole handelt, die Sie hier aufbewahrt haben und die Ihnen höchstwahrscheinlich von Signora Adele entwendet wurde.«

»Und Sie glauben ...?«

»Sagen Sie mir lieber, was *Sie* glauben!«

»Sie ist eine überaus tüchtige Person. Diesem Garibaldiner namens Graf Ancillotto treu ergeben. Seit vielen Jahren ist sie verwitwet, hat in Udine gelebt, ist aber hier geboren, und nach dem Tod ihres Mannes ist sie in ihr Dorf zurückgekehrt, zu ihren Verwandten. Auch weil sie sich mit ihrer geschiedenen Tochter verstritten hatte. Hier hat sie einen Bruder und zwei Nichten, die Bibliothekarin ist ihre Nichte …«

»Einen Moment, bitte … Die Mutter von Leonida, dem Jungen, der die Pistole gefunden hat?«

»Und die andere Nichte der Signora Adele, die Schwester der Bibliothekarin, hat auf tragische Weise ihren zwölfjährigen Sohn verloren. Sie erinnern sich: Simone Dalt, der einer schrecklichen Krankheit zum Opfer fiel.«

»Also hat sie wohl einen ganz schönen Groll auf den Ingenieur gehabt! Wissen Sie, was man im Dorf über das Zementwerk munkelt …?«

»An so was glaube ich nicht.«

»Aber Sie selbst haben mir gesagt, dass jedes Jahr eine bestimmte Anzahl von Sterbefällen erwartet wird, und Sie wissen genau, woran Ihre Gemeindemitglieder sterben. Ist da denn alles auf natürliche Weise zugegangen?«

Der Pfarrer schwieg eine Weile.

»Das sind eben die Unwägbarkeiten in Gottes Plan.«

»Kann ich mir denken …«

Er drückte so auf die Tube, als müsse er eine ganze Schar von Ärgernissen abhängen.

Im Polizeipräsidium hatte Pitusso bereits eine Spontanaussage gemacht; er war in Anwesenheit des Polizeipräsidenten vom Richter angehört worden. Noch vor dem Abend würde man ihn ins Gefängnis überführen.

Die Durchsuchung des Hauses des Geständigen hatte keine besonders positiven Ergebnisse erbracht. Es gab keine Hinweise, die irgendeinen Zusammenhang zum Mord beziehungsweise seinem Opfer hatten: nicht eine Zeile über Speggiorin, kein Artikel über das Zementwerk, keine Patronenschachtel, und das Magazin der Bernardelli hat sowieso nur Platz für zehn Patronen. Nichts, außer Wein- und Grappaflaschen.

In Begleitung von Landrulli suchte Stucky ihn in der Arrestzelle des Polizeipräsidiums auf.

»Dann sind Sie es also gewesen, Pitusso.«

»Richtig.«

»Und das mit der Pistole des Grafen?«

»Die hab ich mir ausgeliehen.«

»Vom verstorbenen Grafen?«

»Vor seinem Tod.«

»Wann war das?«

»Bevor er die Möbel verkauft hat.«

»Sie befand sich bei Don Ambrosio, diese Pistole! Haben Sie sie ihm geklaut?«

Pitusso stöhnte.

»Ich habe sie Don Ambrosio geklaut. Ja.«

»Und wo hat der Pfarrer sie aufbewahrt?«

»Daran erinnere ich mich nicht.«

»Als Sie sie entwendet haben, waren da die Patronen drin, oder war sie leer?«

»Das Magazin war voll.«

»Schussbereit, also.«

»Und ich habe drei Schüsse abgegeben.«

»Drei ins Herz?«

»Pfeilgerade da hinein.«

»Und warum?«

»Er war mir nicht sympathisch.«

»Ihr Motiv war also Antipathie?«

»Genauso ist es. Auch der Rost ist mir unsympathisch, und deswegen kratze ich ihn ab. Gratis.«

»Pitusso, Lügenmärchen erzählen ist nicht leicht, nicht einmal für einen Verrückten wie Sie. Die Pistole hat Signora Adele entwendet, und zwar aus dem Pfarrhaus. Und welche Rolle spielt Leonida in dieser üblen Geschichte?«

»Lassen Sie Leonida in Ruhe!«

»Er hat die Tatwaffe gefunden; er ist in die Sache verwickelt. Und wie!«

»Leonida hat nichts damit zu tun.«

»Wirklich nicht? Und wenn es ausgerechnet Leonida gewesen wäre, der geschossen hat? Im Übrigen ist er der Cousin des an Leukämie gestorbenen Jungen. Signora Toniut nimmt die Pistole und gibt sie dem Jungen, damit er Gerechtigkeit walten lässt. Er ist jung, geschickt, er schießt, versteckt die Pistole, und dann findet er sie später, um uns an der Nase herumzuführen ...«

»Nein, nein, nein ... Niemand wollte Leonida in die Sache hineinziehen.«

»Niemand? Was heißt hier niemand?«

Pitusso hüllte sich in verzweifeltes Schweigen.

»Wenn tatsächlich Sie es waren, der geschossen hat, haben Sie es dann auf Befehl des Grafen getan? Um ein Versprechen einzulösen?«

Da brach Pitusso beinahe in Tränen aus.

»Landrulli, heute Abend fahren wir beide nach Cison di Valmarino; ich lade dich zum Essen ein.«

Das kulinarische Angebot des Gasthofs, in dem Stucky mit den Schwestern aus dem Vicolo Dotti die Ferragosto-Nacht verbracht hatte, fanden die beiden äußerst verlockend. Die Weine kannte der Inspektor bereits, und der Gastwirt trug jetzt das Seinige dazu bei mit einem Steinpilz-Carpaccio, einem Risotto mit Krebsfleisch und Zucchiniblüten sowie einem Rucola-Salat nach Herzenslust.

»Gut«, sagte Stucky nach dem Espresso.

»Was gibt's Neues?«, fühlte Landrulli schüchtern vor, der sich nun, mit gut gefülltem Magen, auf kühne Operationen einstellte.

»Weißt du, warum Speggiorin in einer Gewitternacht erschossen wurde?«

»Damit weniger Spuren zurückblieben.«

»Ach was! Komm mal mit!«

Sie gingen zum Hauptplatz hinunter. Die Tische der Bar Roma waren vollbesetzt, unter den Gästen befanden sich einige Schachspieler. Sie liefen noch ein paar hundert Meter weiter, zur Brücke oben, wo sich das Haus des Jungen, Leonida Saba, befand.

»Du setzt dich jetzt an einen der Tische der Bar Roma. Ich komme auf dich zu, du behältst mich im Auge, und folgst mir dann. Alles klar?«

Stucky ging voran und hielt sich dicht an die Gebäude, die am Abhang standen und den Rujo-Bach säumten. Irgendwann sah er Landrulli an seinem Tischchen sitzen und an einem Glas Wasser nippen. Der Inspektor bog links in die Arkade ein. Dort wartete er auf den Agente und stieg dann die Treppe hinunter, die zu dem schmalen, beide Teile des Dorfes miteinander verbindenden Betonbrückchen führte. Landrulli kam hinter ihm her.

Er entdeckte die Treppe, ging nach oben und befand sich bald auf der Höhe des Hauses, in dem die Kosovaren wohnten, die, wie vorherzusehen war, wieder Kicker spielten.

Er begrüßte sie, und sie grüßten artig zurück.

Am oberen Ende der Treppe angelangt, ging er am Haus von Signora Adele vorbei und folgte der Straße nach rechts bis zum Eingang der Villa der Familie Speggiorin. Dort blieb er stehen und wartete auf Landrulli. Beide observierten von der anderen Seite der Hauptbrücke aus die Bar des Neapolitaners und die Leute, die im Freien ihre Getränke genossen.

»Verstehst du?«

»Bei diesem Regen war an jenem Abend kein Mensch da.«

»Genau!«

»Also handelt es sich um jemanden, der das Dorf gut kennt.«

»Nicht nur das. Es war jemand, der das mehr als einmal durchgespielt hat. Einschließlich der Postierung in der Allee zwischen den Buchsbaumpflanzen.«

»Jemand muss ihn gesehen haben.«

»Die Kosovaren, da bin ich mir sicher. Die halten sich bis spät am Abend dort auf und spielen ihren Tischfußball.«

»Aber aus denen bringst du keinen Ton heraus! Die sind absolut nicht in die Sache verwickelt und möchten nichts damit zu tun haben.«

»Richtig. Es sei denn … Komm, Landrulli!«

Sie gingen zurück bis zu der kleinen Terrasse, auf der das intergalaktische Tischfußballturnier im Gange war. Man hörte Flüstern und leise Flüche, weil die Leute keinen Ärger bekommen wollten.

»Signori«, sagte Stucky. »Sind Sie zu einem Duell bereit?«

Die vier Kosovaren blickten auf den mit den langen Haaren, der wohl der Chef war.

»Kommt darauf an.«

»Italien – Kosovo: drei zu null«, sagte Stucky.

Der Chef grinste.

»Unmöglich.«

»Wir werden ja sehen.«

Landrulli zögerte, während der Kosovare, der so lang war wie ein Laternenpfahl, das Tor öffnete.

»Herr Inspektor«, wisperte Landrulli, »ich bin eine Niete, die machen uns fix und fertig.«

In der Verteidigung war Landrulli tatsächlich eine Niete hoch drei, und der langhaarige Kosovare erlaubte sich sogar ein paar Tricks, die der arme Landrulli infolge völligen Koordinationsmangels unter großen Mühen zu parieren versuchte. Ohne Erfolg.

Kosovo – Italien: drei zu null, so ging es aus, auch wenn Stucky vorne ein paar elegante Manöver vollführte.

»Morgen Abend kommen wir wieder«, sagte Stucky frech. »Wir haben uns gerade erst aufgewärmt«, schob er noch hinterher.

Die Kosovaren schwiegen, sie grübelten darüber nach, warum man ihnen so viel Aufmerksamkeit schenkte, und die Sache kam ihnen nicht ganz geheuer vor.

»Wie viel Uhr?«, fragte der Chef, ohne große Begeisterung.

»Um dieselbe Zeit, und wer verliert, gibt eine Runde aus.«

Auch das löste nicht gerade Begeisterungsstürme aus.

»Das schaffen wir nie!«, jammerte Landrulli auf dem Rückweg.

»Antimama! Ich fürchte, du hast recht. Die Kosovaren machen Kleinholz aus uns, und für die Ermittlungen springt auch nur eine glatte Null heraus.«

»Könnten wir sie nicht auf die Wache mitnehmen und sie dort ausquetschen?«

»Landrulli, was meinst du? Finden wir keinen besseren Verteidiger als dich?«

»Es gäbe einen, im Einsatzkommando, einen tüchtigen …«

»Na siehst du? Wir bieten ihm eine Million für den Vertrag und gewinnen die Meisterschaft. Wer ist es?«

»Spreafico ist ein großartiger Verteidiger.«

»Antimama! Spreafico?«

»Herr Inspektor, Spreafico ist von Leonardi wieder an die Leine gelegt worden, aber er ist immer noch Spreafico!«

»Mag sein ...«

»Und er sagt, dass der Kommissar zu keiner Lösung kommt, und außerdem darf man nicht vergessen, dass er ein paar Brocken Albanisch kann. Er ist also in doppelter Hinsicht nützlich.«

3. September, Donnerstag

Wie Veterinäre, die sich auf die anstehende Geburt eines Kälbchens der einmaligen Rasse »Burlina« vorbereiten, hatten die Winzer und Önologen sich um die Rebreihen gekümmert und Stichproben genommen, um die Qualität der Trauben zu testen. Die Weinberge würden in Kürze gebären.

Der wunderbare Augenblick der Weinlese war gekommen. Die Startsignale vibrierten schon in der Luft, wurden von den Böen von Hügel zu Hügel herangeweht.

Man hörte den Lärm der Traktoren; Körbe und Kisten wurden bereitgestellt und die Erntehelfer von ihren großmütterlichen Trainerinnen massiert. Familien, Freunde, auf gut Glück angeheuerte Arbeitskräfte: Flink schnitten die Mannschaften die Trauben von den Reben. Hier musste man schnell und mit Feingefühl arbeiten.

Nachdem sie die Ernte bei den Kellereien abgeladen hatten, kehrten die Traktoren abends müde nach Hause zurück.

Die Prosecco-Bruderschaft hatte Signora Salvatierra endlich die Gelegenheit gegeben, sich an ihrem Sitz vorzustellen und öffentlich zu erklären, was sie so Wichtiges mitzuteilen hatte.

Man löst das Terroir auf, seine Integrität, das Gewebe der Zeit, das es zusammenhält. Bald gibt es hier nur noch von der Erde getrennte Wasser und von der Luft getrennte Erde. Die Gewässer werden nicht mehr die Kraft haben, den Ertrinkenden anzulocken, den Verrückten sich darin spiegeln zu lassen, und unsere weißen Straßen führen nicht mehr einsame und demente Persönlichkeiten dazu, Schubkarren zu schieben, obszöne Verse zu singen oder Flüche auszustoßen oder auch nur Gedichte auf den Mond oder den Feldahorn zu rezitieren, und kein Bauer wird uns an ein Monster erinnern, keine Vogelscheuche an ein Gespenst, und keine Sense wird mehr als Symbol des Todes gelten.

Diese Gefilde werden nicht mehr die kunterbunten oder geheimnisvollen Dörfer sein, die unsere Fantasie anregten. Wir werden als Kinder nicht mehr lernen, die Schatten der Gräber, das Schweigen der Greise, die trüben Augen derer zu erkennen, die aus Versehen zur Welt kamen. Wir werden den Geruch des Stallmists, die Farbe des Kürbisses, das Blut des Schweins vergessen. Niemand wird mehr an die Grenzen der Nebel stoßen, wo man sich in Tagträumen verlieren konnte.

Wir werden nicht mehr sein als Passagiere in einem Rettungswagen, der sich auf dem Weg zur Rettung verfahren hat.

Wenn wir nicht gewissenhaft und liebevoll handeln, werden diese Landschaften Wüsten werden, ausgetrocknet von der Chemie, unsere Rebzeilen werden sich in Galeeren verwandeln und unsere Reben ihr Lächeln verlernen. Ich war es, der den Zeitungen die Daten über die Verwendung von Pestiziden zugespielt hat. Nötigenfalls werde ich das auch noch vom Grab aus tun.

Als Celinda Salvatierra die Erklärungen, die Graf Ancillotto für sie im Safe hinterlegt hatte, verlesen hatte, setzte sie sich wieder an den Tisch, auf ihren Platz zwischen den Honoratioren der Prosecco-Bruderschaft, und blickte den Anwesenden der Reihe nach in die Augen.

Der Saal hüllte sich in ein fast magisches Schweigen.

In dieser seltsamen Atmosphäre zählte Celinda Salvatierra die Forderungen auf, die ihr Onkel, Desiderio Ancillotto, durch sie als sein Sprachrohr aufstellte: Mehr Respekt vor dem Terroir, weniger Ausbeutung der Weinstöcke, weniger aggressive Behandlungen, weniger Sulfite im Wein, ja, sogar die Forderung, Prosecco ganz ohne künstliche Sulfite herzustellen. Vor allem: Experimente mit neuen Gärungsmitteln, die den lokal vorherrschenden Eigenschaften der Trauben, die er in den höchsten Tönen pries, entsprachen. Das waren seit jeher seine Ansprüche gewesen, die endlose Debatten ausgelöst hatten.

Doch dieses Mal saßen sie einer Ausländerin gegenüber, einer resoluten Frau. Ancillotto hätte sich nie damit durchsetzen können, aber diese Harpyie war imstande, fünfzig Hektar brav aufgestellter Rebreihen dem Erdboden gleichzumachen, um hier Kaffee oder – schlimmer noch! – Rotwein zu produzieren.

Sie erhielt zwar keinen allgemeinen Applaus, aber viele Zeichen der Zustimmung. Irgendetwas würde sich bewegen.

Dem Einsatzwagen kamen die letzten Traktoren entgegen, denn es war schon dunkel.

»Hör zu, Spreafico«, begann Stucky, »stell dir mal vor, dass du als Autofahrer von beiden Seiten der Straße in folgende katastrophale Situation gedrängt wirst: zwei Radfahrer, die dich wie besoffene Nattern überholen. Alles geht blitzschnell, du hast sie praktisch schon unter den Reifen: Welchen fährst du jetzt um?«

»Tja, Herr Inspektor, den, der vor mir ist, dem möchte ich in die Augen schauen, bevor ich ihn ins Jenseits befördere.«

»Und warum?«

»Damit er sieht, dass ich ihn voller Verachtung plattmache.«

»Oho«, sagte Stucky. »Und wenn du, mein lieber Spreafico, anstelle des Radfahrers eine andere Geißel des Autofahrers vor dir hast – einen LKW-Fahrer, der mit seiner Großmutter telefoniert und auf deine Fahrbahn ausschwenkt, was machst du dann?«

»Ebenfalls unerwartet und immer noch mit einem Radfahrer in meiner Fahrtrichtung?«

»Jawohl.«

»Tja, Herr Inspektor, dann lasse ich mich auf den Radfahrer ein, aber zuerst hupe ich ihn an, um ihm in die Augen schauen zu können, während ich ihn ins Jenseits befördere.«

»Landrulli, gibt es in dieser ganzen Geschichte eine Moral?«

»Dass der Selektionsdruck dann, wenn du als Radfahrer Spreafico in die Quere kommst, groß ist.«

»Ausgezeichnete Antwort.«

»Ich hab meinen Darwin rekapituliert, Herr Inspektor.«

»Schau nach vorn, Landrulli!«

Den halben Vormittag hatten sie in den Sälen der Pfarrgemeinde ihre Basiskenntnisse im Tischfußball aufgefrischt. Agente Spreafico als Verteidiger war wirklich eine Wucht: Er parierte teuflische Diagonalschüsse, angeschnittene Flanken aus dem Mittelfeld, die sich an den Kegeln der Verteidiger brachen, und Schüsse, die vom

Torhüter abgefeuert wurden, landeten im Tor des Gegners. Spreafico war ein perfekter Spieler für die Bars in den Vorstädten, weil er seine Jugend tatsächlich zwischen Flipper und Kicker verbracht hatte.

»Du bist ja ein Champion!«, hatte Stucky zu ihm gesagt.

»Ich weiß«, hatte Spreafico strahlend geantwortet.

Stucky entspannte sich auf dem Sitz. Der schöne spätsommerliche Sonnenuntergang vertrieb ihm ein paar Minuten die Gedanken aus dem Kopf.

»Und wie steht es mit Leonardi?«

»Der befindet sich zurzeit im siebten Himmel. Er schließt einen Fall ab, der ihm sehr am Herzen lag.«

»Deiner Meinung nach schließt er ihn also ab?«

»Er sagt, ja. Pitusso sei geistig genug derangiert, um einen ehrenwerten Ingenieur über den Haufen zu schießen.«

»Und was meinst du?«

»Tja, Herr Inspektor, ich habe tonnenweise Daten über das Zementwerk gewälzt, angefangen von Angaben über die Finanzen, den Bürobedarf, den Kundenkreis und so weiter bis hin zu den Angestellten, auch die unter der vorigen Geschäftsleitung habe ich studiert. Alles.«

»Und was für einen Eindruck hast du gewonnen?«

»Dass man in bestimmte Firmen lieber nicht die Nase stecken sollte.«

»Hast du auch die Angaben zu dem Material überprüft, das verbrannt wird?«

»Natürlich.«

»Und? Ist alles im Normbereich? Keine Krankenhausabfälle oder andere versteckte Sachen?«

»Wissen Sie, was das Problem ist, Herr Inspektor?«

»Nur raus mit der Sprache!«

»Dass wir so viele moderne Sachen verwenden, bevor

wir wissen, wie sie sich auf unseren Körper auswirken. Ja, wir können es einfach nicht wissen. Vor allem weil die Dinge dann, wenn wir so viel darüber nachdenken, veralten und die Investitionen für die Katz waren. Und zweitens weil wir nicht einmal wissen, was und wo wir suchen sollen und mit welchen Folgen wir rechnen müssen.«

»Wir sind Versuchstiere.«

»Und es kann auch gar nicht anders sein. Unser Fortschritt ist eine Lotterie, und wen es trifft, den trifft's.«

»Aber so ist das Leben nun mal«, sagte Landrulli, der Chauffeur.

Wieder beim Abendessen im Gasthof. Der Wirt hatte sich gefreut, auf diese Gäste Eindruck gemacht zu haben, und tatsächlich traumhafte Weine aufgetischt.

»Da ich Sie nicht gut kenne«, sagte Stucky, »habe ich Sie gestern nicht zu einer Sache befragt, die mir am Herzen liegt, aber nach diesem Göttermahl glaube ich, Ihnen eine Frage stellen zu dürfen. Erinnern Sie sich, dass ich hier die Ferragosto-Nacht mit zwei jungen Damen in einem Zimmer verbracht habe?«

»Selbstverständlich, ich erinnere mich sehr gut an die Taillenmaße und natürlich auch an die Augenfarbe der beiden Damen.«

»Genau. Ist Ihnen am nächsten Morgen an uns irgendetwas Merkwürdiges aufgefallen?«

»Zum Beispiel?«

»Geringfügige Spuren irgendwelcher Intimitäten?«

»Würde ich nicht sagen.«

»Gut, gut.«

»Sicher, als ich zufällig im Laufe der Nacht an der Tür Ihres Zimmers vorbeikam ...«

»Weiter! Ich bitte Sie!«

»Seufzer!«

»Wie etwa: leichte Atembeschwerden infolge erhöhter Temperatur?«

»Ehrlich gesagt, das Zimmer ist sehr kühl. Ich würde sagen, es waren die Seufzer eines verliebten Menschen.«

Stuckys Miene verfinsterte sich. Konnte es doch möglich sein?

»Ach, und noch etwas ...«

»Womit kann ich Ihnen dienen?«

»Erinnern Sie sich noch an diesen internationalen Schein-Kongress über die Weine?«

Der Mann knurrte nur.

»Jemand hatte Sie angerufen und bestätigt, dass am Sonntag, dem 23. August, eine russische Reisegruppe eintreffen würde?«

»Natürlich! Am Tag davor war das, am Samstag.«

»Erinnern Sie sich, wer das war?«

»Das Reisebüro, das gebucht hatte. Eine Dame. Sie schien jung zu sein. Eine schöne Stimme.«

»Eine schöne Stimme mit russischem Akzent?«

»Ach was! Mit einem schönen venezianischen Akzent natürlich.«

Der Inspektor bezahlte die Rechnung.

Die Kosovaren warteten schweigend. Zwei von ihnen kneteten sich die Hände. Ihr Chef beäugte den Neuankömmling und versuchte, seine Fähigkeiten abzuschätzen. Klein, robust, nervöses Bärtchen, starke Handgelenke, entschlossener Blick. Ihm war klar, dass der Neue als Verteidiger spielen würde, und er beabsichtigte, ihn gegen seinen Kumpel, den ganz langen Kerl, antreten zu lassen, der vorgebeugt spielte, aber Reflexe hatte wie die Zunge eines Chamäleons. Er selbst dagegen würde in der Abwehr bleiben, weil der etwas lästige Oberpolizist eine Lektion verdient hatte.

»*Mirëmbrëma*«, sagte Spreafico.
»*Buonasera*«, antwortete der Chef.
»*Si je'*«, erwiderte Spreafico unbeirrt.
»*Tutto bene, tutto bene*«, gab der Chef zur Antwort und machte dem großen Mann ein Zeichen, dass er Stellung beziehen solle, während er den Hebel betätigte, der den Ball auswarf.
»Dann spielen wir also«, sagte Stucky.
»Wer verliert, zahlt«, verkündete der Chef und band sich sorgfältig die Haare zusammen, ohne seine Gegner aus den Augen zu lassen. Die anderen beiden gingen ein paar Bier holen.
»Hier nicht herumschreien«, warnte der Chef.
»Geht in Ordnung«, sagte Stucky.
Spreafico erwies sich tatsächlich als harter Brocken. Der Lange war flink, unberechenbar und gab sogar den Mittelfeldspieler, über die Bande, um die Verteidigung zu verwirren, aber Spreafico hielt stand. Stucky jedoch war beim Angriff sofort auf Widerstand gestoßen. Der Lange setzte ihm gehörig zu, und der Chef schien jede Bewegung vorauszuahnen.
Es war Spreafico, der blitzschnell die gegnerische Abwehr durchbrach, und dann lagen sie plötzlich mit zwei Punkten im Rückstand. Doch sie holten auf, weil Stucky mit ziemlich viel Glück zweimal nacheinander ins Tor traf. Der Chef kommentierte das mit: »*Të hajë dreqi*«, wünschte ihn zum Teufel und schoss ein fabelhaftes Tor, vom eigenen Netz direkt in das des Gegners.
Bierpause beim einigermaßen ausgeglichenen Stand von drei zu vier; die Gemüter waren sehr erhitzt. Die Lampe über dem Tisch brannte nur schwach; sie schafften eine neue Batterie herbei, und dann funktionierte die Beleuchtung besser.
Beim Stand von fünf zu fünf hatte Landrulli bereits

ein Kilo Fingernägel verschluckt. Der entscheidende Ball befand sich in der Hand des Chefs. Das war der Augenblick! Stucky gab das mit Spreafico vereinbarte Signal, einen kleinen, aber spürbaren Schlag auf die Mittelhand: Er musste den Schuss, wie vorgesehen, passieren lassen, und ein Diagonalschuss des Angreifers landete unter den Freudensprüngen der beiden Kosovaren, die nicht mitgespielt hatten, im Tor.

Mit großer Noblesse fragte der Chef, ob sie eine Revanche wünschten.

»Nein«, antwortete Stucky untröstlich.

»*Jemi të gjithë miq!*«, sagten sie im Chor.

»Wir sind alle Freunde«, übersetzte Spreafico, der wie ein Schuppentier schwitzte.

»Wir geben einen aus!«

Stucky führte die Clique zur Bar Roma und bestellte eine Flasche Prosecco – nach so einer Plackerei braucht man einfach einen kleinen kühlen Prosecco.

Der Inspektor setzte sich neben den Chef, der ihm erzählte, dass er eigentlich Tänzer war. Er hatte in Russland Ballett studiert und sogar auf den Brettern des Bolschoj getanzt. Jetzt kontrollierte er die Webstühle in einer Textilfabrik, solange es dort Arbeit gab.

Stucky zog langsam ein paar Fotos hervor und legte sie auf den Tisch.

»Habt ihr eine dieser Personen gesehen, in der Nacht, wie sie über die Brücke ging, die Treppe hinaufstieg und dann nach rechts abdrehte?«

»Rechts geht zum Haus des Ermordeten«, sagte der Chef verdrossen.

»Genau.«

Auf dem Tisch lag das Fahndungsfoto von Pitusso und eine Fotografie der Signora Adele, die sie sich im Einwohnermeldeamt besorgt hatten.

»Frau schließt sich frühabends im Haus ein und geht nicht vor Morgen aus. Dann hat Angst vor Treppe, weil zu steil, hat Beine Probleme, geht immer auf Straße.«

Das stimmte. Stucky hatte bemerkt, dass Signora Adele langsam ging und sich gern auf etwas stützte.

»Und dieser andere? Der Mann?«

Sie kannten ihn, das war der *cmëndur*, der Verrückte.

»Paar Mal ist vorbeigekommen, mit dem Jungen.«

»Welchem Jungen?«

»Sohn von Bibliothekarin.«

»Leonida?«

»Der.«

»Und wo sind sie hingegangen?«

»Zu Signora.«

Der Inspektor betrachtete die Kosovaren. Sie gaben nur das Nötigste preis. Und im Übrigen, was ging sie die Sache an?

»Und sonst jemand?«

»Wer?«, fragte der Chef und tat überrascht.

»Jemand, der sich seltsam benahm.«

Der Baumlange flüsterte dem Chef etwas ins Ohr.

»Er sagt, an zwei Regentagen hat er Person über Brücke gehen sehen.«

»Welche Person?«

»Er sagt, hatte keinen Schirm, nur Kapuze auf Kopf.«

»Mann oder Frau?«

»Sagt, hatte dunkle Regenjacke und Hose.«

»Ein Mann!«

»Sagt, hatte schönen Hintern.«

»Antimama! Schönen Männer- oder schönen Frauenhintern?«

Der Kosovare warf ihm einen empörten Blick zu.

»Was fängt man jetzt damit an?«, fragte Landrulli, als auch der letzte Kosovare davongetorkelt war.

Stucky dachte Unaussprechliches.

»Tja, Herr Inspektor, die sind eine Bande! Kommt mir vor wie Science-Fiction!«

»Mir auch.«

»Antimama, wenn es wenigstens eine falsche Hypothese wäre!«, sagte Stucky frei nach Wolfgang Pauli, der sich angesichts einer unlösbaren Aufgabe so auszudrücken beliebte.

4. September, Freitag

Wir können nicht unser Leben lang immer dann, wenn wir gerade wollen, den Himmel um Hilfe bitten. Das heißt, wir können es schon, aber irgendwann meldet sich Gott aus der Höhe und sagt: Mein Lieber, jetzt hast du zu viel verlangt. Du kannst nicht ewig fragen, welches der richtige Weg ist, irgendwann bleibst du entweder zu Hause, oder du musst dich halt arrangieren.

Wie gelingt es Gott, über all die Bitten, die wir an ihn richten, Buch zu führen? Auch er darf sich mal irren, bei all diesen vielen Leuten, die ihn belästigen, kommt er bisweilen ein bisschen aus dem Konzept, und dann passiert es, dass Hinz ein paar Antworten mehr bekommt und Kunz ein paar weniger. Daran kannst du nichts ändern. So ist das Leben nun mal.

Stucky wachte auf. Eine Variante des Grafen Ancillotto hatte ihm im Schlaf etwas zugeraunt. Er schaute auf die Uhr, noch nicht einmal sechs.

Zwischen den verschiedenen Puzzlestücken, die er im Laufe der Ermittlungen zusammengetragen hatte, gab es Ungereimtheiten. Er ging in die Küche, um sich am Kaffeekocher zu schaffen zu machen. Er drückte ordentlich dunkles Pulver hinein, weil seine Neuronen einen Rüffel brauchten.

Also: Signor Speggiorin finanziert, nachdem er von der Initiative unter Druck gesetzt wurde, ein weiteres, aber detaillierteres ökologisches Gutachten. Antimama! Vielleicht ist es das, was dem Grafen den letzten Anstoß gegeben hat. Tatsächlich, nach der Ankündigung der erneuten Kontrolle, die er offensichtlich als Herausforderung oder als einen Versuch ansieht, sich die Straflosigkeit zu sichern, begibt sich Ancillotto nach Chile, wo er sich vornimmt, die einzige ihm verbliebene Verwandte zu kontaktieren.

Mit Celinda Salvatierra schließt er einen Pakt: Als Gegenleistung für das Erbe muss sie im Dorf ein Riesenchaos provozieren. Er selbst hat noch eine zusätzliche Posse angeleiert: Den abgekürzten Weinkongress und die falsche russische Reisegruppe. Damit ihn alle als Spaßvogel in Erinnerung behielten.

Stucky rührte langsam den Kaffee um.

Doch Ancillotto hatte noch einen weiteren Auftritt vorbereitet.

Stucky ging ins Bad und wusch sich das Gesicht. Mit den nassen Händen strich er sich die Haare zurecht und versuchte, sich in die leicht verschleierten Augen zu schauen. Unruhe.

Er setzte sich wieder an den kleinen Küchentisch. Er hatte nichts an, und der Stuhl mit dem Rohrgeflechtsitz marterte sein Hinterteil, aber er versenkte sich in die Betrachtung seines Bauches. Der ist noch ganz passabel, dachte er, für einen Sechsundvierzigjährigen geht er noch. Auf der Suche nach den Socken, die er wohl auf dem Sofa zurückgelassen hatte, blickte er auch auf die Uhr: sieben Uhr fünfundvierzig. Er zog seine Socken an und schlang dann einen Joghurt hinunter.

Das Telefon läutete. Landrulli, dachte er. Mit Agente Teresa Brunetti hatte er sich am Abend zuvor unterhalten.

»Zwei!«, schallte es vom anderen Ende der Leitung herüber. »Es sind zwei!« Kommissar Leonardi war am Apparat.

»Zwei …?«

»Jetzt hat man mir die ballistischen Gutachten gebracht: Es waren zwei Pistolen, zwei Bernardellis. Die Patronen, die man vor dem Haus von Speggiorin gefunden hat, stammen nicht aus der Pistole, die aus dem Wasser gefischt wurde ... von diesem ... wie heißt er noch mal?«

»Leonida Saba.«

Stucky spürte das Vakuum, in dem sich der Kommissar bewegte, und stellte sich vor, dass der arme Mann nicht die üblichen zähflüssigen Oliventropfen für seinen Blutdruck nahm, sondern sich gleich einen ganzen Liter Olio Carapelli in die Vene spritzte.

»Was machen wir jetzt, Stucky?«

»Wir müssen nachdenken«, murmelte Stucky, während in seinem Kopf die Dominosteine der Indizien langsam ins Purzeln gerieten.

Es war ihm klar, dass Pitusso die Schuld auf sich nahm, um Leonida zu schützen, der durch Zufall in Ancillottos teuflischen Plan hineingerutscht war. Denn es war undenkbar, dass diese beiden sich den Theatercoup mit der zweiten Pistole ausgedacht und die Waffe dem sonderbaren Jungen anvertraut hatten, der sie dann, geladen, wie sie war, durch die Gegend spazieren trug. Diese Pistole musste jemand anderer auffinden, vielleicht sogar tatsächlich Isacco.

»Ah! Diesem Pitusso werde ich alles zur Last legen, was möglich ist, selbst dass er seinen Helm nicht ordnungsgemäß schließt!«

»Er ist doch bloß ein armer Kerl ...«

»Ein armer Kerl? So ein Quatsch! Ich erwarte Sie im Polizeipräsidium, Stucky.«

»Aber nicht gleich, Herr Kommissar. Sagen wir zum Mittagessen.«

»Was haben Sie vor? Wollen Sie vielleicht durch die Gegend gondeln?«

Daraufhin bestieg er seine Moto Morini.

Zuerst zu Signora Martelli, der Geliebten. Ihm erschien sie schöner, als Agente Landrulli sie ihm beschrieben hatte, dennoch war sie nicht wirklich attraktiv. Wenigstens nicht für den Inspektor. Sie wirkte auf gewisse Weise berechenbar, was durchaus angenehm sein konnte.

Sie sagte, sie habe bereits alles dem Kommissar berichtet, das Protokoll müsse ja schon so dick wie ein Lexikon sein, jammerte sie, und sie sei sich nicht einmal sicher, ob die Polizei so diskret sei, wie sie versprochen habe. »Was habe ich damit zu tun? Ich hätte dem Mann, den ich liebte, niemals etwas Böses antun können.« Sie sagte das mit Nachdruck, ohne sich besonders vorzusehen.

»Und wer hätte ein Interesse an seinem Tod gehabt?«

»Ich habe es schon gesagt: Niemand. Nicht einmal diese Schlampe, seine Ehefrau.«

Stucky ließ sie alles wiederholen, was in der Tatnacht passiert war. Er hatte sie angerufen, ihr ein Rendezvous vorgeschlagen, ein Treffen an dem kleinen Platz bei der Feldkapelle. Man hatte es grummeln hören, und ein paar Tropfen waren während des Abends gefallen, aber nachdem sie ihn begleitet hatte, um das Fahrrad zu holen, regnete es in Strömen, und sie hatte angeboten, ihn nach Hause zu bringen. Speggiorin sah sein Umberto Dei mit zärtlicher Besorgnis an, er hätte es nicht über Nacht im Regen stehen lassen, und außerdem hielt er sich für einen hervorragenden Sportsmann, einen Fünfziger in Bestform, gegenüber einem Wolkenbruch ebenso unempfindlich wie gegenüber den Widrigkeiten des Lebens.

»Ein richtiger Mann eben«, bemerkte Stucky.

»Ich habe ihm meinen Schirm geborgt. Es war vielleicht halb ein Uhr morgens. Ich weiß es wegen der Fernsehnachrichten«, murmelte sie erschöpft.

»Hatte Sie an diesem Tag jemand angerufen?«

»Nur Kunden.«

»Keine besonderen Vorfälle?«

»Ich war eigentlich mit einer Freundin zum Abendessen verabredet. Ich habe ihr mitgeteilt, dass mir etwas dazwischengekommen sei und wir den Termin verschieben müssten.«

Stucky schwieg einen Moment.

»Signorina Francesca aus Bassano. Was für ein Typ ist sie?«

Signora Martelli blickte ihn entgeistert an, sagte aber nichts.

»Haben Sie miteinander verkehrt?«

Die Frau blieb stumm.

»Sie kam oft in Ihre Boutique, und am Ende haben Sie miteinander Freundschaft geschlossen. War es so? Am Anfang begleitete sie ein Mann, ein reifer Mann, dann kam sie immer öfter allein. Stimmt das? Ich werde Sie zum Polizeipräsidium einbestellen, Signora Martelli.«

Nicht einmal das brachte die Frau zum Sprechen.

Auf seiner Moto Morini war Stucky Francesca aus Bassano auf der Spur. Dumm, sagte sich Stucky, wirklich dumm.

Ein Theaterstück unter der Regie von Graf Desiderio Ancillotto. Stucky war es, als hätte er sie alle vor Augen: Den Grafen, der die Rollen verteilt, Adele, die die Pistole nimmt, Isacco, der ins Leere schießt und sie dann versteckt. Und die Projektile?, haben sie sich wohl gefragt. Immer mit der Ruhe, die habe ich.

Und die Schauspieler fragen: Okay, aber wozu soll das alles gut sein? Wer hat etwas davon, wenn niemand diesem Halunken von Speggiorin ein Haar krümmt? Jedem seine Medizin, hatte Ancillotto vielleicht darauf geantwortet.

Wie viele Schüsse muss ich abfeuern?, hatte dann wohl Pitusso gefragt.

Einen für den Vater, einen für den Sohn und den dritten für den Heiligen Geist, mag Ancillotto erwidert haben. Drei Schüsse, und für die Schießübungen gehst du in den Bosco delle Penne Mozze, wo dich keiner hört. Dann versteckst du die Pistole. Du kennst keinen sicheren Ort?, wird er dich gefragt haben. Niemand darf sie vorzeitig finden. Graf, dachte Stucky, du hättest den Überblick behalten sollen! Ein Versteck im Wasser ist nicht das Höchste für jemanden, der Wein bevorzugt. Dann hat Pitusso ein bisschen Verwirrung gestiftet. Zum Beispiel dadurch, dass er Leonida bat, die Nylonschnur in den Teich zu werfen, damit dieser dann selbst hingeht und nachschaut, ob der Stein nicht entwischt ist, und dabei schließlich die Pistole findet, die Pitusso da versenkt hat. Sicher, es ist trotz allem noch ein schönes Tohuwabohu entstanden. Und das alles, um die Ermittlungen zu behindern, um sie ins Lächerliche zu ziehen, auch im Geiste des Grafen, aber mehr als alles andere, um dem Hauptakteur die nötige Zeit zu verschaffen, damit er die Bühne nicht betreten musste, sondern von ihr abtreten konnte.

Ein Detail, das den Nebendarstellern bestimmt nicht bekannt war.

Auf der Moto Morini unterwegs zwischen Conegliano und Bassano, auf den Spuren von Francesca Del Santo, zweiunddreißig, immer noch Studentin der Psychologie, wie ein Kollege vom Einsatzkommando in Bassano, von Stuckys Nervosität beeindruckt, wiederholt hatte. Nicht vorbestraft, obschon wir wissen, wie sie sich ihr Studium verdiente, wenn man das so nennen will.

Auf der Moto Morini bis zu dem an der Umgehungsstraße gelegenen Haus mit Eigentumswohnungen, einem anonymen Bau. Kein Vergleich zu dem herrschaftlichen Palazzo im Stadtzentrum, wo die Dame ihre noble Tätigkeit ausübte.

Der Briefkasten vollgestopft mit Werbung. Der Inspektor drückte mehrere Klingelknöpfe nacheinander. Als endlich jemand antwortete, lief Stucky rasch durch die Eingangshalle und dann die Treppen hinauf zum zweiten Stock. In ihrer Wohnung war niemand, das hatte er begriffen, auch wenn die Rollläden hochgezogen waren und den Eindruck vermittelten, dass doch jemand da sei; auch das Balkonlicht brannte.

Der Wohnungsnachbar war ein Herr mit umgebundener Krawatte, der gerade ausgehen wollte, um seine Zeitung zu holen. Widerstrebend berichtete er Stucky, dass Signorina Del Santo in Urlaub gefahren sei; er habe sie am Montagmorgen mit zwei Koffern gesehen.

»Tja, die ist nach Südamerika gereist, sie war verrückt nach lateinamerikanischer Musik und ist mir damit gewaltig auf den Keks gegangen! Sie wird wohl eine ganze Weile wegbleiben. Den Hund hat sie auch mitgenommen.«

»Den Hund?«

»Einen Labrador. Ein braver Hund, nichts dagegen zu sagen. Er hat nie Probleme gemacht, auch wenn es ihm letzte Woche wohl nicht gut ging. Die Dame hat mich gefragt, ob mir ein Tierarzt bekannt sei. Aber woher soll ich so was wissen?«

Stucky hatte sich gedacht, dass der Hund bei Francesca gelandet war, nicht nur das New Yorker Taxi!

»Haben Sie jemals das gelbe Auto gesehen, das so aussah wie ein amerikanisches Taxi?«

Nein, der Nachbar hatte es nie gesehen, dieses Auto. Die Dame habe einen schwarzen Lancia Y.

Gelb, Antimama, gelb wie die Farbe der Aufschrift am Zementwerk: »Staub bist du, und zu Staub wirst du zurückkehren«.

Auf der Moto Morini weiter in dem Versuch, mehr Erkenntnisse zu gewinnen über diese grandiose Akteurin, die sie alle in den Sack steckte und, mehr als alle anderen, ihn selbst, Inspektor Stucky: Sie war mit einer Intelligenz begabt, so blitzschnell wie ein Windmesser. Mit an Sicherheit grenzender Wahrscheinlichkeit war sie gleich nach ihrer letzten Begegnung am Sonntagabend abgereist. Sie hatte geahnt, dass das Spektakel sich dem Ende neigte.

Im Einwohnermeldeamt von Bassano gelang es ihm, an ein Foto und an weitere Informationen heranzukommen.

Weiter auf der Moto Morini, denn eine so athletische Figur wie die von Francesca baut man nicht auf, indem man täglich vor dem Spiegel dreihundert Mal ein Kilo Zucker stemmt. In den Gelben Seiten waren ungefähr zehn Fitness-Studios aufgeführt. Aber den Ort herauszufinden, wo diese superclevere Frau ihre tägliche Dosis Milchsäure und Schweiß produzierte, war weniger einfach. Stucky hatte drei oder vier reine Muckibuden aussortiert, jene mit zu vielen Maschinen, zu vielen Lampen und zu vielen Anabolika. Er stellte sich ein kleines spezielles Etablissement vor, und tatsächlich war sie bei einem Wellnesszentrum angemeldet, das ganz aus zarten Düften und sanften Gymnastikübungen bestand. Allzu sanft waren sie aber auch nicht, denn der Pilateskurs, an dem Francesca teilgenommen hatte, war intensiv genug, um für Geschmeidigkeit und den entsprechenden Muskeltonus zu sorgen. Der Kursleiter schaute Stucky fassungslos an. Polizei? Er wollte nicht glauben, dass eine derartige

Orchidee, die keine Stunde versäumt hatte, Probleme mit dem Gesetz haben könnte.

Stucky war klar, dass auch der Pilateslehrer Francescas Zauber erlegen war.

Francesca hatte die Kurse für sechs Monate bezahlt; im August hatte es nur individuelle Fitness-Stunden gegeben, für die sie sich aber nicht eingeschrieben hatte.

»Ist Ihnen in letzter Zeit irgendetwas Besonderes an ihrem Verhalten aufgefallen?«

»Sie war sehr entspannt, würde ich sagen.«

»Mehr als sonst?«

»Sie würde eine Reise machen, hat sie mir gesagt. Eine Reise, an der ihr sehr gelegen war und für die sie sich sehr ins Zeug gelegt hatte.«

»Eine Belohnung?«

»Weiß ich nicht. Vielleicht ...«

Auf der Moto Morini zu dem Schießplatz, auf dem Graf Ancillotto geübt hatte.

Der Besitzer erkannte Stucky wieder; er betrachtete das alte Motorrad und stieß ein kurzes anerkennendes Grunzen aus. Er besaß auch eine Morini, die allerdings nur in der Garage herumstand.

Stucky zeigte ihm das Foto der Frau.

»Haben Sie sie schon mal gesehen?«

»Wobei?«

»Beim Schießen, wobei denn sonst?«

»Eine schöne Frau ...«

»Kam sie hierher, um Schießübungen zu machen?«

»Sie ist zwei Monate lang gekommen, im Juni und im Juli. Gewöhnlich am frühen Nachmittag, dreimal pro Woche.«

»Wie hat sie sich beim Schießen angestellt?«

»Ein stillstehendes Wildschwein hätte sie getroffen. Sagen wir, dass sie sich Mühe gegeben hat.«

»Sie hat mit einer Bernardelli geschossen, nicht wahr?«

»Wenn Sie es wissen, warum fragen Sie mich dann?«

»Warum haben Sie mir nicht beim ersten Mal, als ich hier war, davon erzählt?«

»Weil Sie nach einem Mann gesucht haben. Diese Frau hatte, glauben Sie mir, mehr Kurven als eine Autorennbahn.«

Auf der Moto Morini. Zuvor hatte Stucky noch Kommissar Leonardi angerufen und ihm mitgeteilt, dass er nicht zum Mittagessen kommen würde, vielleicht am Abend, denn dies würde ein ganz langer Tag werden und er müsse bis zum Schluss am Ball bleiben.

»Neuigkeiten?«, fragte Leonardi, etwas quengelig im Ton.

»Schon möglich.«

Stucky schaute auch beim Notar Altavilla vorbei, der sich um die Erbsache Ancillotto gekümmert hatte.

Notar Altavilla wäre als Spreafico mit Sakko und Krawatte durchgegangen. Beide Kleidungsstücke makellos.

Er forderte Stucky auf, Platz zu nehmen, drückte seine feinen Hände zu einem samtigen Blütenkelch zusammen, als wolle er um rasche Erledigung flehen.

Im Übrigen hatte er, was er sagen konnte, bereits freundlicherweise ein paar Tage zuvor dem anderen Kollegen mitgeteilt.

»Agente Landrulli?«

»Genau. Und jetzt, was bräuchten Sie jetzt?«

»Das Testament des Signor Ancillotto in allen Einzelheiten.«

»Immer noch im Rahmen von Ermittlungen?«

»Selbstverständlich.«

»Amtlich?«

»Im höchsten Maße amtlich. Es geht um Mord.«

Notar Altavilla zögerte; das Wort Mord machte ihn stutzig. Er versuchte die Informationen, über die er verfügte, zusammenzufassen.

»Mir genügt, sämtliche testamentarischen Verfügungen zu kennen. Also, wer begünstigt wurde und in welchem Ausmaß.«

Aus einer Kartei zog der Notar eine einfache Übersicht heraus, eine Art Merkzettel, die er wohl für sich selbst vorbereitet hatte.

»Vier Millionen Euro, angelegt in italienischen, deutschen und schwedischen Schatzanweisungen, sind der Caritas der Diözese Treviso vermacht worden unter der Auflage, genau ein Jahr nach dem Tod von Signor Ancillotto folgende Summen folgenden Personen zukommen zu lassen: fünfzigtausend Euro Signora Toniut, Adele; fünfzigtausend Euro Signor Pitusso, Isacco; fünfzigtausend Euro Signora Possamai, Piera, in ihrer Eigenschaft als gesetzliche Vertreterin von Saba, Leonida ...«

»Antimama ...«

»Fünfzigtausend Euro sind beiseitegelegt und zum Teil bereits ausgezahlt worden an die Initiative ›Windschatten‹, an den gesetzlich Bevollmächtigten Dr. Silvestri, Felice ...«

»Nichts an eine Francesca Del Santo?«

»Nie gehört. Natürlich, und das wissen Sie ja, stehen die Immobilien und der Landbesitz der Haupterbin zu, Signorina Salvatierra, Celinda ...«

»Selbstverständlich. Das ist uns bekannt.«

»Auf dem laufenden Konto sind gegenwärtig verfügbar ... Moment mal ... 21 745 Euro, die die Erbin abheben kann ...«

»Sind Sie sicher? Geht also wirklich nichts an Francesca Del Santo?«

»Ich wiederhole: Nie von ihr gehört. Ich vermute – aber darüber kann ich Ihnen nichts Näheres sagen –, dass es in der Schweiz ein paar Konten gegeben hat. Da müssten Sie sich selbst an die Bank wenden, und ich fürchte, dass die Leute dort nicht so entgegenkommend sind wie meine Wenigkeit.«

Stucky erneut auf der Moto Morini. Ziemlich nervös.

Schließlich und endlich liebte Ancillotto Wein, und viele ausgezeichnete Weine sind Mischungen aus verschiedenen, aber gut aufeinander abgestimmten Rebsorten. Ähnlich durchkomponiert war auch dieser Plan des Grafen gewesen.

Zu wissen, dass auch der Ingenieur unter der Erde landen würde, muss für Ancillotto, bevor er den großen Sprung tat, eine schöne Genugtuung gewesen sein.

Alles fertig, alles schon genau durchdacht. Im August, während die Ehefrau im Urlaub weilt, am ersten passenden Gewitterabend, nachdem sie im Internet die Wettervorhersage gelesen und Speggiorins Geliebte ihr sogar unfreiwillig die richtige Information gegeben hatte. Das Auto auf dem großen Abstellplatz, ganz im Hintergrund gehalten, gut gedeckte Wege, Postierung inmitten der Hecke, und *bam, bam, bam*: *Addio*, Herr Ingenieur!

Sofort würde sich die Maschinerie in Bewegung setzen, die falsche Pistole, und dann würde noch, um die Wasser weiter zu trüben, Pitussos Selbstanzeige hinzukommen. Die Zeit, die man braucht, um die Tatwaffe verschwinden zu lassen und sich in aller Ruhe aus dem Staub zu machen, eine Grenze zu passieren und abzutauchen. Vielleicht einen Flieger nehmen, der in Zagreb wartet, bereit, einen von dort zu einem schönen Ziel in Indien oder Thailand zu bringen.

Sicher, Ancillotto hatte Vertrauen gehabt. Francesca hätte sich auch nicht an die Abmachungen halten können, aber ein Mann aus einer anderen Zeit wie er hat wohl gewisse Vorsichtsmaßnahmen ergriffen; sie waren intim, zweifellos, aber doch nicht unauflöslich aneinander gebunden. Ein Konto würde man erst dann eröffnen, wenn Speggiorins Foto an vorderster Stelle in der *Tribuna di Treviso* erschienen wäre, neben der Nachricht von seiner Ermordung.

Stucky hielt das Motorrad in Casier an, wo der Sile eine Schleife macht. Am Ufer klaubte er mühsam ein paar Steine zusammen und setzte sich dann auf den Holzsteg. Die Enten schauten ihn neugierig an. Er warf einen Stein, den flachsten, so durch die Luft, dass er gerade nur die Wasseroberfläche berührte, und sah zu, wie er, in einer leichten Drehbewegung kleine Kreise bildend, zum anderen Ufer hinüber hüpfte. Wer weiß, wie sich Stucky verhalten hätte. Stucky, der Mensch, nicht Stucky, der Polizist.

Wenn du ein Kind gehabt hättest, das auf schlimme Weise ums Leben kam, was hättest du gemacht? Wenn du über die Ursachen dieses Schmerzes fantasiert hättest, wie viel Wut hättest du im Leib gehabt? Und hättest du dich mit der Justiz begnügt? Hättest du in aller Gemütsruhe argumentiert und dir gesagt, dass man sie bestrafen muss, einige Delinquenten, damit sie anderen nicht das Böse antun können, das du erlitten hast?

Die Steine in der Hand, fest zusammengedrückt.

Hättest du so gesittet argumentiert? Wärst du so reif gewesen? Oder wären die Sicherungen in deinem Gehirn durchgebrannt und du hättest ein Blutbad angerichtet?

Vielleicht hättest du gedacht, entscheidend sei, dass

kein Kind sterben darf, nur weil jemand schuldig ist: Es darf einfach nicht passieren und basta. Danach ist es – Gerechtigkeit hin oder her – zu spät, das Netz des Lebens ist zerrissen und zum Teufel mit allem! Mit allem, was diese Ungerechtigkeit nicht verhindert hat. Und dann überträgt sich das, was da im Bauch so kribbelt, auf die Hände.

Hättest du ihn erschossen, Stucky? Du mit deiner persischen Höflichkeit?

Es wurde allmählich dunkel. Er fragte sich, ob er Francesca einen zusätzlichen Tag zugestanden hätte, damit sie sich besser abseilen konnte.

Sie muss die Sachen ordentlich geplant, monatelang daran gearbeitet haben. Es war ihre Chance. Ancillotto hatte es sofort verstanden, nachdem er sie auf die Probe gestellt und sie losgeschickt hatte, damit sie diesen Satz auf die Mauer des Zementwerks schrieb, gelb wie das Taxi, das er ihr gerade geschenkt hatte: Francesca hatte keine Bindungen, keine angenehmen Erinnerungen und keine Skrupel, die sie an diese Gegend fesselten.

Sie aufzuspüren würde nicht einfach sein.

»Es wird nicht einfach sein, sie aufzuspüren!«, rief Kommissar Leonardi. Bis spät am Abend hatten sie auf ihn, Stucky, gewartet, die ganze Mannschaft. Und hatten sich angehört, was er ihnen zu erzählen hatte.

Alles passte zusammen.

Jetzt wurde der Ball in andere Hände gelegt. Der Kommissar telefonierte schon mit dem Polizeipräsidenten.

Stucky musste alles Secondo dem Wirt erzählen.

Dieser hatte Mühe, den Worten des Polizisten zu glauben, er musste ständig schlucken, nahm eine Flasche, stellte sie wieder zurück, spülte ein Glas aus, polierte es trocken.

»Ach, die Macht des Bösen!«, sagte Secondo schließlich im Jammerton.

»Klar doch! Das Böse!«

»Sie glauben nicht, dass das Böse so stark ist wie die Schwerkraft und uns entgegen unserer Willenskraft anzieht …?«

Das Böse. Diese Gemeinplätze vermischten sich in Stuckys Magen wie eine Meerrettichsauce mit Gorgonzola.

In den Beziehungen zwischen Beutelratten oder Faultieren lässt sich dieses Böse tatsächlich nicht feststellen – vielleicht weil die Anzahl der vernunftbegabten Tiere eine gewisse Schwelle nie überschreitet, vielleicht weil die Dummheitspegel solche Höhen erreichen, dass die intelligenten Exemplare aussterben, indem sie ihre eigene Fortpflanzung verweigern. Also: *pam!* Alles und das sofort, es ist so einfach, schade, dass es unumkehrbar ist.

»Wenn Sie ihn in Schussweite gehabt hätten, hätten Sie auf jemanden wie den Grafen geschossen?«, fragte Secondo.

»Ich hätte ihn festgenommen«, antwortete Stucky.

»Vielleicht wäre es ihm, dem Grafen, gar nicht unangenehm gewesen, sich von einem Polizisten wie Ihnen festnehmen zu lassen.«

»Von einem wie mir …«

»Also, von einem, der stillvergnügt ein Gläschen hinunterkippt.«

Schlimm, dachte Stucky, Durst zu haben und Prosecco zu trinken, als handele es sich um Wasser.

»Vielleicht taufe ich die Osteria um«, sagte Secondo, »und nenne sie Osteria zu den toten Vögeln.«

»Ein Lokal für Alte.«

»Genau.«

»Komische Sache, das Altwerden«, seufzte Stucky.

»Allerdings.«

»Secondo, nur noch eine kleine Frage … dass der Graf Ancillotto zwei Pistolen hatte, wäre nichts Besonderes. Merkwürdig ist aber, dass er sie nicht beide diesem Lotterpriester namens Don Ambrosio ausgehändigt hat. Wenn er das nicht getan hat, hatte er einen Grund: Er besaß nur eine.«

Secondo wurde ganz steif. Aber er hatte damit gerechnet und wusste jetzt, dass der Inspektor alles verstehen würde.

»Wann haben Sie Signor Ancillotto Ihre Bernardelli übergeben?«

Secondo schwieg.

»Er hat sie Ihnen geschenkt, als Sie beide in Maracaibo waren, damit Sie zusammen auf die Jagd gehen konnten«, fuhr Stucky fort. »Seine eigene Waffe hatte er dem Priester, Don Ambrosio, einmal in einem plötzlichen Anfall von Gutmenschentum übergeben. Dann jedoch haben sich die Dinge geändert, und in Ancillottos Kopf haben sich all jene Pläne herausgebildet, wie er in Glanz und Gloria entschweben und gleich eine Art Ärgernis mitnehmen könnte – an eine Feindschaft will ich nicht einmal denken. Ich meine diesen Ingenieur Speggiorin. Und die zweite Pistole kam ihm dann wirklich zupass. Die erste aufzufinden würde ein Kinderspiel sein, und sie sollte dazu dienen, eine falsche Fährte zu legen. Mit der zweiten Pistole musste dann die Drecksarbeit erledigt werden.«

»Er hat mich Anfang Juni darum gebeten. Ich hatte sie wie eine Reliquie behandelt. Als Erinnerungsstück. Ich hatte nicht einmal eine Patrone. Nichts …«

»Was hat er Ihnen denn gesagt?«

»Du gibst ein Geschenk zurück.«

»Und was haben Sie gedacht?«

»Dass er sich umbringen wollte.«

»Antimama! Sie haben immer behauptet, dass der Graf gesund war!«

»Das hat *er* behauptet. Doch er strahlte diese tiefe Unruhe aus; es gab etwas, was an ihm nagte.«

»Und Sie haben sie ihm trotzdem gegeben?«

»Wie hätte ich mich weigern können? Dem Grafen gegenüber? Einem, der dem Leben stets vorausläuft? Ich habe gehofft, ich würde mich irren, doch ...«

»Secondo, warum haben Sie mir nichts gesagt?«

»Was hätte ich Ihnen sagen sollen? Was hätte ich an dem ändern können, was passiert war?«

Nichts, dachte Stucky.

»Es gibt aber einen Aspekt, der für mich wirklich keinen Sinn ergibt. Eine Sache, die Sie selbst aufgebracht haben: Warum hat einer wie der Graf andere für sich handeln lassen? Das verstehe ich nicht.«

»Ich weiß nicht. Er hat mit dem Schießen aufgehört, als er nicht mehr so gut sehen konnte. Er hat das immer überspielt. In der Öffentlichkeit hat er fast nie eine Brille aufgesetzt ...«

»Ich habe ihn auf einem Foto mit Brille gesehen!«

»Da haben Sie Glück gehabt. Er hat sich deswegen geschämt.«

»Und?«

»Ich sage jetzt einfach mal etwas aus der hohlen Hand heraus: Vielleicht hatte er Angst, daneben zu treffen ... Stellen Sie sich diese Blamage vor! Denken Sie an die Schlagzeilen der Zeitungen: ›Graf Ancillotto, ein geübter Sportschütze, verfehlt sein Opfer!‹«

»Wirklich, eine Mordsblamage ...«

»Und wenig später dann vielleicht die Piave überschreiten, nachdem man die halbe Welt zum Lachen gebracht hat. Erst die Hälfte durchwatet, und sich schon lächerlich gemacht. Er, der Graf!«

»Secondo, wie hat Ancillotto getrunken?«

»Wie ein großer Zauberer.«

Einen Konservativen soll man niemals provozieren. Einen von jenen, die einen großen Teil ihres Lebens unbequem geschlafen haben und nun plötzlich eine kauernde Stellung entdecken, die so bequem ist, dass sie ihnen ein inneres Behagen verschafft, ein Flackern unter der Haut bis in die Eingeweide, ein Wohlempfinden, weil sie sich nunmehr lebendig und zufrieden fühlen.

Nimm einem Konservativen niemals diese kleine, gemütliche Nische weg! Er könnte die Welt in Brand setzen, um auch nur die geringste Veränderung zu unterbinden.

Stucky war nicht ganz überzeugt, dass es die Angst vor der Lächerlichkeit war, die Ancillotto veranlasst hatte, das Verbrechen lieber zu planen, als es selbst auszuführen. Was er ohne jeden Zweifel hätte tun können. Vielleicht hatte er den Ingenieur nicht für würdig befunden, durch die Hand eines Adligen zu sterben. Aber vielleicht gefiel ihm in erster Linie die Vorstellung, dass die Leute in den Osterien noch lange darüber tuscheln würden, dass der Graf eine große Dummheit begangen habe. Und von einem Gerede zum nächsten würde seine Tat immer weiter aufgebauscht, wie der vom Fischer gefangene Fisch, die vom Jäger erlegte Beute, der vom Sammler gefundene Pilz. An der unsichtbaren Straße entlang, die gepflastert ist mit Erinnerungen, würde sich die Erinnerung an sein Verschwinden verflüchtigen und der Mythos eines Mannes überleben, dem es gelungen war, nach seinem Tod drei Schüsse abzufeuern.

Wenn Menschen im Spiel sind, ist alles möglich.

Stucky spürte, wie ihm der Helm die Kehle zuschnürte.

Er folgte dem Wegweiser nach links, zur Burg von Susegana, wo er kurz Rast machte und die Moto Morini direkt vor dem Eingang des alten Schlosses abstellte.

Dann fuhr er langsam an der Mauer entlang und folgte der Straße, die unter Robinien- und Kastanienbaldachinen hügelauf und hügelab führte.

Kleine Sträßchen nur. In den Weingärten war die Weinlese noch in vollem Gang. Traktoren, beladen mit Trauben, bewegten sich nur langsam voran und schaukelten dabei wie Wiegen zwischen den Rebzeilen hin und her.

Bis zum Haus von Ancillotto.

Er läutete.

Celinda Salvatierra lag auf einem Liegestuhl vor dem Eingang und winkte ihn herein.

Ohne Umschweife erklärte Stucky ihr, dass sie in ein paar Tagen den Hund des Grafen in Treviso abholen müsse. Dem Hund gehe es besser, es sei Zeit, dass er wieder nach Hause komme.

Die Frau versprach es.

Der Inspektor bat sie um Erlaubnis, den Keller besichtigen zu dürfen.

Celinda zögerte, doch dann verstand sie.

Schweigend machte sie ihm ein Zeichen, ihr zu folgen. Von dem großen leeren Raum im Erdgeschoss stiegen sie hinunter in den Keller. Die Tür war nicht zugesperrt. Sie riss sie weit auf und schaltete ein schwaches gelbes Licht ein.

Nach vier schönen Steinstufen bot sich den Augen des Inspektors Ancillottos geheime Wein-Bibliothek dar. Stucky atmete tief ein. Eine unbestimmbare, gashaltige Mischung, ein ganz leicht muffiger Geruch, flüchtige ätherische Substanzen, gesättigt mit Erinnerungen aus alten Zeiten, weil das Alpha die Wurzel im Boden, das

Alpha das Juwel und die Blume ist, und das Omega die Feste aller Welt sind, die getanzt werden zum Klang der Fässer, der bloßen Füße auf den Trauben, des tröpfelnden Mosts, der Höhen, der Mulden, der Ebenen, der feinen vulkanischen Stäube, der Steine und der Nebel. Das Omega ist das Ritual, der Rausch der Zeit, die den jeweiligen Jahrgang hervorbringt.

Stucky durchzuckte das Gefühl, dass die unzähligen Flaschen, die hier lagerten und ruhten wie die Soldaten eines Kulturkrieges, nicht nur Getränke enthielten, sondern die Geister Tausender Böden, Tausender Erzählungen, die ganze Vergangenheit, die über die eigene Grenze hinaus weist.

»So eine Flasche möchte ich haben«, sagte Stucky.

Er trat an die Regale heran und strich mit den Fingern über einige Kapitel dieser großen Erzählung. Eines griff er heraus. Es war ein *Millesimato*.

Auf der Flasche stand geschrieben: *»ad maiora«*.

Er musste lächeln. Es war ein sparsames Lächeln, wie das eines schüchternen Kindes.

Ad maiora, Graf …

Susanne Mischke

Wie weit würden Sie gehen, um Ihr Kind zu retten?

Susanne Mischke
Töte, wenn du kannst!

Ein Moment der Unachtsamkeit wird zum schlimmsten Alptraum: Mitten in Göteborg verschwindet Tinka Hanssons Tochter spurlos. Vier Jahre später haben die Eltern immer noch nichts von Lucie gehört, bis der Vater plötzlich einen Anruf vom Entführer erhält: Die Tochter lebt, doch für weitere Informationen soll er zum Mörder werden … Gleichzeitig nehmen Kommissar Gregor Forsberg und seine Kollegin Selma Valkonen den Fall neu auf: Können sie das Schlimmste verhindern?

»Susanne Mischke ist die deutsche Krimikönigin.«
Cosmopolitan

BLOOMSBURY
BERLIN

Weitere Informationen: www.berlinverlag.de

Roberto Ampuero

»Poet – und politischer Kopf: Der Chilene Roberto Ampuero vermählt Kriminalromane mit Zeitgeschichte.« Spiegel online

Roberto Ampuero
Tod in der Atacama

Die Atacama ist eine der unerbittlichsten Wüsten der Welt. Dorthin verschlägt es den Privatdetektiv Cayetano Brulé bei seinen Ermittlungen. Ein deutscher Entwicklungshelfer ist ermordet worden. Der Kreis der Verdächtigen weitet sich aus und Brulé gerät in ein undurchschaubares Geflecht aus Politik, Wirtschaft und Entwicklungshilfe.

Weitere Informationen: www.berlinverlag.de